Igor Beltrami
**Gnadenlos**

Der Zytglogge Verlag wird vom Bundesamt für Kultur mit einem Strukturbeitrag für die Jahre 2021–2024 unterstützt.

MIX
Papier aus verantwortungsvollen Quellen
FSC® C083411
FSC www.fsc.org


Lektorat: Alisa Charté
Korrektorat: Ulrike Ebenritter
Umschlaggestaltung: Weiß-Freiburg GmbH
Layout/Satz: 3w+p, Rimpar
Druck: CPI books GmbH, Leck

ISBN: 978-3-7296-5162-3

www.zytglogge.ch

Igor Beltrami

# Gnadenlos

Kriminalroman

ZYTGLOGGE

Für Jacqueline

## Val d'Anniviers, Wallis, 1978

Er fuhr die enge Bergstraße nördlich der kleinen Ortschaft Zinal entlang. Schon seit Tagen hatte es ohne Unterbruch geregnet, und die zahlreichen Rinnsale an den Berghängen des Tals waren zu reißenden Wildbächen angeschwollen. Während der Fahrt blickte er gedankenversunken auf die nasse und kurvenreiche Fahrbahn und fragte sich, ob sie vielleicht in letzter Zeit etwas zu unvorsichtig gewesen waren. Aber er verwarf den Gedanken sofort wieder. Nein, er war sich ganz sicher, dass man keinen Verdacht schöpfte. Er drehte das Radio lauter, um auf andere Gedanken zu kommen. Ein Lied von Johnny Cash erklang. Sofort huschte ein Lächeln über sein Gesicht. Ihm hatte die raue Stimme des Sängers schon immer gefallen.

Er war schon fast am Ziel seiner Fahrt angelangt, als seine Augen plötzlich etwas Ungewöhnliches erfassten: Einige heruntergestürzte Felsbrocken lagen auf der Straße verteilt. Er bremste brüsk den Geländewagen ab und zog mit einem kräftigen Ruck die Handbremse an. Hier war definitiv kein Durchkommen mehr. Die Felsbrocken versperrten die ganze Breite der Fahrbahn. Über der erhitzten Motorhaube bildete sich eine dampfende Wolke. Als er den Motor ausschaltete, erstarb die Musik aus dem Autoradio, und auf einmal herrschte eine bedrückende Stille im Wagen. Nur die schweren Regentropfen trommelten unentwegt auf das Blech. Ein ungutes Gefühl stieg in ihm hoch. Aber er durfte sich jetzt nicht verrückt machen lassen. Alles würde gut gehen. Er zog einen Regenmantel über und stieg aus dem Wagen. Als die Regentropfen auf ihn herunterprasselten, blickte er nachdenklich auf die dicke Wolkendecke über ihm und zögerte einen Moment lang. Die tagelangen Regenfälle hatten die

Bergflanken gefährlich aufgeweicht. Und erst gestern war hier ganz in der Nähe eine Schuttlawine heruntergestürzt und hatte dabei ein ganzes Waldstück mit sich mitgerissen. Doch schließlich fasste er sich ein Herz und schlug entschlossen seinen Kragen hoch. Er ging um den Wagen herum und nahm seine Vermessungsausrüstung aus dem Kofferraum. Mit festen Schritten marschierte er die nasse Straße entlang zum ersten Messpunkt. Dort installierte er mit routinierten Handgriffen das Vermessungsgerät. Dann ging er weiter. Unverhofft peitschte eine aufkommende Windböe den Regen in sein Gesicht. Fluchend wischte er sich mit dem Handrücken über die Augen, als auf einmal der lang gezogene Schrei eines Vogels erklang. Er blickte verwundert hoch und sah einen Adler, der majestätisch seine Kreise über dem Tal zog. Merkwürdig. Etwas musste ihn aufgescheucht haben, denn normalerweise mieden sie den Flug bei starkem Unwetter. Insgeheim freute er sich. Es musste schon eine Ewigkeit her sein, als er das letzte Mal einen Adler in diesen Tälern gesehen hatte. Vielleicht war das ein gutes Omen.

Schließlich hatte er sein Ziel erreicht und rammte kraftvoll eine der Messstangen in den aufgeweichten Boden. Dann ging er zum Messgerät zurück, wo er sich eine Zigarette anzündete. Nach einigen entspannten Zügen klemmte er den Glimmstängel zwischen seine Lippen und stellte das Objektiv des Messgeräts ein. Während er konzentriert durch die Linse spähte, nahm er aus den Augenwinkeln heraus eine vermeintliche Bewegung auf dem seitlichen Berghang wahr. Er richtete sich erschrocken auf und blickte sich um. Was war das gewesen? Beunruhigt ließ er seinen Blick über die Felsen schweifen. Nichts rührte sich. Er war sich sicher, zuvor eine menschliche Gestalt wahrgenommen zu haben. Aber dort war niemand. Er musste sich getäuscht haben. Welcher Mensch wäre auch so verrückt, bei diesem Wetter auf den lebensgefährlichen Berghängen unterwegs zu sein?

Auf einmal bereute er es, dass er heute allein hergekommen war. Das war ein Fehler gewesen. Er nahm nervös einen kräftigen Zug an seiner Zigarette und schmiss die noch rauchende Kippe in den Straßengraben. Zum Teufel mit dem Geld! Er musste verschwinden. Etwas stimmte hier ganz und gar nicht.

Im selben Augenblick vernahm er ein erschütterndes Grollen. Er blickte sich entsetzt um, während der Boden unter seinen Füßen heftig zu zittern begann. Dann sah er eine gewaltige Gerölllawine auf sich zustürzen.

Es dauerte nicht lange, da war die unheimliche Stille wieder ins Tal zurückgekehrt. Nur der Adler kreiste unentwegt am Himmel und stieß erneut einen lang gezogenen Schrei aus.

# KAPITEL 1

*Gegenwart*

Der wolkenlose Himmel über Zürich war von einem tiefen Blau überzogen. Der trockene Südwind blies die letzten welken Blätter von den Bäumen und fegte sie sanft über den Asphalt. Das Hauptquartier der Kantonspolizei befand sich in einem sichtlich in die Jahre gekommenen Backsteingebäude. Jan Pratt, Leiter der Ermittlungsabteilung für Gewaltkriminalität, saß lustlos hinter seinem Schreibtisch. Die spätsommerliche Morgensonne schien durch das offene Fenster in sein Gesicht. Er hatte seine Augen halb geschlossen und genoss entspannt die wohltuenden Sonnenstrahlen. Die Rückenlehne seines Bürostuhls hatte er weit zurückgeklappt, und seine Beine lagen bequem auf dem Schreibtisch. Er war kurz davor, einzunicken, als unverhofft die Kirchenglocken der nahe gelegenen St.-Jakobs-Kirche erklangen. Er öffnete widerwillig seine Augen und nahm seufzend seine Beine vom Schreibtisch. Es war an der Zeit, seine morgendliche Kaffeepause zu beenden und sich wieder an die Arbeit zu machen. Er trank den Rest seines Kaffees aus und warf den zerknüllten Kaffeebecher treffsicher in den Papierkorb. Dann streckte er sich zufrieden und gähnte. Doch seine gute Laune verschlechterte sich schlagartig, als sein Blick auf den riesigen Aktenberg fiel, der sich auf seinem Schreibtisch stapelte. Mit jeder Woche schien dieser weiter in die Höhe zu wachsen. Erst gestern war er zornig ins Büro von Polizeichef Franz Bäumler gestürmt und hatte sich lautstark über die chronische Personalknappheit in seiner Abteilung beschwert. Doch Bäumlers einzige Reaktionen waren ein gleichgültiges Achselzucken und der Hinweis auf die laufenden Sparmaßnahmen gewesen, welche die Politik der Polizeibehörde verordnet hatte. Und dann war das Gespräch zwischen ihnen auch schon versandet. Fluchend hatte er daraufhin Bäumlers Büro verlassen und die Tür mit einer derartigen Wucht hinter sich zugeschlagen, dass man es Gerüchten zufolge selbst noch auf den untersten Etagen des Gebäudes hatte hören können. Jedenfalls hatten ihm das die Kollegen anerkennend berichtet. Das war zwar nur ein kläglicher Akt von persönlicher Rebellion gewesen, der vermutlich nicht viel mehr als das Verspielen der diesjährigen Weihnachtszulagen zur Folge hatte, aber trotzdem hatte er sich danach wenigstens etwas besser gefühlt. Widerwillig nahm er eine der zahlreichen Akten zur Hand und begann lustlos darin zu blättern. Angestrengt versuchte er, sich auf den Inhalt zu fokussieren, und trommelte dabei nervös mit seinen Fingern auf der Schreibtischplatte herum. Plötzlich erklang eine bekannte Stimme hinter ihm. Als er sich umdrehte, stand seine Partnerin Valérie Jossen vor ihm. Sie war blass und sah überarbeitet aus. Vermutlich hatte sie bis spät in der Nacht gearbeitet.

«Du siehst heute ja bezaubernd aus», sagte er mit einem breiten Grinsen im Gesicht. Sie rollte theatralisch mit den Augen.

«Schon gut, Jan. Das Gesülze kannst du dir gerne sparen», antwortete sie in ihrem starken Walliser Akzent und setzte sich frivol auf seinen Schreibtisch. Sie wusste, dass er das nicht ausstehen konnte. Aber es war ihre Art, ihm seine spöttische Bemerkung mit einem bezaubernden Lächeln auf den Lippen heimzuzahlen. Als sie sich vorbeugte, fiel ihr langes rotblondes Haar über ihre Schultern.

«Ein neuer Fall?», fragte sie neugierig und schielte dabei auf die Akte, die er gerade in den Händen hielt. Er winkte ab.

«Nichts, womit sich ein Ermittler der Mordkommission befassen sollte», erwiderte er gelangweilt und legte die Akte auf den Stapel zurück.

«Aber wenn du schon mal hier bist ... Ich finde, du siehst aus, als könntest du dringend eine Tasse heißen Kaffee gebrauchen», sagte er versöhnlich. Valérie schüttelte den Kopf.

«Lass nur, Jan. Ich wollte nur mal kurz vorbeischauen, um zu sehen, wie es dir geht.»

Er nickte und war insgeheim über ihr Interesse dankbar.

«Abgesehen von diesem immer größer werdenden Aktenberg hier kann ich mich eigentlich nicht beklagen», antwortete er. Valérie war erst letztes Jahr seine Partnerin geworden, nachdem ihr Vorgänger seinen Dienst bei der Polizei gekündigt hatte, um eine neue Stelle bei einer Sicherheitsfirma anzutreten. «Besser bezahlt, weniger Arbeit», war damals sein läppischer Kommentar gewesen, als er sich von seinen alten Kollegen verabschiedet hatte. Typisch. Er hatte den Kerl von Anfang an nicht ausstehen können. Und dann war Valérie an seine Stelle getreten. Als sie hier begann, war sie gerade mal achtundzwanzig Jahre alt gewesen. Aber trotz ihres jugendlichen Alters hatte sie bereits eine beeindruckende Karriere hinter sich. Als sie vierzehn Jahre alt war, zog ihre Familie von Visp nach Baltimore. Doch ihr Vater, ein erfolgreicher Chemiker mit einer Vorliebe für junge Frauen, verließ kurz nach ihrem Umzug die Familie und verschwand schon bald für immer aus ihrem Leben. Vielleicht war das einer der Gründe dafür, warum damals aus dem braven Walliser Mädchen plötzlich ein zorniger und rebellischer Teenager geworden war, der sich gegen die ganze Welt aufzulehnen versuchte. Niemand hätte damals auch nur einen einzigen Cent darauf gewettet, dass aus ihr eines Tages noch etwas werden würde. Aber dann geschah etwas Ungewöhnliches. Aus einem Grund, den nur sie selbst kannte, hatte sie sich für ein Studium der Kriminalistik eingeschrieben. Und als ihre Mutter ein Jahr später mit ihrem älteren Bruder in die Schweiz zurückkehrte, blieb sie allein in den Staaten zurück, um ihr Studium fortzusetzen, das sie sich mit unzähligen Nebenjobs finanzierte. Drei Jahre später hatte sie einen erstklassigen Abschluss und einen Vertrag des FBI in der Tasche. Aber es hielt sie dort nicht lange. Nur zwei Jahre später wurde sie die jüngste Ermittlerin in der Geschichte der Polizeibehörde von Baton Rouge. Sie war jung, intelligent und ehrgeizig. Die ganze Welt stand ihr offen. Doch dann schmiss sie von einem Tag auf den anderen ihrem Vorgesetzten die Dienstmarke auf den Tisch und kehrte in die Schweiz zurück. Niemand wusste, was damals ihre Beweggründe für diesen abrupten Abgang gewesen waren. Aber bei der Zürcher Polizei hatte man sie mit offenen Armen empfangen. Das war vor über einem Jahr gewesen.

«Wieso setzt du dich jetzt nicht endlich auf einen Stuhl?», knurrte Jan Pratt genervt.

In diesem Augenblick kam Bernd Haase herein. Er stöhnte innerlich auf. Dieser aufgeblasene Kerl hatte ihm gerade noch gefehlt. Er blickte ihn schweigend an. Sein Maßanzug saß perfekt. Und so wie er aussah, hätte er es spielend auf die Titelseite eines renommierten Modemagazins geschafft. Aber das Schlimmste war, dass er die mit Abstand größte Nervensäge des gesamten Polizeihauptquartiers war.

«Störe ich euch beide vielleicht gerade bei etwas?», fragte dieser mit einem schiefen Grinsen im Gesicht und musterte dabei Valérie von oben bis unten.

«Kann sein. Wieso fragst du?», entgegnete Valérie trocken und bedachte ihn mit einem vernichtenden Blick.

«Weil du sofort zu Bäumler ins Büro kommen sollst», entgegnete er und strich sich dabei lässig eine Haarsträhne nach hinten. Vielleicht hoffte er, sie damit beeindrucken zu können. Jan war schon zuvor aufgefallen, wie sein Kollege Valérie manchmal heimlich beobachtete.

«Ich komme gleich», antwortete sie und beachtete ihn nicht weiter. Er zog seine Augenbrauen hoch und räusperte sich, um erneut ihre Aufmerksamkeit zu erlangen. Ein aussichtsloses Unterfangen, wie sich herausstellte. Er blickte sie verunsichert an, seine Laune verschlechterte sich zusehends.

«Ich denke, dass du den Polizeichef besser nicht warten lassen solltest, Valérie», sagte er mit unterkühlter Stimme. Sie drehte sich zu ihm um und musterte ihn mit tadelndem Blick.

«Schon gut, Bernd. Ich sagte dir bereits, dass ich mich gleich auf den Weg machen werde.»

Schließlich stand sie auf und klopfte ihm freundschaftlich auf die Schulter. «Dann werde ich mich mal auf den Weg zu Bäumler machen. Wir sehen uns später, Jan», sagte sie und stolzierte lässig an Bernd vorbei. Dabei würdigte sie ihn keines Blickes. Er sah ihr grimmig nach.

«Du solltest besser nicht vergessen, dass du hier nicht mehr in den Staaten bist, Valérie. Hier bei uns laufen die Dinge nämlich etwas anders. Aber das wirst du schon noch lernen», rief er ihr hinterher.

«Und du solltest endlich damit aufhören, unserem Polizeichef bei jeder sich bietenden Gelegenheit in den Hintern zu kriechen, Bernd», konterte sie und zeigte ihm dabei den Stinkefinger, während sie in aller Seelenruhe aus dem Büro stolzierte. Das hatte gesessen. Jan lachte schallend auf.

«Ach, und du findest das wohl auch noch komisch, was?», fragte Bernd wutschnaubend. Jans Lachen erstarb umgehend. Schuldbewusst blickte er seinen Kollegen an.

«Tut mir leid, Bernd. Aber eigentlich weiß hier jeder von uns, dass man sich mit Valérie besser nicht anlegen sollte.»

Für einen kurzen Augenblick konnte er die blanke Wut in Bernds Gesicht sehen. Drohend zeigte er mit seinem Finger auf ihn. Doch dann schien er es sich auf einmal anders überlegt zu haben.

«Weißt du was? Ihr könnt mich beide mal kreuzweise», sagte er und stampfte wütend aus dem Büro. Jan blickte ihm seufzend nach und zweifelte nicht eine Sekunde lang daran, dass sich sein Kollege umgehend bei Bäumler über ihn beschweren würde. Sollte er doch, dachte er achselzuckend. Seine Weihnachtszulage konnte er sich sowieso schon abschminken. Er stand auf und machte sich auf den Weg zur Küche.

# KAPITEL 2

Mit einer Tasse wohlriechendem Kaffee in der Hand kehrte er in sein Büro zurück. Er war gerade von einem kurzen Schwatz mit Mertens, einem alten Kollegen von der Sitte, zurückgekehrt. Sie kannten sich schon seit einer halben Ewigkeit. Damals hatten sie als junge Rekruten zusammen die Polizeischule absolviert. Er setzte sich an seinen Schreibtisch und nahm gedankenversunken einen Schluck von seinem Kaffee. Dabei dachte er sentimental an die Zeit zurück, als er noch ein junger und naiver Polizeianwärter gewesen war. Die Polizeischule hatte er damals gegen den ausdrücklichen Willen seines Vaters besucht. Aber das war ihm egal gewesen. Als er jung war, hätte er alles dafür gegeben, eines Tages Polizist zu werden. Vielleicht dachte er, dass er damit die Stadt wenigstens ein Stück weit zu einem besseren Ort machen konnte. Aber in den vielen Jahren im Dienst der Zürcher Polizei hatte er schon so oft in die Abgründe der menschlichen Seele geblickt, dass es ihm heute schwerfiel, noch an solche Dinge zu glauben. Ihm kamen die Abschlussworte des damaligen Polizeichefs in den Sinn, die er anlässlich ihrer Vereidigungsfeier an sie gerichtet hatte. Komisch, dass er gerade jetzt daran dachte. Als frisch vereidigter Polizist hatten seine Worte damals für ihn keine Bedeutung gehabt. Wahrscheinlich vor allem deshalb, weil er damals nicht wirklich verstanden hatte, was er ihnen mit auf den Weg geben wollte. Er dachte an die müden Augen und den leeren Blick des alten Polizeipräsidenten zurück. Seine Stimme war leise, und sein krummer Rücken bereitete ihm Schmerzen und machte ihm das Stehen schwer. Keiner von den übermütigen Polizeirekruten hatte ihm an diesem Abend wirklich zugehört. Aber in diesem Moment begriff er, wie erschreckend wahr seine damaligen Worte waren. Eines Tages werdet auch ihr begreifen, dass das Verbrechen uns alle verändern wird. Egal auf welcher Seite wir stehen. Und es gibt nichts, was wir dagegen tun können. Nicht gerade das, was ein junger Polizeirekrut an seiner Vereidigungsfeier hören wollte. Aber genau diese Worte beschrieben seine heutige Realität mit einer erschreckenden Klarheit. Er hatte sich verändert, so wie sie alle. Aber er würde trotzdem weitermachen. Und zwar aus dem einzigen Grund, der für ihn zählte: Er war Polizist und hatte einen Eid geschworen. Als er sich gerade wieder dem Aktenberg widmen wollte, wurde unverhofft die Tür zu seinem Büro aufgerissen. Er zuckte erschrocken zusammen, um ein Haar hätte er seinen heißen Kaffee verschüttet. Einen Augenblick lang befürchtete er, dass es Bäumler sein könnte, der wegen des Vorfalls mit Bernd wutentbrannt in sein Büro stürmte, um ihm die Leviten zu lesen. Aber vor ihm stand Valérie, die verzweifelt um Atem rang. Er stellte erstaunt die Tasse auf dem Schreibtisch ab.

«Beinah hätte ich meinen Kaffee über die Akten hier verschüttet», beschwerte er sich. Sie schnappte verzweifelt nach Luft und gab ihm mit einem Handzeichen zu verstehen, dass er sich noch einen Augenblick lang gedulden solle. Schließlich fing sie hastig zu sprechen an.

«Ich war gerade bei Bäumler», begann sie.

Er zuckte gleichgültig mit den Schultern. «Ich ahne schon, was als Nächstes kommt: Bäumler will uns beide feuern. Deshalb bist du drei Stockwerke hochgerannt, um mir das sofort mitzuteilen. Und dann krachst du hier am Ziel beinahe zusammen. Fast so wie dieser arme Kerl nach der Schlacht von Marathon», scherzte er. Sie blickte ihn ernst an. Na gut, er musste zugeben, dass er auch schon bessere Witze gemacht hatte. Aber das war noch lange kein Grund, ihn deswegen gleich so sauertöpfisch anzustarren.

«Also, Valérie. Erzähl mir bitte, was los ist.»

Mit der Geschwindigkeit eines Maschinengewehrs begann sie zu sprechen. Dabei fuchtelte sie wild mit ihren Armen umher. Er konnte ihrem Wortschwall nur mit Mühe folgen.

«Ich war gerade in Bäumlers Büro, als ihn ein unerwarteter Anruf erreichte. Heute Morgen wurde eine unserer Streifen alarmiert, dass im Seefeldquartier die Leiche eines Mannes gefunden worden ist. Aber jetzt kommt es: Offenbar handelt es sich bei dieser Person um eine prominente Persönlichkeit unserer Stadt. Die Kollegen von der Spurensicherung sind inzwischen vor Ort und sichern den Tatort ab. Bäumler meinte, dass wir beide umgehend zum Tatort fahren und ihn über jedes Detail, das diesen Fall betrifft, auf dem Laufenden halten sollen.»

Er brauchte einen Moment, bis er die Neuigkeiten verdaut hatte. Dann schob er bedächtig den Kaffee zur Seite. Er stand auf und räusperte sich.

«Eine prominente Persönlichkeit unserer Stadt wurde tot aufgefunden, sagst du? So etwas wird hohe Wellen schlagen. Haben wir bereits einen Hinweis über die mögliche Todesursache unseres Opfers?»

Sie blickte ihn überrascht an. «Eigentlich schon. Aber wieso fragst du? Unsere Spurensicherung hat doch gerade erst mit ihrer Arbeit begonnen.»

Er verdrehte die Augen. «Das ist mir auch klar. Deshalb habe ich auch nach einem Hinweis und nicht nach einer fundierten Analyse gefragt. Aber worauf ich hinauswill, ist, dass der Mann vielleicht eines natürlichen Todes gestorben sein könnte.»

Sie winkte ab. «Das ist definitiv nicht möglich, Jan. So viel steht jetzt schon fest», entgegnete sie.

«Wirklich nicht? Woher willst du das denn jetzt schon so genau wissen?»

Insgeheim ärgerte er sich darüber, dass sie seinen berechtigten Einwand so salopp hinweggewischt hatte.

«Ganz einfach: Weil in der Brust unseres Opfers mehrere Kugeln stecken. Unser Mann wurde erschossen.»

Damit hatte er nicht gerechnet. Er blickte sie entschlossen an und stand auf. Er konnte förmlich spüren, wie das Adrenalin durch seinen Körper zu strömen begann. Es gab keine Zeit zu verlieren.

«Wir sollten uns beeilen.»

Er griff nach seiner Jacke, während seine Gedanken bereits auf Hochtouren liefen. Aus Erfahrung wusste er, dass es nicht lange dauern würde, bis die Presse Wind von der Sache bekam. Er griff in die Innentasche seiner Jacke und suchte nach seinen Autoschlüsseln. Aber die Tasche war leer. Wie war das möglich? Er war sich sicher, dass er sie erst heute Morgen wieder in seine Jacke gesteckt hatte. Das durfte doch nicht wahr sein. Er blickte sich verzweifelt um.

«Suchst du vielleicht die hier?» Valérie wedelte grinsend mit dem Wagenschlüssel vor seiner Nase herum.

«Was soll denn das schon wieder werden? Nun gib schon her», raunte er sie unwirsch an.

«Vergiss es.»

«Valérie, was soll dieser Unsinn? Dafür haben wir jetzt keine Zeit. Also gib mir jetzt bitte endlich den Schlüssel.»

«Nein, das werde ich nicht tun. Und zwar weil ich heute fahre.»

Er blickte sie entgeistert an. Sie hatte ihre Hände in die Hüften gestemmt und blickte ihn entschlossen an. Sie schien es wirklich ernst zu meinen. Er seufzte. Wie hieß schon wieder eines der wichtigsten Prinzipien der alten japanischen Kampfkunst Jiu-Jitsu? Siegen durch Nachgeben.

«Klar, wieso nicht», gab er klein bei.

«Na dann, nichts wie los», sagte sie und blickte ihn triumphierend an.

# KAPITEL 3

Valérie durchwühlte verzweifelt ihre Handtasche. «Ich kann es einfach nicht finden», sagte sie mit einem Anflug von Panik in ihrer Stimme. Jan hatte nicht die geringste Ahnung, wonach genau sie suchte.

«Wovon sprichst du, Valérie?»

Plötzlich entspannten sich ihre Gesichtszüge, erleichtert blickte sie ihn an.

«Dem Himmel sei Dank. Und ich hatte schon befürchtet, dass ich es zu Hause vergessen haben könnte», sagte sie und hielt eine kleine Spraydose in die Höhe.

«Was willst du denn damit?», fragte er erstaunt und blickte stirnrunzelnd auf das Etikett. Er traute seinen Augen nicht.

«Das darf doch nicht wahr sein», stöhnte er auf. «Hast du auf einmal den Verstand verloren? Was willst du denn jetzt mit diesem Desinfektionsmittel hier anfangen?», fragte er sie ungläubig. Sie quittierte seine Frage mit einem belehrenden Kopfschütteln.

«Hast du dir eigentlich schon mal unseren Dienstwagen angesehen? Ich weiß nicht, wann der das letzte Mal gereinigt worden ist. Ich habe ehrlich gesagt keine Lust, mir hier noch etwas einzufangen.»

«Du willst mich jetzt wohl verarschen. Das Einzige, worüber du dir gerade Sorgen machst, ist, dass unser Dienstwagen im Moment nicht deinem Hygienestandard entspricht? Echt jetzt?»

«Nun hör schon auf. Ich will doch nur kurz das Lenkrad und die Gangschaltung desinfizieren. Das ist schon alles. Das dauert nur einen kurzen Moment, dann kann es auch schon losgehen. Versprochen.»

«Du willst was?!»

«Nun komm schon. Du weißt doch genauso gut wie ich, dass das halbe Hauptquartier diesen Wagen benutzt», sagte sie, während sie zuerst das Lenkrad und dann den Ganghebel einsprühte. Ein beißender Geruch stieg in seine Nase.

«Hör sofort damit auf, Valérie! Das Zeug stinkt ja zum Himmel!»

«Papperlapapp. Du solltest mir lieber dankbar sein, dass ich das mache», entgegnete sie und wischte die feuchten Stellen mit einem Taschentuch trocken. Er blickte sie entgeistert an.

«Ist dir eigentlich schon mal der Gedanke gekommen, dass du unter einer Phobie leiden könntest?», fragte er und hielt sich die Nase zu.

Sofort verfinsterte sich ihr Blick. «Weißt du, dass du manchmal ein echt mieser Scheißkerl sein kannst?»

«Ach, komm schon, jetzt sei nicht gleich eingeschnappt. Das war doch nicht so gemeint. Polizisten ziehen nun mal ihre Partner auf. Du solltest dich langsam daran gewöhnt haben, Valérie.»

Irgendwie hatte er das Gefühl, dass er sich heute schon den ganzen Tag über entschuldigen musste. Sie presste ihre Lippen fest zusammen. Das war kein gutes Zeichen. Die Alarmglocken schrillten in seinem Kopf. Sie schnallte sich wortlos an und startete den Wagen.

«Deine Späße sind wirklich sehr, sehr witzig, Jan», sagte Valérie eisig und fuhr los. Kaum hatten sie den Innenhof des Polizeihauptquartiers verlassen, drückte sie das Gaspedal durch. Während sie durch die Straßen der Stadt raste, verstieß sie wohl gegen mehr oder weniger jede Verkehrsregel, die es in diesem Land gab. Nun war es offiziell: Er würde heute in diesem Dienstwagen sterben, und Emily würde ihre gemeinsame Tochter Léonie allein großziehen müssen. Verkrampft hielt er sich an seinem Sitz fest, während sein Körper unsanft hin und her geschüttelt wurde. Und zu allem Elend hatte er noch immer den unangenehmen Geruch des Desinfektionssprays in der Nase. In stiller Verzweiflung öffnete Jan das Seitenfenster und kämpfte gegen die aufkommende Übelkeit an. Gierig atmete er die frische Luft ein, die durchs offene Fenster ins Wageninnere strömte. Er wollte gerade das Blaulicht auf dem Wagendach festmachen, als Valérie unverhofft eine Vollbremsung vollzog. Die Reifen quietschten schrill, und um ein Haar wäre sein Kopf gegen das Armaturenbrett gedonnert. Er fluchte laut vor sich hin und hob seinen Kopf, in dem sich gerade alles wild umherdrehte.

«Hast du den Verstand verloren? Willst du uns umbringen?!», krächzte er noch immer sichtlich benommen. Doch sie blickte nur mit starrem Blick auf die Fahrbahn und beachtete ihn nicht weiter. Er folgte fragend ihrem Blick. Und dann begriff er, was los war.

«Das darf doch nicht wahr sein», entfuhr es ihm. Vor ihnen stand am Straßenrand eine ältere Frau mit bleichem Gesicht. Sie blickte fassungslos in ihre Richtung. Ihre umgekippte Einkaufstasche lag auf dem Gehsteig. Nur langsam kehrten die Lebensgeister in die alte Dame zurück, während sich ihr Blick zusehends verfinsterte. Dann marschierte sie mit entschlossenen Schritten direkt auf sie zu. Ihre Augen schienen vor Wut regelrecht Funken zu sprühen. Jan kurbelte sicherheitshalber das Wagenfenster hoch; man konnte ja nie wissen. Die alte Dame war für ihr Alter erstaunlich flink auf den Beinen. Als sie schließlich vor der Beifahrertür stand, hämmerte sie mit ihrem Regenschirm lautstark gegen die Scheibe und begegnete Jan dabei mit einem Schwall von Schimpfwörtern. Er fragte sich, weshalb sie sich ausgerechnet auf ihn fixierte, schließlich saß er für die alte Dame gut erkennbar auf dem Beifahrersitz, während Valérie hinter dem Steuer saß. Aber das schien sie nicht zu interessieren.

«Sie dadrinnen», krächzte sie aufgebracht. «Machen Sie sofort die Tür auf!»

Er dachte nicht im Traum daran und war froh, dass zwischen ihm und der Frau ein solides deutsches Blech existierte.

«Wie Sie wollen, Sie rücksichtsloser Mensch. Ich werde jetzt die Polizei rufen. Dann werden Sie schon sehen, was Ihnen blüht!», schrie sie.

Jan Pratt zückte seinen Dienstausweis und hielt ihn ihr durch das geschlossene Fenster unter die Nase. Dann ließ er das Seitenfenster einen Spalt weit herunter, damit sie ihn hören konnte.

«Wir sind die Polizei. Und ich möchte mich an dieser Stelle aufrichtig für die Fahrweise meiner Kollegin entschuldigen.»

Aus den Augenwinkeln konnte er Valéries wütenden Blick sehen, während die alte Dame mit offenem Mund auf seinen Dienstausweis starrte. Dann schien sie endlich begriffen zu haben, was er ihr zu sagen versuchte.

«Sie wollen von der Polizei sein? Sie sind doch bloß ein verrückt gewordener Rowdy mit einer Dienstmarke», bellte sie ihn an. Dann ging sie dazu über, mit ihrem Fuß gegen die Wagentür zu treten. Das wurde ja immer besser. Er klopfte Valérie auf die Schultern.

«Was denkst du, soll ich ihr einfach eine Kugel ins Bein verpassen?», flüsterte er ihr verschwörerisch zu und tat so, als ob er nach seiner Dienstwaffe greifen würde.

«Wir könnten einfach behaupten, dass sich der Schuss aus Versehen gelöst hat. So etwas kommt doch immer wieder mal vor.»

Sie verzog ihr Gesicht und schüttelte entnervt den Kopf.

«Wenn du das witzig findest, dann solltest du wirklich anfangen, an dir zu arbeiten, Jan.»

«Nun komm schon, sei nicht immer so verkrampft. Man wird doch mal etwas Spaß machen dürfen.»

«Ich fahre jetzt besser los, bevor uns die Dame unseren Dienstwagen noch völlig demoliert», sagte sie und drehte den Zündschlüssel um. Bevor sie losfuhren, installierte er vorsorglich das Blaulicht auf dem Wagendach und schaltete für einige Sekunden die Sirene ein. Doch kaum war Valérie in die nächste Straße eingebogen, drückte sie wieder kräftig aufs Gaspedal. Sie konnte es einfach nicht lassen. Bei der nächsten Kreuzung bogen sie auf den General-Guisan-Quai ab und fuhren dann weiter das Seebecken entlang am Kongresshaus vorbei. Als sie an der Schiffstation vorbeifuhren, tummelte sich dort eine Gruppe Touristen fotografierend auf dem alten Pier herum. Ein älterer Mann streckte verzweifelt eine zusammengerollte Zeitung in die Höhe und versuchte offenbar, die verstreuten Mitglieder einer Reisegruppe auf den rauchenden Raddampfer zu lotsen. Jan blickte gedankenversunken auf das funkelnde Wasser des Zürichsees. Wie immer, wenn er am Anfang eines neuen Falls stand, fragte er sich, was für eine tragische Geschichte sie wohl am Tatort erwarten würde. Als aus dem Autoradio plötzlich ein alter Song von The Cure erklang, drehte Valérie die Lautstärke hoch und begann den Takt auf dem Lenkrad zu trommeln. Dann fing sie zu seinem Entsetzen auch noch damit an, den Refrain des Liedes mitzusingen. Nicht dass er etwas gegen The Cure gehabt hätte. Im Gegenteil. Er hatte diese Band schon immer geliebt. Aber so etwas hatte dieser Song nun wirklich nicht verdient. Er drehte sich wortlos zur Seite und blickte wieder auf die glatte und beruhigende Oberfläche des Zürichsees. Der alte Raddampfer hatte inzwischen die Anlegestelle verlassen und glitt majestätisch über die Wasseroberfläche. Währenddessen nutzte Valérie die Fahrt, ihr offensichtlich fehlendes Singtalent weiter unter Beweis zu stellen. Ihre Stimme hallte dabei erbarmungslos in seinen Ohren wider. Er atmete einige Male tief durch und dachte an das Buch *Die Lehre Buddhas*, das ihm Emily damals zu seinem fünfundvierzigsten Geburtstag geschenkt hatte. Die einzige der vier Wahrheiten, die ihm in diesem Moment immer wieder durch den Kopf schwirrte, war die Existenz des Leidens.

# KAPITEL 4

Sie fuhren in die Einfahrt der alten Jugendstilvilla im Zürcher Seefeld, wo sie bereits von einer ansehnlichen Schar von Reportern erwartet wurden. Als sie an ihnen vorbeifuhren, blickten diese neugierig ins Wageninnere. Wahrscheinlich hofften sie, ein ihnen bekanntes Gesicht zu entdecken.

«Was wollen die alle hier?», fragte Valérie verwundert.

«Das werden wir schon bald wissen. Bleib einfach cool, und falls dir einer der Reporter Fragen stellt, dann antworte nicht», sagte er. Sie stiegen aus dem Fahrzeug und gingen zielstrebig zum Eingang der Villa, der sich auf der anderen Seite des Gebäudes befand. Mit einem aufgesetzten Lächeln und einem starren Blick drängte sich Jan durch die Meute. Valérie folgte ihm dicht auf den Fersen. Einige der Presseleute riefen wild durcheinander und stellten ihnen Fragen, die keiner von ihnen beantworten konnte. Plötzlich versperrte ihnen ein junger Kerl den Weg. Das ging nun doch etwas zu weit, dachte Jan empört.

«Was kann uns die Polizei bis jetzt zu diesem Fall sagen?» An dem Logo auf seinem Mikrofon konnte Jan erkennen, dass der Mann für einen kleinen TV-Lokalsender arbeitete. Er hob verärgert den Kopf und warf ihm einen zornigen Blick zu. Sein Alter schätzte er auf höchstens Mitte zwanzig. Vermutlich war er ein Neuling in der Branche. Seine Haare hatte er zu einem Pferdeschwanz zusammengebunden, sein Gesicht war unrasiert. Vielleicht wollte er damit einen nonkonformistischen und verwegenen Eindruck machen. Doch aufgrund seines sanften Blickes wollte ihm das nicht so richtig gelingen.

«Kein Kommentar», sagte Jan kurzsilbig und schob ihn zur Seite. Schließlich erreichten sie den Haupteingang der alten Villa, an dem die Kollegen der Stadtpolizei vor der geschwungenen Steintreppe eine Absperrung errichtet hatten. Davor stand ein großgewachsener und ziemlich finster dreinblickender Polizist, der allein durch seine beeindruckende Körpergröße jeden davon abhielt, die Polizeiabsperrung zu überschreiten. Als sie ihm ihre Dienstausweise entgegenstreckten, nickte er ihnen zu und trat zur Seite, um sie durchzulassen. Sie stiegen die Steintreppe hoch, die sich zur massiven Eingangstür der Villa hochschlängelte. Jan wollte gerade durch den Eingang gehen, als er plötzlich eine Stimme hinter sich hörte. Als er sich umdrehte, sah er zu seiner Verblüffung, dass ihnen der aufdringliche Grünschnabel von vorhin gefolgt war. Der großgewachsene Stadtpolizist war gerade in ein Gespräch mit einem Kollegen vertieft und beachtete sie nicht weiter. Er schüttelte seufzend den Kopf.

«Wie ich Ihnen bereits gesagt habe, kann ich beim besten Willen keinen Kommentar abgeben. Außerdem möchte ich Sie bitten, umgehend diese Treppe zu verlassen und sich wieder hinter die Absperrung zu begeben. Reporter sind am Tatort nicht zugelassen», sprach er in einem betont professionellen Tonfall, so wie er es auf einem der Seminare gelernt hatte.

«Verstehe. Tut mir leid.» Der Kerl drehte sich resigniert um und ging die Treppe hinunter. In diesem Moment sah er aus, als ob für ihn eine kleine Welt zusammengebrochen wäre. Aus einem unerklärlichen Grund tat ihm der junge Typ plötzlich leid. Vielleicht lag es an seiner Unsicherheit, die er hinter seinem aufdringlichen Auftreten zu verbergen versuchte und die ihn ein wenig an ihn selbst erinnerte, als er in seinem Alter gewesen war.

«Warten Sie!», rief er ihm zu. Der Kerl drehte sich mit hängenden Schultern um und blickte ihn fragend an.

«Meinen Sie mich?»

«Natürlich meine ich Sie. Oder sehen Sie sonst noch jemanden, der gerade hier auf der Treppe steht? Sagen Sie mir, wie Sie heißen.»

«Mein Name ist Tim. Tim Davoli. Ich bin vom Sender TV8», antwortete er unsicher. In seiner Stimme war nichts mehr von der gespielten Selbstsicherheit von vorhin zu hören.

«Also hören Sie mal zu, Tim ... Oder wie immer Sie auch heißen mögen.»

«Ich heiße wirklich Tim», entgegnete er und streckte dabei sein Kinn nach vorn, als ob er damit seinen Worten mehr Nachdruck verleihen wollte.

«Also gut, Tim. Ich gebe Ihnen jetzt einen guten Ratschlag, den Sie befolgen sollten: Gehen Sie zum Parkplatz zurück und warten Sie dort.»

«Worauf soll ich denn dort warten?», fragte er verwirrt.

«Ich bin mir sicher, dass dort in spätestens einer halben Stunde unser Mediensprecher eine erste Stellungnahme zum Fall abgeben wird.»

Jan griff in seine Innentasche und klaubte eine Karte und einen Stift heraus. Nachdem er auf der Rückseite eine kurze Notiz hinterlassen hatte, drückte er sie dem jungen Kerl in die Hand.

«Geben Sie meine Karte dem dort zuständigen Beamten. Er wird dafür sorgen, dass Sie ganz vorn platziert werden und die erste Frage stellen dürfen. Also überlegen Sie sich gut, was Sie ihn fragen wollen.»

Der Mann glotzte ihn einige Sekunden lang verwirrt an. Schließlich nickte er ihm zu.

«Danke ...», stammelte er und blickte auf seine Karte. Und auf einmal hellte sich sein Gesicht auf. Seine Resignation hatte sich in pure Aufregung verwandelt. Schließlich hüpfte er eilig die Treppe hinunter.

Jan drehte sich mit einem leichten Grinsen zu Valérie um.

« Das war wirklich nett von dir », sagte sie.

« Nett ? Das hatte doch nichts mit ‹ nett › zu tun », knurrte er. « Ich wollte diesen aufdringlichen Kerl einfach so schnell wie möglich wieder loswerden. Das war alles », fügte er an.

« Auf mich hat es aber nicht so gewirkt », entgegnete sie.

« Ach, und wie hat es auf dich gewirkt ?»

« Wie gesagt : einfach nur nett.»

Jan schüttelte energisch den Kopf. « Können wir uns jetzt auf unseren Fall konzentrieren ?», knurrte er und ging ins Haus, ohne ihr eine Chance zu geben, diese Unterhaltung weiterzuführen.

## KAPITEL 5

Im Gebäude wimmelte es bereits von Beamten, die mit routinierter Emsigkeit ihrer Arbeit nachgingen.

«Versuch einen unserer Kollegen zu finden, der uns etwas über unser Mordopfer erzählen kann, Valérie. Ich werde in der Zwischenzeit einen Blick auf den Tatort werfen.»

«Geht klar», entgegnete sie und verschwand. Jan zeigte einem der anwesenden Polizisten seinen Ausweis und erkundigte sich nach dem Tatort. Dieser deutete auf ein Büro am Ende des Flurs. Als er den Raum betrat, waren die Kollegen der Spurensicherung an der Arbeit. Sie mochten es nicht, wenn sie bei ihrer Arbeit gestört wurden, also warfen sie ihm missbilligende Blicke zu. Jan ging vorsichtig an ihnen vorbei und betrachtete den am Boden liegenden Leichnam. Es war kein schöner Anblick. Die Brust des Toten war von den zahlreichen Einschusslöchern regelrecht zerfetzt worden. Die glanzlosen Augen richteten sich starr auf die Zimmerdecke. Sein Mund war leicht geöffnet und seine Zunge hing zwischen den Zähnen heraus. Eine alte Standuhr zierte die Flanke des Schreibtischs, sie tickte mit einer erbarmungslosen Gleichmäßigkeit. Jans Blick war noch immer auf den Leichnam gerichtet, als er plötzlich von einem Polizeifotografen unsanft zur Seite geschoben wurde.

«Entschuldigen Sie bitte», sagte dieser und schoss im Sekundentakt Bilder vom Tatort. Als er mit seiner Arbeit fertig war, sammelte er die am Boden verstreuten Nummerntafeln auf und verstaute sie in seiner Tasche. Bevor er den Tatort verließ, warf er ihm noch einen mürrischen Blick zu. Und ehe sich Jan versah, war er allein in dem Raum. Alles war still. Nur die alte Uhr tickte unablässig weiter. Er ließ seinen Blick durch den Raum schweifen. Ihm fiel auf, dass in diesem Büro alles pedantisch aufgeräumt war. Nichts deutete auf einen Kampf hin. Er überprüfte die Fenster. Sie waren fest verschlossen und wiesen auch keine Spuren eines Einbruchs auf.

«Sieh einmal an, wen wir hier haben: Jan Pratt höchstpersönlich», hallte eine sonore Stimme durch den Raum und riss ihn aus seinen Gedanken. Als er sich umdrehte, blickte er in das grinsende Gesicht von Philipp Wanner, Chef der forensischen Medizin der Zürcher Polizei. Der Rechtsmediziner war ein gutmütiger und lebensfroher Hüne. Er war Ende fünfzig und trug einen dichten weißen Bart. Seine in den letzten Jahren etwas schütter gewordenen grauen Haare fielen ihm über seine breiten Schultern, was ihm ein fast schon biblisches Aussehen verlieh. Wanner zog gelassen seine Gummihandschuhe aus.

«Es tut gut, wieder einmal einen alten Hasen zu treffen», sagte er sentimental und schüttelte Jan die Hand. Seit in den letzten Jahren viele seiner Kolleginnen und Kollegen in den Ruhestand getreten waren, freute er sich stets, wenn er ein ihm bekanntes Gesicht am Tatort zu sehen bekam.

«Unsere Reihen lichten sich, mein alter Freund. Hier wird es schon bald keine Dinosaurier wie uns mehr geben. Aber lass uns gleich zur Sache kommen, Philipp. Hast du schon was für mich?», fragte Jan.

«Bis jetzt leider noch nicht viel Brauchbares. Der Kerl wurde mitten in die Brust von sechs Kugeln einer großkalibrigen Waffe getroffen. Du kannst ja selbst sehen, wie sie ihn zugerichtet haben.» Dabei nickte er in die Richtung des starren Leichnams. «Seine Brust wurde regelrecht zerlöchert. Der Mörder schien wohl eine ziemliche Wut auf unser Opfer gehabt zu haben, wenn du mich fragst. Bei diesem Kaliber hätte schon eine einzige Kugel ausgereicht, um ihn zu töten.»

Jan blickte erneut zum blutigen Leichnam und rieb sich nachdenklich das Kinn. «Kennen wir schon den Namen des Opfers?»

Wanner zuckte gleichgültig mit den Schultern. «Keine Ahnung. Als Rechtsmediziner kümmere ich mich nicht um die Namen und halte lieber etwas Distanz zu den Opfern. Dafür solltest du dich besser an deine Kollegen von der Stadtpolizei wenden.»

Er nickte und ließ seinen Blick erneut durch den Raum schweifen. «Mir ist aufgefallen, dass es hier am Tatort keine Patronenhülsen gibt.»

Wanner nickte zustimmend. «Gut beobachtet. Aber dafür gibt es eine einfache Erklärung: Die abgefeuerten Kugeln weisen ein schweres Kaliber auf. Ich vermute mal, dass es sich um ein .41 oder vielleicht ein .44 Magnum handelt, das überwiegend in Revolvern zum Einsatz kommt. Der Vorteil ist, dass die abgefeuerten Hülsen in der Trommel bleiben. Aber ich will nicht voreilig sein. Der Täter könnte theoretisch auch eine andere Waffe benutzt und die Hülsen nach der Tat einfach eingesammelt haben. Aber da ist noch etwas anderes, was mir aufgefallen ist ...»

«Und das wäre?»

«Der Täter hat die Schüsse aus einer geringen Distanz auf sein Opfer abgefeuert.»

«Wie gering?»

«Für eine genau Angabe ist es noch zu früh. Aber ich würde zwei Meter schätzen, vielleicht sogar weniger.»

Er nickte gedankenverloren, während er den Leichnam betrachtete und über Wanners Worte nachdachte.

«Das sieht nicht nach der Tat eines Profis aus. Der hätte sich doch bestimmt mit maximal zwei gezielten Schüssen zufriedengegeben; einen ins Herz, der andere in den Kopf.»

Wanner zuckte mit den Schultern und zog aus seiner Jackentasche ein neues Paar Gummihandschuhe hervor, das er sich überstreifte.

«Das kann sein. Aber als Gerichtsmediziner beschränke ich mich darauf, was mir die Toten erzählen. Alles andere überlasse ich lieber euch Ermittlern.»

Spekulationen hatten noch nie zu Wanners Vorlieben gehört.

«Natürlich, Philipp. Hast du bereits eine Einschätzung bezüglich des Todeszeitpunkts unseres Opfers?»

Der Gerichtsmediziner blickte ihn mit einem schiefen Grinsen an.

«Und ich dachte schon, du fragst nie», erwiderte er. «Das ist jetzt wirklich nur eine ungefähre Schätzung, aber der Temperatur des Leichnams nach zu urteilen, würde ich sagen, dass der Tod gestern Abend zwischen zweiundzwanzig Uhr und Mitternacht eingetroffen sein dürfte. Genaueres kann ich dir natürlich erst nach der Obduktion sagen. Mein Bericht wird spätestens in drei Tagen auf deinem Schreibtisch liegen», versprach er.

Jan nickte Wanner zufrieden zu. Sein Kollege hatte sich in der Vergangenheit noch nie geirrt, wenn es um die Einschätzung eines Todeszeitpunkts ging. Er war sich sicher, dass er es auch diesmal nicht tat.

«Danke, Philipp. Aber ich hätte noch eine Bitte an dich.»

«Und die wäre?», fragte Wanner mit hochgezogenen Augenbrauen.

«Ich wäre dir wirklich dankbar, wenn ich den Obduktionsbericht vielleicht schon morgen Abend bekommen könnte.»

Wanner blickte ihn empört an. «Vergiss es, Jan. Das ist unmöglich», entgegnete er forsch und verließ kopfschüttelnd den Raum. Jan blieb allein zurück. Doch war ihm nicht das

Lächeln entgangen, das sich hinter Wanners ernster Miene versteckt hatte. Er war sich sicher, Wanners vollständiger Bericht würde ihn pünktlich morgen Abend auf seinem Schreibtisch erwarten.

Als er Valérie im Obergeschoss traf, wurde sie gerade von einem jungen Kollegen mit einem schier endlosen Redeschwall eingedeckt. Er hatte strahlend weiße Zähne und eine sportliche Figur. Mit seinen breiten Schultern hatte er sich lässig gegen die Wand gelehnt. Es war offensichtlich, dass er von Valérie sehr angetan war und sie beeindrucken wollte. Sie warf Jan einen hilfesuchenden Blick zu. Manchmal fragte er sich, ob sie überhaupt eine Ahnung davon hatte, welche Wirkung sie auf Männer hatte. Er bezweifelte es. Schließlich gab er sich einen Ruck und befreite sie aus ihrer misslichen Lage.

«Bitte entschuldigt die Unterbrechung. Aber könnte ich bitte kurz mit dir sprechen, Valérie?», unterbrach er das einseitige Gespräch. Der Kerl warf ihm einen vernichtenden Blick zu, am liebsten wäre er ihm wohl an die Gurgel gesprungen.

«Bitte entschuldige mich kurz», sagte sie mit einem gekünstelten Lächeln und ließ ihn stehen.

«Das wurde aber auch Zeit», flüsterte sie Jan sichtlich erleichtert zu.

«Alles klar?», fragte er. Sie verdrehte die Augen.

«Wo warst du denn nur die ganze Zeit über? Ich dachte schon, ich werde diesen Typen überhaupt nicht mehr los. Du kannst dir nicht vorstellen, wie aufdringlich der war.»

«Ist mir nicht entgangen», antwortete er grinsend. «Aber nun erzähl schon. Hast du schon etwas über unser Mordopfer in Erfahrungen bringen können?»

«Sein Name ist Kai Bernauer. Er wurde heute Morgen kurz vor sieben Uhr von seiner Assistentin in seinem Büro tot aufgefunden.»

Jan horchte auf. «Kai Bernauer, sagst du? Der Name kommt mir bekannt vor.» Er fragte sich, wo er ihn schon mal gehört hatte. Doch so angestrengt er auch nachdachte, es kam ihm im Moment einfach nicht in den Sinn. Konnte es sein, dass ihm Emily mal von ihm erzählt hatte? Aber nein. Daran würde er sich bestimmt erinnern.

«Er ist der Sohn des Bauunternehmers Theodor Bernauer. Als dieser vor einigen Jahren starb, war Kai der alleinige Erbe. Es wurde in der Presse ziemlich viel darüber berichtet. Damals galt er als einer der heißesten Junggesellen Zürichs. Als er schließlich geheiratet hat, brachte das sicher viele junge Damen an den Rand der Verzweiflung, denn er sah nicht nur blendend aus, sondern stieg innerhalb weniger Jahre auch noch zu einem der erfolgreichsten Bauunternehmer des Landes auf. Alles, was er in seine Hände nahm, schien sich im Handumdrehen in Gold zu verwandeln.»

Jan schnippte mit den Fingern. «Jetzt weiß ich, wo ich den Namen schon einmal gehört habe.»

Sie blickte ihn mit hochgezogenen Augenbrauen an.

«Vor einigen Monaten habe ich bei Amir, meinem Stammfriseur, in einem der Klatschhefte einen Artikel über eine Wohltätigkeitsgala in einem Zürcher Nobelhotel gelesen.»

«Du liest Klatschhefte? Echt jetzt, Jan?»

«Nun mach mal halblang. Ich war beim Friseur und musste fast eine halbe Stunde lang warten, bis ich an der Reihe war. Außerdem lag das Ding einfach dort herum», verteidigte er sich.

«Wenn du meinst», sagte sie mit einem seichten Lächeln auf den Lippen.

Daran hatte er gar nicht mehr gedacht. Doch jetzt sah er auf einmal klar und deutlich dieses Bild in der Zeitschrift vor sich, wie Kai Bernauer, der gut aussehende Hauptspender des Abends, mit strahlend weißen Zähnen und einem Glas Champagner in der Hand selbstbewusst in die Kamera lächelte, nicht ahnend, dass er nur wenige Monate später zum Motiv eines Kriminalfotografen werden würde.

# KAPITEL 6

«Ich kann Bäumler nicht erreichen», knurrte Jan entnervt und legte sein Telefon zur Seite. «Vermutlich steckt er gerade wieder einmal in einer seiner zahlreichen Sitzungen fest.»

«Und was wollen wir nun als Nächstes tun?», fragte Valérie.

«Die Kollegen sollen sich mal in der Nachbarschaft umhören. Vielleicht hat jemand etwas Auffälliges gesehen oder gehört. Ich kann mir nur sehr schwer vorstellen, dass in einem ruhigen Wohnviertel wie diesem mitten in der Nacht sechs Schüsse einer großkalibrigen Waffe abgefeuert werden und das unbemerkt bleibt.»

«Na ja. Hast du schon mal mit dem Gedanken gespielt, dass unser Täter vielleicht einen Schalldämpfer benutzt haben könnte?»

Natürlich hatte sie damit recht.

«Das kann sein. Aber es gibt auch sonst noch unzählige mögliche Details, die uns weiterhelfen könnten. Und lass dir bitte noch gleich die Aufnahmen der Notrufe geben, die gestern Abend zwischen zweiundzwanzig Uhr abends und zwei Uhr morgens bei unseren Dienststellen eingegangen sind. Vielleicht finden wir ja etwas Interessantes unter ihnen.»

Sie blickte ihn triumphierend an. Was sollte denn das schon wieder? Hatte er gerade etwas verpasst?

«Das habe ich bereits veranlasst. Und man hat mir versichert, dass die Aufnahmen spätestens heute Nachmittag auf meinem Computer sein werden», erwiderte sie. Er blickte sie beeindruckt an.

«Wenn du so weitermachst, werde ich hier am Ende noch überflüssig sein», scherzte er. Ihm war das stolze Aufflackern in ihren Augen nicht entgangen.

«Im Moment gibt es hier für uns wohl nichts mehr zu tun. Ich denke, wir sollten nun Kai Bernauers Witwe die traurige Nachricht überbringen. Ich will nicht, dass sie vom Tod ihres Mannes aus der Presse erfahren muss.»

Sie gingen gemeinsam zum Wagen, und Jan setzte sich hinter das Steuer. Er hatte ein schlechtes Gefühl bei dem Gedanken, Bernauers Frau zu begegnen. Egal wie viele Schreckensnachrichten man bereits überbracht hatte: Es blieb eine der schwierigsten Aufgaben eines Polizisten. Es war traurig, wenn man als ein unfreiwilliger Voyeur hilflos dabei zusehen musste, wie ein einziger Satz die ganze Welt eines Menschen zusammenstürzen ließ und diese sich innerhalb eines Augenblicks in einen Trümmerhaufen verwandelte. Er startete den Wagen und löste gedankenversunken die Handbremse. Dann legte er den Gang ein und wollte losfahren. Doch kaum rollte der Wagen an, schlug ihm ein greller und nervtötender Ton entgegen.

«Was ist denn nun schon wieder los», zischte er und hielt abrupt den Wagen an. Dieser grelle Ton war kaum auszuhalten. Er blickte auf das Armaturenbrett, wo ein rotes Warnsignal aufleuchtete. Er hoffte inbrünstig, dass der Motor nicht im Eimer war. Das hätte gerade noch gefehlt. Er zog die Handbremse wieder an und wollte gerade aussteigen, um nach dem Motor zu sehen, als er bemerkte, dass Valérie ihn entgeistert anblickte.

«Was ist denn?», fragte er genervt. Ihr war offensichtlich nicht klar, dass er gerade damit beschäftigt war, dieses Fahrzeug wieder flottzumachen.

«Der Sicherheitsgurt, Jan», sagte sie. Als er sie verständnislos anblickte, hakte sie sich mit ihrem Daumen unter ihrem Sicherheitsgurt ein, zog diesen nach vorn und ließ ihn dann wieder zurückschnappen.

«Wovon sprichst du eigentlich?», fragte er ungehalten. Von Autos hatte sie nun wirklich nicht die geringste Ahnung, dachte Jan, der vor lauter Wut nicht mitbekam, wie ein schwarzer Transporter mit abgedunkelten Scheiben auf das freie Parkfeld nebenan fuhr.

«Du musst dich zuerst anschnallen, bevor du losfährst, Jan. Du hast den Kontrollalarm für die Sicherheitsgurte ausgelöst», sagte sie. Er glotzte Valérie einen Moment lang an, bis er endlich begriff, wovon sie sprach.

«Ach so, natürlich», sagte er dann verlegen und ließ räuspernd seinen Sicherheitsgurt einschnappen. Sofort erstarb der lästige Ton. Diese verfluchte Technik, dachte er und schielte verstohlen in Valéries Richtung. War da etwa für einen kurzen Augenblick ein verstecktes Lachen über ihr Gesicht gehuscht? Er legte betont entspannt seinen Arm über den Beifahrersitz und wollte gerade den Wagen aus dem Parkplatz hinausfahren, als die Hecktüren des schwarzen Transporters geöffnet wurden. Sie hielten einen Moment lang inne und sahen schweigend zu, wie zwei Männer einen Metallsarg aus dem Auto zogen. Dann gingen diese um das Haus und verschwanden aus ihrem Blickwinkel. Sie wussten beide, dass die Männer Bernauers Leiche in die Gerichtsmedizin bringen würden, wo sie von Philipp Wanner in den nächsten Stunden untersucht wurde. Kein schöner Gedanke, eines Tages als Leiche auf Wanners Metalltisch zu enden.

«Hast du die Adresse von Bernauers Frau?», fragte er schließlich.

«Ja, sie wohnt in der Lindengasse in Küsnacht.» Sie räusperte sich. Auch ihr war der Anblick offensichtlich nahegegangen.

«Ihr Name ist Sophie Bernauer.»

Er nickte ihr zu.

«Danke, Valérie», sagte er und fuhr los.

## KAPITEL 7

Er drückte den Klingelknopf. Sofort brach auf der anderen Seite der Haustür ein wildes und furchteinflößendes Hundegebell los. Jan und Valérie warfen sich einen Blick zu und traten vorsichtshalber einige Schritte zurück. Sicher war sicher. Doch niemand öffnete, und schließlich ging das bedrohliche Hundegebell in ein leises Wimmern über. Er blickte seufzend auf seine Uhr. Es war kurz nach zwölf Uhr.

«Offenbar ist niemand zu Hause. Versuchen wir es später noch mal.»

Sie waren bereits wieder auf dem Weg zurück zu ihrem Wagen, als er plötzlich das Gefühl hatte, eine dumpfe Stimme hinter der verschlossenen Haustür vernommen zu haben.

«Hast du das auch gehört?»

Sie blickte ihn fragend an.

«Was soll ich gehört haben?», fragte sie. Doch er war sicher, dass er sich nicht getäuscht hatte. Er lauschte erneut.

«Nun komm schon endlich», rief ihm Valérie ungeduldig zu.

«Warte einen Moment. Ich glaube, dass doch jemand im Haus ist», entgegnete er und ging kurzerhand zur Eingangstür zurück.

«Wahrscheinlich war das bloß dieser Hund, den du gehört hast.»

«Nein. Ich bin mir sicher, dass es eine weibliche Stimme war», entgegnete er und drückte erneut den Klingelknopf. Kurz darauf wurde ein Schlüssel im Schloss umgedreht, und die Haustür öffnete sich einen Spalt weit. Er beugte sich leicht vor und spähte vorsichtig in den Korridor hinein. Und dort sah er eine zierliche Frau im Eingangsbereich stehen, die mit beiden Händen angestrengt einen ausgewachsenen Dobermann am Halsband festhielt. Der knurrende Hund fixierte Jan mit weit aufgerissenen Augen, und er befürchtete schon, dass diese wild gewordene Bestie kurz davorstand, sich auf ihn zu stürzen, um ihn in Stücke zu reißen. Er hoffte inbrünstig, dass die Kräfte der Frau nicht nachlassen würden. Sie sah jedenfalls nicht besonders stark aus, wie er mit Sorge feststellte. Der muskulöse Dobermann fletschte furchteinflößend mit seinen Zähnen und zerrte kraftvoll an seinem Halsband. Dabei gab er ein Knurren von sich, das direkt aus der Hölle zu kommen schien.

«Nun sei schon endlich still, Amy», befahl die Frau mit einer erstaunlich schneidenden Stimme. Sofort erstarb das Knurren und der Hund senkte unterwürfig seinen Blick. Zwischen den beiden schien die Respektfrage also bereits geklärt worden zu sein. Er war beeindruckt.

«So ist brav», sagte die Frau und hob zufrieden ihren Kopf. Er nahm an, dass er Sophie Bernauer gegenüberstand.

«Sie müssen entschuldigen. Aber Amy mag nun mal keine Fremden», sagte sie mit einer erstaunlichen Nonchalance. Er nickte ihr verständnisvoll zu und ließ Amy dabei nicht aus den Augen.

«Was kann ich für Sie tun?», fragte sie nun mit einem Hauch von Ungeduld in ihrer Stimme.

«Sind Sie Sophie Bernauer?», fragte er und nahm seinen Dienstausweis hervor. Sie nickte.

«Das bin ich. Aber ehrlich gesagt wollte ich gerade das Haus verlassen.» Sie blickte verstohlen auf ihre Uhr. «Wenn Sie sich also bitte kurz halten könnten. Und vor allem: Wer sind Sie überhaupt?»

Er räusperte sich. «Ich bin Jan Pratt von der Zürcher Kantonspolizei. Und das ist meine Kollegin Valérie Jossen.»

Valérie nickte ihr schweigend zu. Er hielt Sophie Bernauer seinen Dienstausweis entgegen. Zu seinem Erstaunen nahm sie ihm den Ausweis aus der Hand und musterte ihn peinlich genau. Die meisten Menschen wurden unruhig, wenn sie es mit der Polizei zu tun hatten, und warfen nur einen hastigen Blick auf den Dienstausweis. In neunundneunzig Prozent aller Fälle hätte man ihnen auch genauso gut die abgelaufene Mitgliedschaftskarte eines Fitnessstudios unter die Nase halten können, ohne dass sie es bemerkt hätten. Aber Sophie Bernauer war anders. Schließlich gab sie ihm seinen Dienstausweis zurück und hob kaum merkbar die Augenbrauen.

«Und was will die Polizei von mir, wenn ich fragen darf?»

«Dürfen wir vielleicht kurz hereinkommen?»

Inzwischen hatte sich Amy auf dem Korridor hingelegt und versperrte ihnen den Weg ins Haus. Offenbar dachte sie nicht im Traum daran, sie einfach widerstandslos in ihr persönliches Revier eindringen zu lassen. Nachdem sie ihnen zu ihrer Enttäuschung nicht an die Gurgel springen durfte, war sie nun offenbar dazu übergegangen, sie mit der bewährten Methode der Abschreckung davon abzuhalten, das Haus zu betreten.

«Wollen Sie mir nicht sagen, worum es hier eigentlich geht?», fragte Sophie Bernauer.

«Ich möchte das lieber drinnen besprechen, Frau Bernauer», antwortete er verhalten. Sie dachte einen Augenblick lang nach.

«Na gut, wenn Sie meinen. Bitte kommen Sie herein.» Sie trat zur Seite und verscheuchte Amy aus dem Eingangsbereich. Zu seinem Erstaunen wedelte Amy auf einmal aufgeregt mit dem Schwanz und blickte sie hechelnd an. Von ihrer Feindseligkeit von vorhin war nichts mehr zu spüren. Jan ließ Valérie den Vortritt und ging hinter ihr ins Haus hinein. Plötzlich schnupperte Amy aufgeregt an Valéries Hand und leckte sie schließlich ab. Er sah die blanke Panik in Valéries

Gesicht. Im selben Moment drehte sich Sophie Bernauer um und ein kaum merkliches Lächeln erschien auf ihrem Gesicht.

«Sie sollten sich wirklich geehrt fühlen, Frau Jossen. Das macht Amy bei Fremden sonst nie. Offenbar scheint sie Sie zu mögen.»

Dann ging sie voran. «Wenn Sie mir bitte folgen wollen.»

# KAPITEL 8

Als sie ins Wohnzimmer kamen, blickte er beeindruckt auf die große Fensterfront, die einen atemberaubenden Blick auf den nahen Zürichsee und die schneebedeckten Gipfel der Alpen bot. Sie standen schweigend in der Mitte des überdimensionierten Wohnzimmers.

«Nehmen Sie doch bitte Platz», sagte Sophie Bernauer und zeigte auf das Sofa vor ihnen.

«Kann ich Ihnen etwas zu trinken anbieten? Vielleicht Kaffee oder einen Tee?», fragte sie und blickte sie mit verschränkten Armen an.

«Nein, danke. Wir wollen Ihnen wirklich keine Umstände bereiten.»

«Das macht mir doch keine Umstände, Herr Pratt. Aber wie Sie meinen.» Sie setzte sich ihnen gegenüber und legte ihre Hände auf die Knie. «Hier sind wir also. Wollen Sie mir nun endlich sagen, um was genau es hier eigentlich geht?»

Jan räusperte sich und zögerte einen Moment, bevor er zu sprechen begann.

«Also, es fällt mir wirklich schwer, Ihnen das sagen zu müssen, Frau Bernauer, aber Ihr Mann –»

«Kai? Was ist mit ihm? Es ist ihm doch nichts zugestoßen?», fragte sie besorgt und hielt schützend eine Hand vor den Mund.

«Es tut mir sehr leid, aber ich muss Ihnen leider mitteilen, dass Ihr Mann tot ist. Er ist ... in der Nacht auf heute ums Leben gekommen.»

Einen Moment lang blickte sie ihn ungläubig an. «Kai ist ... tot?», fragte sie mit dünner Stimme. Die Farbe war innerhalb von Sekunden aus ihrem Gesicht gewichen. «Was ist denn passiert? Nun reden Sie doch endlich!» Sie stand kurz davor, die Fassung zu verlieren.

«Man hat Ihren Mann heute Morgen tot in seinem Büro aufgefunden. Er wurde erschossen.»

Valérie stand auf und setzte sich neben Sophie Bernauer.

«Frau Bernauer», begann sie, «wir möchten Ihnen an dieser Stelle unser herzliches Beileid aussprechen.»

Doch sie schien sie nicht zu hören. Langsam schweifte ihr glasiger Blick durch den Raum. Dann schüttelte sie ungläubig den Kopf und Tränen flossen über ihre Wangen.

«Wer hat das getan?», fragte sie kraftlos. Dabei bebte ihre Stimme kaum merklich.

«Das wissen wir zurzeit leider noch nicht. Aber wir setzen alles daran, den Mörder Ihres Mannes zu finden», sagte Jan. Plötzlich schlich Amy ins Wohnzimmer herein und legte sich direkt neben Sophie Bernauer auf den Boden. Dabei blickte sie sie mit fragenden Augen an. Der Hund schien wie viele Tiere ein ausgeprägtes Feingefühl zu haben.

«Ist es nicht das, was die Polizei immer sagt?», fragte sie und wischte sich mit einem Taschentuch eine Träne aus dem Gesicht.

Valérie ergriff das Wort. «Frau Bernauer, ich gebe Ihnen mein Wort, dass wir nichts unversucht lassen werden, um den Mörder Ihres Mannes zu finden.»

Sophie Bernauer blickte sie schweigend an.

Jan fuhr fort: «Ich weiß, dass es jetzt kein guter Augenblick dafür ist: Aber wenn Sie sich dazu in der Lage fühlen, dann möchten wir Ihnen gern noch einige Fragen über Ihren Mann stellen, Frau Bernauer. Wenn es Ihnen hingegen lieber ist, können wir das selbstverständlich auch gerne –»

Sie hob ihren Kopf und unterbrach ihn, noch bevor er seinen Satz beenden konnte. «Natürlich fühle ich mich dazu in der Lage, Herr Pratt. Bringen wir es einfach hinter uns.»

Er nickte. «Wir können das Gespräch jederzeit abbrechen und zu einem anderen Zeitpunkt fortführen.»

«Das wird nicht nötig sein.»

Valérie nahm ihr Notizheft und notierte sich das Datum und die Uhrzeit. Jan wollte gerade zu sprechen beginnen, als plötzlich das Telefon auf der Kommode zu klingeln anfing. Sophie Bernauer zuckte kaum merklich zusammen. Und auch Amy spitzte die Ohren und blickte nervös umher. Doch ihr Frauchen machte keinerlei Anstalten, den Anruf entgegenzunehmen.

«Wollen Sie nicht rangehen?», fragte Jan überrascht.

Sie schüttelte entschieden den Kopf. «Nein, das will ich nicht», antwortete sie mit dünner Stimme und ignorierte das Klingeln, bis es schließlich aufhörte.

«Also gut. Dann lassen Sie mich anfangen», sagte er und räusperte sich. «Wann haben Sie Ihren Mann zum letzten Mal gesehen, Frau Bernauer?»

Sie strich sich mit der Hand nachdenklich über das Kinn und dachte lange nach, bevor sie ihm antwortete.

«Das war gestern Morgen. Ich habe mit Kai zusammen gefrühstückt. So wie wir es jeden Morgen tun. Danach ging er mit Amy noch eine halbe Stunde lang raus. Und gegen halb acht Uhr morgens ist er dann zur Arbeit gefahren.»

«Ist Ihnen an Ihrem Mann an diesem Morgen vielleicht irgendwas aufgefallen?», fragte er weiter. Sie hob erstaunt die Augenbrauen.

«Ich meine, war er anders als sonst, vielleicht etwas aufgeregt oder möglicherweise gereizt?»

Sie schüttelte entschieden den Kopf. «Nein, Kai war wie immer», entgegnete sie.

«Und wann haben Sie das letzte Mal mit ihm gesprochen?»

«Das war gestern Abend. Er hat mich kurz vor acht Uhr angerufen und mir gesagt, dass er einen kurzfristigen Geschäftstermin wahrnehmen müsse, den er leider nicht verschieben könne. Und er meinte noch, dass er wohl erst spät nach Hause kommen würde und dass ich nicht auf ihn warten solle.»

«Wissen Sie, mit wem er sich an diesem Abend treffen wollte?», fragte er und versuchte dabei, seine Aufregung vor ihr zu verbergen. Doch zu seiner Enttäuschung schüttelte sie entschieden den Kopf.

«Nein, das hat er mir nicht gesagt. Warum sollte er auch? Das tat er nie.»

«Kam es oft vor, dass Ihr Mann noch so spät abends geschäftliche Termine hatte?», fragte Valérie.

«Ziemlich oft», entgegnete Sophie Bernauer. «Schauen Sie: Mein Mann und ich, wir sehen ... wir sahen uns leider nicht sehr häufig. Er hatte ein Geschäft zu führen und war deshalb sehr viel unterwegs, auch abends. Am Anfang hatte mich das viele Alleinsein gestört. Doch ich denke, dass man sich an so was mit den Jahren gewöhnt.»

«Ja, vermutlich tut man das», antwortete Jan. In diesem Moment tat sie ihm aufrichtig leid.

«Wissen Sie vielleicht, ob Ihr Mann Feinde hatte?», fuhr er fort.

«Feinde? Sie meinen jemanden, der ihn so gehasst haben könnte, dass er ihn töten würde? Nein, das kann ich mir beim besten Willen nicht vorstellen. Im Gegenteil: Kai war bei den Menschen sehr beliebt. Er war immer charmant und unterhaltsam. Wie Sie wahrscheinlich wissen, war er ein sehr erfolgreicher Bauunternehmer und Immobilieninvestor. Das war auch der Grund, weshalb er oft auf Geschäftsreisen war. Doch zu Hause hat Kai so gut wie nie über seine Arbeit gesprochen.»

Valérie räusperte sich. «Bitte verstehen Sie das jetzt nicht falsch», begann sie, «aber darf ich Sie fragen, wo Sie gestern Abend waren?»

Für einen kurzen Moment blickte sie Valérie mit feindseligen Augen an. Doch schnell entspannte sich ihr Gesichtsausdruck wieder und sie strich sich sanft eine Haarsträhne aus dem Gesicht. Dann schürzte sie die Lippen, bevor sie antwortete.

«Ich war gestern Abend zu Hause und bin früh zu Bett gegangen. Und zwar allein, wenn Sie es genau wissen wollen. Nur Amy war bei mir. Aber wollen Sie etwa andeuten, dass ich etwas mit dem Mord an meinem Mann zu tun haben könnte, Frau Jossen?»

Valérie schüttelte entschieden den Kopf. «Nein, natürlich nicht. Bitte entschuldigen Sie, falls ich bei Ihnen diesen Eindruck erweckt haben könnte. Ich kann Ihnen versichern, dass es sich dabei um eine reine Routinefrage handelt.»

Sie blickte Valérie lange an.

«Ich weiß, dass Sie nur Ihre Arbeit machen. Aber ich will, dass Sie wissen, dass ich meinen Mann über alles geliebt habe.»

Valérie nickte sichtlich betroffen. Jan übernahm das Wort.

«Wir werden Sie nun nicht mehr länger stören, Frau Bernauer.»

Er nahm seine Karte aus der Brieftasche. «Falls Ihnen noch etwas einfallen sollte, das für uns wichtig sein könnte, können Sie mich jederzeit unter dieser Nummer erreichen.»

Sie nahm seine Karte und legte sie gedankenversunken auf den Salontisch.

«Ich habe Ihnen alles gesagt, was ich weiß. Wie ich bereits sagte: Kai hat mit mir leider nie viel über seine Geschäfte gesprochen.»

Er nickte und stand auf.

«Kann ich Kai noch einmal sehen, um mich von ihm zu verabschieden?», fragte sie unverhofft.

Jan schüttelte ihre Hand. «Selbstverständlich, Frau Bernauer.»

# KAPITEL 9

Sie gingen zum Wagen zurück, der in einer Sackgasse in der Nähe von Sophie Bernauers Anwesen stand. Die milde Mittagssonne schien auf sie herab, und im idyllischen Nobelquartier mit seinen exklusiven Villen und Gärten herrschte um diese Zeit die träge Ruhe der Mittagszeit. Nur zwei Jungen waren auf der Straße und spielten gelangweilt mit einem platten Fußball. Ihre Schultaschen lagen achtlos am Straßenrand. Jan beobachtete gedankenversunken ihr Spiel. Als sie auf ihrer Höhe waren, packten die Buben ihre Schultaschen und verschwanden lachend in einer der Seitenstraßen. Jan nahm sein Telefon aus der Tasche und blickte auf das Display. Er verdrehte die Augen. Valérie blickte ihn fragend an.

«Und?»

«Bäumler scheint nervös zu sein. Er hat bereits sechs Mal versucht, mich zu erreichen.» Dabei verzog er sein Gesicht und wählte die Nummer des Polizeichefs, der bereits nach dem zweiten Läuten ans Telefon ging.

«Jan, wo zum Teufel steckst du nur? Hier im Hauptquartier ist inzwischen die Hölle los. Die Presse rennt uns fast die Bude ein. Ich brauche dich jetzt hier.» Seine Stimme klang verzweifelt.

«Wir waren gerade bei Sophie Bernauer und haben ihr die Nachricht vom Tod ihres Mannes überbracht.»

«Natürlich», sagte er etwas ruhiger.

«Hör zu. Ich werde noch heute eine Sonderkommission ins Leben rufen. Du wirst es nicht glauben, aber unsere geschätzte Justizdirektorin hat mich vor einer halben Stunde persönlich angerufen, um mir die Wichtigkeit dieses Falls ans Herz zu legen.»

Er spürte Bäumlers Unbehagen darüber, dass sich sogar die höchsten Kreise in den Fall eingeschaltet hatten. Er stand kurz vor seiner Pensionierung und war penibel darauf bedacht, seinen guten Ruf nicht in Gefahr zu bringen. Aber offenbar standen sie in diesem Fall unter starkem Druck. Und das hieß, dass sie sich keine Fehler erlauben durften.

«Nun sag schon, Jan. Wer ist dieser Kai Bernauer eigentlich? Ich habe noch nie von ihm gehört.»

«Ich kann dir nur so viel sagen: Er war in Zürich offenbar eine recht bekannte Persönlichkeit. Eine Person des öffentlichen Lebens, wie man so schön sagt. Den Rest erzähle ich dir dann, wenn wir zurück sind.»

«Ich verlasse mich darauf, dass du sofort zu mir ins Büro kommst», knurrte Bäumler ins Telefon und legte auf. Jan steckte sein Telefon wieder ein und kramte die Autoschlüssel aus der Jackentasche.

«Du bist dran», sagte er und drückte Valérie die Schlüssel in die Hand.

«Und wohin fahren wir?»

«Zurück zur Dienststelle. Wir sollten Bäumler besser nicht mehr länger warten lassen. Der arme Kerl scheint am Rad zu drehen.»

Eine schwere Wolke aus dichtem Zigarrenqualm schwebte über dem Konferenzraum der Zürcher Kantonspolizei. Dass in den Gebäuden der Zürcher Polizei schon seit Jahren ein striktes Rauchverbot herrschte, interessierte Polizeichef Franz Bäumler herzlich wenig. Und dafür gab es eine einfache Erklärung: Selbst die Personalabteilung schreckte aus gutem Grund davor zurück, mit Bäumler auf Konfrontationskurs zu gehen. Ein Kollege aus der IT-Abteilung öffnete unter den dankbaren Blicken der Anwesenden ein Fenster. Eine wohltuende Brise strömte durch den Raum. Bäumler strafte ihn mit einem vernichtenden Blick ab und drückte dann die nur zur Hälfte gerauchte Zigarre in einem alten Drehaschenbecher aus. Während er lautstark auf die Drehscheibe des Aschenbechers drückte, ließ er mit ernster Miene seinen Blick durch die versammelte Runde schweifen. Im Konferenzraum hatten sich die Mitglieder der verschiedensten Dezernate der Zürcher Kantonspolizei zusammengefunden. Man kannte sich. Es wurde sich überall grüßend zugenickt und flüsternde Gespräche geführt. Eigentlich komisch, dass Menschen immer dann leise sprachen, wenn sie angespannt auf etwas warteten.

Jan nippte an seinem Kaffeebecher und wartete gelangweilt im hinteren Teil des Konferenzraums auf Bäumlers Ansprache. Es war ihm klar, wie das hier ablaufen würde. Nach einer kurzen Einführungsrede würde Bäumler den anwesenden Polizisten die Bildung einer Sonderkommission ankündigen und dann den Leiter nominieren. Es stand außer Zweifel, dass die Wahl auf Bernd Haase fallen würde. Das war eine durchaus nachvollziehbare Entscheidung. Bernd war ehrgeizig und wortgewandt. Außerdem hatte er eine erstklassige Ausbildung genossen und kannte durch seine Familie einige gewichtige Leute aus der Politik. Niemand würde Bäumler für diese Wahl einen Vorwurf machen können. Was Jan anbelangte, so würde er Bernd über seine bisherigen Erkenntnisse informieren und sich dann wieder seiner gewohnten Arbeit widmen. Vielleicht würde ihm Bernd großzügig einen Platz im erweiterten Ermittlungsstab anbieten, um wenigstens den Schein der Unvoreingenommenheit zu wahren. Selbstverständlich würde er diesen dankend ablehnen.

Bäumler stand schwerfällig auf und stützte sich dabei mit den Händen auf dem Pult ab. Dann strich er sich nachdenklich mit der Hand über seinen buschigen Schnurrbart und schien nach den richtigen Worten zu suchen. Jetzt ging es also los. Die Gespräche verstummten augenblicklich. Die versammelte Runde wartete gespannt auf den Beginn der Ansprache.

« Liebe Kollegen », begann Bäumler schließlich mit kräftiger Stimme. « Die meisten von euch wissen wahrscheinlich bereits, weshalb wir uns hier versammelt haben. Heute Morgen wurde der bekannte Zürcher Bauunternehmer, Philanthrop und Millionenerbe Kai Bernauer mit sechs Schüssen in seiner Brust tot in dessen Büro aufgefunden. »

Er machte eine kurze Pause und ließ seinen Blick über die anwesenden Gesichter schweifen. Damit wollte er die Wichtigkeit seiner Worte unterstreichen. Dann nahm er eine Handvoll Blätter von seinem Rednerpult und hielt sie mahnend in die Höhe. Schließlich bat er einen Kollegen, der in der ersten Reihe saß, diese zu verteilen. Es dauerte eine Weile, bis ein Exemplar zu Jan gelangte. Es war eine Kopie eines Presseberichts über den Mordfall Bernauer.

« Wie ihr sehen könnt, hat sich die Presse bereits auf diesen Fall gestürzt. Ich werde deshalb heute Nachmittag eine Pressekonferenz durchführen. Bei dieser Gelegenheit werde ich auch die Einsetzung einer Sonderkommission bekanntgeben, die schon heute ihre Arbeit aufnehmen wird. »

Ein aufgeregtes Raunen ging durch den Saal. Eine Sonderkommission hatte es bei der Kantonspolizei schon seit vielen Jahren nicht mehr gegeben. Bäumler hob seine Hand, und sofort verstummten die Stimmen im Saal.

« Kurz vor dieser Sitzung hatte ich noch ein persönliches Gespräch mit unserer geschätzten Justizdirektorin. Sie hat dabei auf die äußerste Dringlichkeit dieses Falls hingewiesen. Mit anderen Worten: Ein Versagen hätte unvorhersehbare Konsequenzen für unser Polizeikorps und würde unser Ansehen beschädigen. Daher habe ich nach reiflicher Überlegung beschlossen, die Leitung der Sonderkommission einem sehr erfahrenen und kompetenten Kollegen von uns zu übertragen. Und deshalb ...»

Jetzt kommt es. Wo war eigentlich Bernd? Er hatte ihn noch gar nicht gesehen. Jan ließ seinen Blick durch den Saal schweifen und entdeckte ihn schließlich in Bäumlers Nähe. Natürlich, wo auch sonst. Er hatte seine Hände in den Taschen vergraben und hing während Bäumlers Ansprache mit einem breiten Grinsen im Gesicht förmlich an dessen Lippen. Seine Körperhaltung strahlte mit jeder einzelnen Faser ein nahezu unverwüstliches Selbstvertrauen aus.

«... habe ich mich dafür entschieden, dass Jan Pratt die Leitung dieser Sonderkommission übernehmen wird», beendete Bäumler seinen Satz. Jan blickte sich verwirrt um. Hatte er eben richtig gehört? Valérie kam sofort zu ihm und klopfte ihm auf die Schulter.

«Das war eine gute Entscheidung von Bäumler», flüsterte sie anerkennend. Plötzlich waren alle Blicke im Saal auf ihn gerichtet. Er konnte es noch immer nicht fassen und starrte ungläubig auf Bäumler. Dieser nickte ihm wohlwollend zu. Er meinte es also tatsächlich ernst.

«Du hast mein volles Vertrauen, Jan», sagte er. Dann veränderte sich sein Gesichtsausdruck, er blickte ernst in die Runde.

«Ich erwarte von jedem Einzelnen von euch, dass ihr Jan eure volle Unterstützung zukommen lasst. Was das weitere Vorgehen betrifft, werde ich es Jan überlassen, die Mitglieder unserer Sonderkommission zu ernennen.»

Plötzlich stand Bernd auf und räusperte sich, um die Aufmerksamkeit auf sich zu ziehen. «Lieber Franz. Wir kennen uns nun schon seit einigen Jahren. Und du weißt, dass ich bis heute noch nie eine Entscheidung von dir infrage gestellt habe.»

Ein leises Raunen ging durch den Konferenzraum. Alle waren sichtlich gespannt, was als Nächstes kommen würde. Bernd setzte ein nachdenkliches Gesicht auf und verschränkte dabei seine Arme vor der Brust. Dann blickte er einen Moment lang auf den Boden vor seinen Füßen, bevor er langsam seinen Kopf hob und den Blick durch die Runde schweifen ließ.

«Ich bin überzeugt, dass jeder Einzelne von uns sein Bestes geben wird, um diesen Fall zu einem erfolgreichen Abschluss zu bringen. Und deshalb möchte ich an dieser Stelle ausdrücklich erwähnen, dass es mir einzig und allein darum geht, diesen Mordfall so schnell wie möglich aufzuklären und den Täter hinter Gitter zu bringen. Aber ich denke in aller Bescheidenheit, dass meine bisherigen Leistungen und meine Qualifikationen wohl überzeugend genug sein sollten, mir die Leitung der neuen Sonderkommission zu übertragen.»

Erneut ging ein Murmeln durch die anwesende Runde. Bernd hatte sich tatsächlich gerade selbst für die Leitung der Ermittlung empfohlen. Er hatte Chuzpe, das musste man ihm lassen. Aber ebenfalls hatte er damit vor versammelter Runde eine bereits getroffene Entscheidung des Polizeichefs infrage gestellt. Das war unverzeihlich. Viele der Anwesenden schüttelten ungläubig den Kopf. Jan blickte gespannt auf Bäumler. Er riss sich jedenfalls nicht um die Leitung dieser Sonderkommission. Der Polizeichef ergriff das Wort.

«Mein lieber Bernd. Ich weiß deine Offenheit zu schätzen. Und niemand in diesem Raum weiß besser als ich, dass dein bisheriger Leistungsausweis als Polizist zweifellos sehr beeindruckend ist», sagte er mit einer erstaunlichen Gelassenheit. Dabei blickte er Bernd nachsichtig an. «Aber trotzdem halte ich Jan aufgrund seiner langjährigen Erfahrung in der Mordkommission und seinen ausgeprägten Menschenkenntnissen für die beste Wahl, um diese neue Sonderkommission zu leiten.»

Er faltete seine Hände zusammen und blickte mit regungsloser Miene in die Runde, bevor er weitersprach. Die plötzliche Schärfe in seiner Stimme machte klar, dass er keinen weiteren Widerspruch mehr duldete.

«Ich bitte euch nun alle eindringlich, hinter meiner Entscheidung zu stehen. Denn ab heute müssen wir alle unsere Energie einzig und allein diesem Fall zukommen lassen. Und damit das auch gleich von Anfang an klar ist: Ich werde hier keine internen Querelen und Konkurrenzspiele mehr dulden. So etwas können wir uns nicht leisten. Ich hoffe, mich hiermit klar ausgedrückt zu haben.»

Das war mehr als deutlich gewesen. Bernds Gesichtsausdruck hatte sich zusehends verfinstert.

«Bernd? Du wirst Jans Stellvertreter sein und ihm bei den Ermittlungen mit deiner Erfahrung tatkräftig zur Seite stehen.»

Das durfte doch nicht wahr sein! Das würde niemals funktionieren. Nicht mit diesem aufgeblasenen Kerl. Bernd blickte mit steifer Miene zu Bäumler. Dann drehte er unverhofft seinen Kopf in Jans Richtung. Sein hasserfüllter Blick sprach Bände. Bäumler richtete erneut das Wort an sie und riss ihn aus seinen Gedanken.

«Jan, Bernd? Ich möchte, dass ihr bis heute Abend das komplette Team zusammengestellt habt.»

Zufrieden blickte er in die versammelte Runde.

«Damit ist unsere heutige Sitzung beendet. Und nun macht euch an die Arbeit. Wir haben keine Zeit zu verlieren. Wir brauchen Resultate. Und zwar bald», rief er den Anwesenden mahnend zu. Dann wandte er sich an ihn.

«Jan? Kommst du bitte noch kurz in mein Büro?»

# KAPITEL 10

Er saß tief im Stuhl versunken hinter Bäumlers Schreibtisch und wartete seit geschlagenen zehn Minuten darauf, dass sein Vorgesetzter endlich das Telefongespräch beendete. Gelangweilt blickte er sich um, während Bäumler lautstark und wild gestikulierend am Telefon sprach. Sein umherschweifender Blick fiel auf einmal auf die billige Plastikvase, in der ein Bund vertrockneter Blumen steckte. Ein Lächeln huschte über seine Lippen. Er erinnerte sich daran, dass sie zur Dekoration der berüchtigten Weihnachtsfeier gehörte, die vor einigen Jahren in der Kantine der Kantonspolizei begonnen hatte und in den frühen Morgenstunden in einer Karaoke-Bar an der Zürcher Langstraße ihren Ausklang gefunden hatte. Angefangen hatte es damit, dass ein sturzbetrunkener Kollege aus dem Archiv unter den entsetzten Blicken der Anwesenden auf den Boden der Kantine gekotzt hatte. Natürlich hatte diese dämliche Eskapade die Stimmung gehörig verdorben. Kurzum hatten sie den lallenden Aushilfsarchivar in ein Taxi gesteckt und beschlossen, den verdorbenen Abend in einer nahe gelegenen Bar ausklingen zu lassen. Dort entpuppte Bäumler sich nach einigen hochprozentigen Drinks – zum großen Erstaunen aller Anwesenden – zum unangefochtenen Star des Abends. Er würde niemals vergessen, wie Bäumler morgens um zwei Uhr unter dem tosenden Applaus seiner Kollegen *Sweet Home Alabama* ins Mikrofon trällerte. Tja, jeder Mensch hatte wohl seine versteckten Talente. Endlich beendete Bäumler das Gespräch und legte auf.

«Entschuldige bitte, dass du so lange warten musstest. Aber es war ein dringender Anruf, den ich unmöglich verschieben konnte. Du weißt ja, wie das ist.»

«Schon klar», erwiderte er gleichgültig. Seiner Meinung nach hatte das weder dringend noch geschäftlich geklungen. Aber das behielt er lieber für sich.

«Es stört dich doch nicht, wenn ich rauche?», fragte Bäumler und zündete sich eine Zigarre an.

«Doch, das tut es», antwortete er.

Bäumler blickte ihn einen Moment lang erstaunt an. Dann erschien ein schräges Lächeln auf seinem Gesicht.

«In dem Fall werde ich unser Gespräch kurz halten», sagte er und legte entspannt seinen Kopf in den Nacken. In aller Ruhe nahm er einen Zug von seiner Zigarre und blies den Rauch nachdenklich in Richtung der gelblich verfärbten Bürodecke. Es war ein wahres Wunder, dass dieser Mann bei seinem exzessiven Nikotinkonsum noch unter den Lebenden weilte. Plötzlich richtete sich Bäumler abrupt auf und stützte sich mit den Ellenbogen auf dem Schreibtisch ab. Die Zigarre klemmte achtlos zwischen seinen Fingern. Ein Stück Asche löste sich und blieb unbeachtet auf der Tischplatte liegen. Der Polizeichef blickte ihn ernst an. Das schmale Lächeln auf seinem Gesicht war verschwunden.

«Ich weiß, dass du und Bernd euch nicht besonders gut leiden könnt», begann er.

«Das siehst du ganz richtig, Franz. Und wenn wir gerade so offen darüber sprechen, dann kann ich hier und jetzt auch gleich sagen, dass ich mir beim besten Willen nicht vorstellen kann, wie ich mit diesem aufgeblasenen Wichtigtuer im Schlepptau ernsthaft an diesem Fall arbeiten soll.»

Bäumler seufzte und nickte kaum merklich. Sein Gesicht bekam einen bekümmerten Ausdruck.

«Auch wenn du das zu meinem Bedauern anders siehst, halte ich Bernd trotz seiner charakterlichen Schwächen für einen ausgezeichneten Polizisten. Es ist mir bewusst, dass ihm die nötige Demut fehlt, um einen solchen Fall zu leiten. Aber du solltest etwas nachsichtiger mit ihm sein. Er ist noch jung und unerfahren. Deshalb habe ich auch dich mit der Leitung der Sonderkommission beauftragt. Aber nichtsdestotrotz bin ich davon überzeugt, dass aus Bernd eines Tages ein erstklassiger Ermittler werden wird. Wir können es uns bei diesem brisanten Fall nicht leisten, auf ihn zu verzichten. Außerdem solltest du langsam in ein Alter gelangt sein, in dem man auch mit etwas schwierigeren Kollegen klarkommen sollte.» Bäumler lockerte seinen Krawattenknopf und blickte ihn ernst an.

«Wir kennen uns nun schon seit über zwanzig Jahren, Jan. Und ich vertraue dir, wie ich keinem anderen Polizisten hier vertraue. Wenn jemand von uns diesen Fall lösen kann, dann bist du es. Also lass mich jetzt bitte nicht hängen.»

Es war ihm klar, dass Bäumler gerade versuchte, ihn zu manipulieren. Und er war nicht einmal schlecht darin. Vermutlich war das einer der Gründe dafür, weshalb er damals Polizeichef geworden war.

Jan seufzte.

«Franz, du weißt besser als alle anderen, wie das bei uns abläuft. Was du von mir verlangst, wird nicht funktionieren. Und weißt du warum? Weil ich Bernd einfach nicht über den Weg traue. Nenn es von mir aus Intuition oder – wenn es dir lieber ist – Starrsinn. Aber ich konnte mich bis jetzt immer auf mein Bauchgefühl verlassen.»

Bäumler schüttelte verärgert den Kopf und nahm erneut einen tiefen Zug von seiner Zigarre.

«Ich habe mich vorher wohl nicht deutlich genug ausgedrückt. Es geht hier nicht um deine persönliche Befindlichkeit, sondern um nichts weniger als die Glaubwürdigkeit unserer Polizei.» Bäumler dachte einen endlos erscheinenden Moment lang nach.

«Ich mache dir ein Angebot. Ich will, dass ihr beide in den nächsten beiden Wochen ernsthaft versucht, miteinander zusammenzuarbeiten. Und damit meine ich, dass ihr es wirklich aufrichtig versucht. Danach besprechen wir die Sache nochmals. Was hältst du von meinem Vorschlag?»

Jan blickte ihn missmutig an, nickte aber widerwillig. Was blieb ihm auch anderes übrig?

«Ich werde es versuchen. Aber mach dir lieber nicht zu viele Hoffnungen.»

«Danke, Jan. Ich weiß das wirklich zu schätzen. Und halte mich über alles auf dem Laufenden. Wir stehen bei diesem Fall unter mächtigem Druck», sagte Bäumler ernst und drückte seine Zigarre aus.

Er nickte und stand auf.

«Ich weiß, Franz. Das hast du heute bereits mehr als einmal erwähnt.»

# KAPITEL 11

Am nächsten Tag wurden die Räumlichkeiten der Villa von der Polizei erneut durchsucht. Die Spurensicherung hatte das gesamte Gebäude in einer groß angelegten Aktion minutiös unter die Lupe genommen. Doch das Resultat war ernüchternd gewesen. Sie hatten weder einen Hinweis darauf gefunden, wie der Mörder in Bernauers Büro gelangt sein könnte, noch hatte dieser Spuren hinterlassen. Wer immer Bernauer auf dem Gewissen hatte, war geschickt vorgegangen. Er vermutete, dass Bernauer seinen Mörder in der besagten Nacht eigenständig hereingelassen hatte. Auch wenn der entsprechende Beweis dafür noch fehlte, war es für ihn zu diesem Zeitpunkt die wahrscheinlichste Erklärung. Zu seiner großen Enttäuschung hatten die Befragungen der Nachbarschaft nichts gebracht. Niemand hatte in der Tatnacht etwas Auffälliges gesehen oder gehört. Als er mit Bernauers Angestellten getrennt voneinander sprach, stand ihnen allen der Schock über diese Bluttat noch deutlich ins Gesicht geschrieben. Selbstverständlich war das noch lange kein Grund gewesen, die Befragungen deswegen zu verschieben, so wie es Bernd unter einer plötzlich aufkommenden Anwandlung von Anteilnahme vorgeschlagen hatte. Doch auch sie hatten nichts Brauchbares zu erzählen gehabt. Die Tatsache, dass ihr Chef gerade mit sechs Kugeln in der Brust im Leichenschauhaus der Zürcher Gerichtsmedizin lag, war für sie zwar tragisch, aber für ihre persönliche Situation sekundär. Sie machten sich vor allem Sorgen um ihre eigene Zukunft. Und er konnte es ihnen nicht verübeln. Ihr Leben ging weiter. Sie hatten Rechnungen zu bezahlen und Familien zu versorgen. Und so wie die Dinge aussahen, standen sie wohl kurz davor, ihren Job zu verlieren. Kurz nach Mittag hatte er schließlich das letzte Gespräch beendet. Er holte sich einen Kaffee und blickte nachdenklich auf die Notizen, die er sich gemacht hatte. Er ließ sich die Aussagen der Mitarbeiter nochmals durch den Kopf gehen und versuchte dabei, sich ein Bild von der Person Kai Bernauer zu machen. Er wurde von seinen Mitarbeitern überwiegend als misstrauisch, pedantisch und als ein schon fast krankhafter Kontrollfanatiker beschrieben. Außerdem war er offenbar schnell aus der Haut gefahren. Er war als Vorgesetzter kein sehr angenehmer Zeitgenosse gewesen. Aber keinem der Mitarbeiter war in den letzten Wochen vor seinem Tod etwas Außergewöhnliches aufgefallen. Er hatte sich bis zum letzten Tag wie immer verhalten. Trotzdem hatte etwas Jans Aufmerksamkeit erregt: Eine Mitarbeiterin aus der Buchhaltung erwähnte, Bernauer sei in den Wochen vor seinem Tod in die Karibik geflogen. Das sei zwar an und für sich nichts Ungewöhnliches, denn er war häufig auf Geschäftsreisen – das hatte ihm gegenüber auch schon Sophie Bernauer erwähnt. Offenbar gab es in der Karibik seit einigen Jahren eine kleine Niederlassung der Firma. Aber ihr sei die Flugbuchung dorthin aufgefallen, weil Kai Bernauer den Flug selbst gebucht hatte. Normalerweise erledigte das seine persönliche Assistentin für ihn. Sie hatte es sich damals damit erklärt, dass er dort vielleicht einen um Diskretion bemühten Kunden getroffen haben musste. Aber sie fand trotzdem, dass sie das nun der Polizei gegenüber unbedingt erwähnen sollte, nachdem Kai Bernauer doch jetzt auf diese schreckliche Weise ermordet worden sei. Auch wenn sie nicht zu den Menschen gehöre, die sich ihre Zeit mit Tratsch vertrieb, wie sie ihm nicht ganz überzeugend versicherte. Er blickte nachdenklich auf den Eintrag in seinem Notizbuch und unterstrich das Wort Karibik. Dann versah er es mit einem großen Fragezeichen dahinter.

Er war gerade auf dem Weg zu Valérie, als ihm ein breit grinsender Erik Steinmeier auf dem Flur entgegenkam. Als er ihn sah, heulte er innerlich auf. Der Kerl hatte ihm gerade noch gefehlt. Erik arbeitete seit vielen Jahren bei der Sitte und gehörte praktisch zum Inventar der Zürcher Kantonspolizei. Er war ein ausgezeichneter Polizist, aber er hatte leider auch ein loses Mundwerk, mit dem er jeden, der auch nur in seine Nähe kam, unerbittlich in Grund und Boden quasselte. Das führte dazu, dass er seit Jahren so ziemlich jedem auf der Dienststelle gehörig auf die Nerven ging. Nichtsdestotrotz war Erik ein anständiger Kerl und gehörte zu derjenigen Sorte von Polizisten, auf die man sich jederzeit hundertprozentig verlassen konnte. Jan hatte im Moment beim besten Willen keine Zeit für einen Schwatz mit ihm. Aber es war bereits zu spät. Er war mit offenen Augen in sein eigenes Verderben gerannt.

«Hallo, Jan. Ich habe gehört, dass du die Leitung der Ermittlungen im Mordfall Bernauer übernommen hast. Da gratuliere ich dir mal herzlich», begann er und hatte dabei ein so breites Strahlen auf seinem Gesicht, dass Jan schon befürchtete, sein Gesicht hätte gerade einen Krampfanfall erlitten. Er lächelte gequält zurück.

«Danke, Erik», antwortete er kurz angebunden und wollte gerade weitergehen, als Erik sich ihm in den Weg stellte.

«Ach, noch etwas, wenn ich dich gerade sehe. Du weißt doch, dass wir Jungs uns zweimal die Woche abends auf der alten Kasernenwiese zum Fußballspielen treffen. Nun ja, ich fände es großartig, wenn du auch bei uns mitmachen würdest. Dabei könntest du mal richtig Dampf ablassen, jetzt, wo du doch so unter Druck stehst. Und deiner Figur würde es sicher auch nicht schaden. Du scheinst dir ja in letzter Zeit ziemlich was angefuttert zu haben», fügte er augenzwinkernd an.

«Danke, Erik, ich werde es mir überlegen», sagte er mit einem erzwungenen Lächeln im Gesicht. Er wäre ihm am liebsten an die Gurgel gesprungen.

«Schön. Mein Angebot gilt. Wir spielen jeden Dienstag- und Donnerstagabend von acht bis neun Uhr. Wir sehen uns, Kumpel.» Dann verschwand er in seinem Büro. Jan blickte ihm kopfschüttelnd nach. Es gab hier einfach zu viele Irre auf der Dienststelle, dachte er und ging zu Valérie ins Büro. Sie saß hinter ihrem Schreibtisch und blickte ihn erwartungsvoll an.

«Und, wie ist es gelaufen? Irgendwelche Resultate?»

Er schüttelte resigniert den Kopf und seufzte.

«Es ist leider nichts dabei herausgekommen. Außer, dass Kai Bernauer kurz vor seinem Tod zu seiner Niederlassung in die Karibik geflogen ist und den Flug dorthin offenbar vor seinen Mitarbeitern zu verheimlichen versuchte.»

«Das ist seltsam.»

«Und wie sieht es bei dir aus?» Er hoffte, dass wenigstens ihr etwas mehr Erfolg zuteilgeworden war. Aber sie zuckte bloß resigniert mit den Schultern.

«Ist leider auch nichts dabei herausgekommen.»

«Vielleicht sollten wir die Mitarbeiter der Firma etwas genauer unter die Lupe nehmen. Ich zweifle zwar daran, dass einer von ihnen etwas mit dem Mord an Kai Bernauer zu tun haben könnte, aber wir dürfen keine Möglichkeit außer Acht lassen.»

Valérie nickte ihm zu.

«Da ist noch etwas, das du unbedingt wissen solltest. Und zwar ist Bernauers Assistentin, die seine Leiche entdeckt hatte, am Tatort zusammengebrochen. Daraufhin hat man sie in ein Spital gebracht. Vorhin konnte ich endlich mit dem zuständigen Arzt der Universitätsklinik sprechen.»

Er horchte hoffnungsvoll auf. Konnte es am Ende doch noch sein, dass dieser Tag wenigstens eine gute Nachricht hervorbringen würde? Nach den Ereignissen des heutigen Dienstes konnte er zwar nur noch schwer daran glauben, trotzdem blickte er sie erwartungsvoll an.

«Nun spann mich nicht länger auf die Folter und sag mir endlich, was er gesagt hat», forderte er sie sichtlich aufgeregt auf.

«Der zuständige Arzt teilte mir mit, dass sie einen schweren Nervenzusammenbruch erlitten hätte und noch mindestens zwei Wochen in der Klinik unter Beobachtung bleiben müsse.»

Er blickte sie ungläubig an und verzog deprimiert sein Gesicht. Doch das schien genau die Reaktion gewesen zu sein, auf die sie sehnlichst gewartet zu haben schien. Sie hob ihren Zeigefinger theatralisch in die Höhe, bevor sie weitersprach.

«Aber ...», sagte sie und zog dabei die Silben derart in die Länge, dass es schon fast an psychische Folter grenzte, «er meinte auch, dass sich ihr Zustand inzwischen den Umständen entsprechend stabilisiert habe und er damit einverstanden sei, wenn wir sie morgen früh zehn Minuten lang befragen würden. Natürlich nur unter der Bedingung, dass ein Arzt während der Befragung anwesend sein wird.»

Er atmete erleichtert aus.

«Danke, Valérie. Das sind die ersten guten Nachrichten, die ich an diesem verrückten Tag gehört habe. Wenn jemand über Kai Bernauer und seine Geschäfte Bescheid weiß, dann ist es seine persönliche Assistentin. Und ich bin mir sicher, dass ihr genauso viel daran liegen wird wie uns, seinen Mörder hinter Gitter zu bringen.»

Auf einmal spürte er eine lähmende Müdigkeit durch seinen Körper strömen. Er blickte gähnend auf seine Uhr. Es war bereits kurz vor halb acht. Sie hatten einen verdammt langen Tag hinter sich. Aber bevor sie für heute endgültig Schluss machen konnten, gab es noch eine letzte Sache, die sie zu erledigen hatten.

# KAPITEL 12

Das brummende Geräusch der Kühlfächer drang unerbittlich in seine Ohren. Er schluckte betreten und dachte an all die toten Menschen, die in ihnen aufbewahrt wurden. Auf einmal fühlte er eine tiefe und drückende Beklemmung in seiner Brust. Über seinem Kopf flackerte nervös eine defekte Neonröhre. Valérie stand schweigend neben ihm und blieb erstaunlich gelassen. Doch er wusste nur zu gut, dass dies kein Ort war, an dem Menschen wirklich gelassen bleiben konnten. Schon gar nicht, wenn man wie sie direkt vor einem Seziertisch stand, auf dem ein mit einem Leichentuch verhüllter Toter lag. Es war der leblose Körper von Kai Bernauer. An seiner Zehe hing achtlos ein mit seinem Namen beschrifteter Zettel herunter. Während sie auf den Gerichtsmediziner Wanner warteten, blickte er sich in dem kalten Raum um und fragte sich, weshalb sich die Gerichtsmedizin eigentlich immer in fensterlosen Räumen im Untergeschoss befand. Es war fast so, als ob man die Toten aus der Welt der Lebenden sperren wollte. Während er seinen Gedanken nachging, kritzelte Valérie etwas in ihr Notizheft. Während sie schrieb, gab ihr Stift ein unangenehm kratzendes Geräusch von sich. Was zum Teufel gab es in diesem Moment hier unten eigentlich Wichtiges aufzuschreiben? Er fragte sich, ob sie mit ihren Notizen nicht so lange hätte warten können, bis sie die Gerichtsmedizin wieder verlassen hatten. Aber vielleicht war es nur ihr eigener Versuch, diesen Ort auf eine emotionslose Distanz zu halten. Er wischte sich eine Schweißperle von der Stirn, während die defekte Neonröhre über ihnen weiterhin ein surrendes Geräusch erzeugte, das ihn entfernt an das nervende Geräusch einer Stechmücke erinnerte. Er wurde jäh aus seinen Gedanken gerissen, als Philipp Wanner den Raum betrat.

«Dieser Fall scheint wirklich sehr wichtig zu sein, wenn ihr mich noch zu dieser späten Zeit hier aufsucht», sagte er mit einem schiefen Grinsen im Gesicht.

«Das ist er», antwortete er, während Wanner sich im Spülbecken mit minutiösem Eifer seine Hände wusch. Dabei summte er in aller Seelenruhe eine bekannte Melodie, die vielleicht unter einer abendlichen Dusche passend gewesen wäre, aber bestimmt nicht hier unten in der Leichenhalle. Als plötzlich im Nebenraum eine Tür aufgestoßen wurde, zuckte Jan erschrocken zusammen. Gedämpfte Schritte und das Geräusch von quietschenden Rädern erklangen. Schließlich tauchte ein groß gewachsener, hagerer Kerl in einem weißen Kittel auf. Vor sich her schob er eine Bahre, auf der eine zugedeckte Leiche lag. Als er die Besucher erblickte, erstarrte er einen Moment lang und begrüßte sie schließlich mit einem zögernden Nicken.

«Wen haben wir hier?», fragte Wanner seinen Kollegen.

Der Kerl zuckte gleichgültig mit den Schultern.

«Ein alleinstehender Mann, den die Polizei heute tot in seiner Wohnung aufgefunden hat. Niemand schien ihn vermisst zu haben. Der arme Kerl lag über zwei Wochen in seiner Wohnung, bis jemandem im Haus der Gestank aufgefallen ist, der sich im Treppenhaus ausgebreitet hat. Traurige Sache.»

«Gut. Ich werde ihn mir gleich morgen früh anschauen», sagte Wanner, während sein Gegenüber eines der Kühlfächer öffnete und den Leichnam mit stoischer Miene hineinschob. Dann warf er die Tür des Kühlfachs zu und drehte sich zu Wanner.

«Geht klar. Ich mache jetzt für heute Schluss. Wir sehen uns dann morgen», verabschiedete er sich. Er schob die leere

Bahre vor sich her und ging. Das Geräusch der quietschenden Räder wurde immer leiser, bis es schließlich ganz verstummte. Valérie und Jan blickten sich schweigend an. Währenddessen trocknete sich Wanner mit stoischer Ruhe seine Hände. Dann setzte er seine runde Brille auf und nahm eine Akte an sich. Er warf einen prüfenden Blick hinein und kam an den Seziertisch, auf dem der abgedeckte Leichnam von Kai Bernauer lag. Ein gutes Dutzend einfacher Neonröhren hing in Zweierreihen an der Decke. Sie hüllten den Raum in kaltes Licht. Er fragte sich, wie Wanner es nur fertiggebracht hatte, so viele Jahre hier unten zu verbringen, ohne dabei verrückt geworden zu sein. Auch wenn er insgeheim der Meinung war, dass sein Freund in den letzten Jahren doch etwas sonderbar geworden war.

«Nun spann mich nicht länger auf die Folter, Philipp. Erzähl mir, ob du etwas bei der Obduktion herausgefunden hast, das uns in unserem Fall weiterhelfen könnte», sagte er geradeheraus und versuchte dabei vergeblich, sich seine Ungeduld nicht anmerken zu lassen. Wanner hob fragend seine Augenbrauen. Auf einmal erschien ein warmes, freundschaftliches Lächeln auf seinem Gesicht. Er nickte nachsichtig und legte die Akte weg.

«Natürlich, Jan. Ich bin mir bewusst, welche Dringlichkeit dieser Fall hat. Aber bevor ich zu meinem Obduktionsbericht komme, möchte ich dir zuerst einmal ganz herzlich zu deiner verdienten Beförderung zum Leiter der neuen Sonderkommission gratulieren.» Er jaulte innerlich auf und fragte sich, ob es bei der Züricher Polizeibehörde eigentlich noch irgendjemanden gab, der noch nicht über seine Ernennung Bescheid wusste.

«Vielen Dank, Philipp. Aber genau genommen handelt es sich nur um eine Ernennung und nicht um eine Beförderung. Außerdem wäre ich dir dankbar, wenn wir endlich über das

Ergebnis der Obduktion sprechen könnten. Wir haben nämlich einen wirklich anstrengenden Tag hinter uns.»

Wanner musterte ihn über den Rand seiner Brille hinweg. Dann zuckte er mit den Schultern.

«Aber natürlich. Ich will euch nicht länger als nötig aufhalten», sagte er verständnisvoll und zog mit einem kräftigen Ruck das Leichentuch weg. Valérie zuckte kaum merklich zusammen, als sie Bernauers toten Körper erblickte. Der Leichnam bot einen furchtbaren Anblick. Bernauers Brust war von den Einschüssen übel zugerichtet worden. Wanner tat so, als ob er ihre Reaktion nicht bemerkt hätte. Aber er war sich sicher, dass der verrückte Kerl das mit Absicht getan hatte. Denn ihm war das kurze, verschmitzte Lächeln auf seinem Gesicht nicht entgangen, als er das Tuch weggezogen hatte.

«Meine Schätzung über die Tatzeit habe ich dir ja bereits am Tatort mitgeteilt. Und wie sich gezeigt hat, war sie absolut korrekt.»

Der Gerichtsmediziner irrte sich nie. Er nickte Wanner anerkennend zu.

«Danke, Philipp. Damit können wir die Tatzeit nun definitiv eingrenzen. Aber könntest du mir einen Gefallen tun und den Leichnam bitte wieder zudecken?» Wanner blickte ihn einen Augenblick lang erstaunt an.

«Ach so. Selbstverständlich. Entschuldigt bitte. Ich vergesse manchmal, dass ein solcher Anblick für Besucher nicht immer einfach ist. Aber für uns Gerichtsmediziner ist das nun mal eine der natürlichsten Sachen der Welt», sagte er und deckte Bernauers Leichnam wieder zu.

«Also, wo war ich stehen geblieben? Ach ja. Kai Bernauer wurde also zwischen halb elf und elf Uhr abends ermordet. Außerdem habe ich bei der Untersuchung noch ein weiteres interessantes Detail gefunden.»

Jan horchte auf. Auch Valérie hatte aufgehört, sich Notizen zu machen, und blickte den Gerichtsmediziner gespannt an.

«Ich habe dir ja schon am Tatort gesagt, dass Bernauer aus einer geringen Entfernung erschossen wurde. Aber nachdem ich an seinen Kleidern deutliche Schmauchspuren gefunden habe, gibt es keinen Zweifel daran, dass die Distanz noch kürzer war, als ich anfänglich angenommen hatte.»

«Und was heißt das genau?»

«Die Distanz dürfte weniger als einen halben Meter betragen haben.»

Sofort sprach Valérie aus, was ihm in diesem Moment ebenfalls durch den Kopf ging.

«Dann ist es wahrscheinlich, dass Bernauer sich nicht bedroht gefühlt hat. Zusammen mit den fehlenden Einbruchsspuren an Bernauers Firmensitz könnte das ein weiterer Hinweis darauf sein, dass das Opfer seinen Mörder kannte. Und wenn dem so ist, dann dürfte das den Kreis der für die Tat infrage kommenden Personen deutlich einschränken. Hast du die Projektile schon überprüfen lassen?», fragte sie. Wanner nickte.

«Natürlich habe ich das. Aber die Kugeln in Bernauers Leichnam stammen aus keiner Waffe, die in unserer Datenbank registriert ist.»

Damit hatten sie gerechnet. Jeder, der einen Mord plant, würde es vermeiden, eine Waffe zu benutzen, deren Geschichte er oder sie nicht kannte. Das war zu riskant.

«Gibt es sonst noch etwas, das wir wissen sollten?»

«Ich habe an der Leiche weder Hämatome noch Kratzspuren gefunden. Und auch unter seinen Fingernägeln gab es keine Hautspuren. Bernauer hat sich also nicht gewehrt. Ich möchte zwar nicht spekulieren, aber das würde für die Theorie sprechen, dass er seinem Mörder vertraute und die Tat demnach überraschend für ihn kam.»

Wanner nahm die Untersuchungsakte nochmals in die Hand und warf einen kurzen Blick hinein, bevor er sie wieder zur Seite legte.

«Ach ja. Da ist noch etwas. Das hätte ich beinahe vergessen. Aber vermutlich wisst ihr das bereits. Heute Nachmittag war die Witwe unseres Verstorbenen hier. Sie sagte mir, dass sie ihn noch einmal sehen wolle, um sich von ihm zu verabschieden.»

Jan drehte sich erstaunt um. Was hatte Wanner da eben gesagt?

«Sophie Bernauer war heute hier unten in der Gerichtsmedizin?», fragte er ungläubig.

«Das habe ich dir doch gerade eben gesagt. Vielleicht ist das jetzt etwas unpassend. Aber diese Dame hat absolut hinreißend ausgesehen, wenn du mich fragst.»

Das durfte doch nicht wahr sein. Er rollte mit den Augen. Wanner hatte manchmal das Einfühlungsvermögen eines Mähdreschers.

«Und wie hat sie auf den Anblick ihres Mannes reagiert?», fragte er.

«Na ja, am Anfang wirkte sie auf mich erstaunlich gefasst. Doch als sie dann den Leichnam sah, ist sie mir hier unten fast zusammengebrochen. Die Arme konnte gar nicht mehr aufhören zu schluchzen. Ich war wirklich froh, dass euer Kollege sich dann so rührend um sie gekümmert hat. Ich habe es nämlich ehrlich gesagt nicht so mit weinenden Frauen. Er hat sie dann in einem Dienstwagen nach Hause bringen lassen.»

Wovon sprach Wanner denn jetzt schon wieder?

«Welcher Kollege war das?» Eines war sicher: Der einzige Ermittler, der mit Sophie Bernauer hier unten hätte sein sollen, war er – und sonst niemand. Wanner blickte ihn erstaunt an.

«Das ist doch der übliche Ablauf bei solchen Fällen. Ein Beamter von euch begleitet doch immer die Angehörigen, wenn sie einen Toten noch ein letztes Mal sehen möchten. Ich weiß gar nicht, weshalb du dich überhaupt so darüber aufregst.»

«Natürlich ist das der normale Ablauf, Philipp. Aber dieser Beamte hätte ich sein sollen. Also sag mir jetzt bitte, mit wem Sophie Bernauer hier unten war.»

Er schien sich auf einmal sichtlich unwohl zu fühlen und öffnete nervös seinen Kragenknopf.

«Na ja, das war Bernd Haase von deiner Dienststelle. Er hat mir versichert, dass er mit dir zusammen an diesem Fall arbeite. Darum habe ich mir auch nichts dabei gedacht, als er sich nach dem Stand der Obduktion erkundigt hatte. Das ist für dich hoffentlich in Ordnung. Ich habe doch damit keinen Fehler gemacht?»

Bernd. Natürlich, wer sonst? Das hätte er sich denken können. Jan schüttelte den Kopf.

«Nein, Philipp. Mach dir keine Gedanken. Bernd ist tatsächlich mit mir an dem Fall dran», beschwichtigte er ihn. Er wollte den armen Kerl nicht noch mehr beunruhigen. Wanner blickte ihn sichtlich erleichtert an.

«Na dann bin ich aber froh. Ich habe nämlich ehrlich gesagt schon angefangen, mir Sorgen zu machen.»

Er klopfte dem Gerichtsmediziner freundschaftlich auf die Schulter.

«Dafür gibt es wirklich keinen Grund, Philipp. Aber eine letzte Frage hätte ich trotzdem noch. Worüber haben Bernd und du euch eigentlich unterhalten, als er hier unten war?»

Wanner dachte einen Moment lang nach, bevor er antwortete. Dabei kratzte er sich nachdenklich am Kinn.

«Eigentlich über nichts Besonderes. Er ist zuerst allein mit dem nötigen Papier heruntergekommen, während Sophie Bernauer oben gewartet hat. Dabei hat er sich bei mir auch über den Stand der Autopsie erkundigt. Aber ich war zu diesem Zeitpunkt noch mitten in meinen Untersuchungen. Deshalb konnte ich auch noch nichts Konkretes sagen. Das habe ich ihm dann auch mitgeteilt.»

«Und was passierte danach?»

«Dann ist er hochgegangen und kurz darauf wieder mit Sophie Bernauer hier unten erschienen. Und den Rest von der Geschichte kennst du ja bereits. Wie ich dir schon gesagt habe, war ich wirklich froh, dass er sich so um sie gekümmert hat. Das ist alles andere als ein schöner Anblick, wenn man seine liebste Person so sehen muss. Kein Mensch sollte so etwas durchmachen müssen. Wenn du mich fragst, muss sie ihn wirklich geliebt haben.»

«Ja, das hat sie wohl», antwortete er und gab Valérie mit einem Nicken zu verstehen, dass sie hier unten fertig waren.

# KAPITEL 13

Jan war fast eine Stunde zu spät dran, als er an der Wohnungstür seiner Schwiegereltern klingelte. Die Tür wurde umgehend geöffnet, und sein Schwiegervater stand vor ihm. Er war noch immer braun gebrannt von seiner kürzlichen Urlaubsreise und umarmte ihn herzlich, obwohl er sich in Wahrheit bis heute noch nicht damit abgefunden hatte, dass seine einzige Tochter einen Polizisten und keinen Arzt oder Anwalt geheiratet hatte. Auch wenn er das niemals zugeben würde.

«Mensch, Jan. Da bist du ja endlich! Wir alle haben uns schon Sorgen um dich gemacht», sagte er und blickte ihn vorwurfsvoll an.

«Tut mir echt leid. Aber heute war auf unserer Dienststelle die Hölle los.» Dabei verdrehte er theatralisch die Augen und hielt seinem Schwiegervater eine Flasche französischen Wein entgegen, die er kurz vor Ladenschluss in einer für seine Gehaltsklasse definitiv zu teuren Weinhandlung erstanden hatte.

«Ein Margaux?», sagte er und pfiff anerkennend durch die Zähne. «Das wäre doch wirklich nicht nötig gewesen. Aber nun komm doch endlich herein. Erzähl schon, Jan. Wie geht es dir?» Noch bevor er überhaupt antworten konnte, sprach sein Schwiegervater schon weiter. «Wir haben in den Nachrichten vom Mord an diesem bekannten Zürcher Geschäftsmann gehört. Eine schreckliche Tat. Ich habe mir schon gedacht, dass du deshalb einiges um die Ohren hast. Mal unter uns, habt ihr denn schon eine erste Spur?»

Sie gingen zusammen ins Esszimmer.

«Du weißt doch, dass ich über eine laufende Ermittlung nicht sprechen darf.» Jan hob entschuldigend die Hände. Sein Schwiegervater lachte laut auf.

«Mein lieber Schwiegersohn, vierundzwanzig Stunden am Tag ein aufrichtiger und korrekter Beamter der Zürcher Polizei. So wie es sich gehört», zog er ihn auf. «Und nun komm schon ins Esszimmer und setz dich hin. Es warten schon alle auf dich. Und das seit über einer Stunde. Ich muss dich warnen: Es herrscht eine ziemlich dicke Luft dadrinnen», flüsterte er ihm verschwörerisch zu. Als er das Esszimmer betrat, schluckte er leer. Vor ihm stand eine erschreckend authentische Nachbildung eines spanischen Inquisitionsgerichts in der Gestalt seiner Schwiegermutter, seiner Ehefrau Emily und seiner siebzehnjährigen Tochter Léonie. Sein hilfesuchender Blick wanderte zuerst zu seiner Tochter, doch diese verdrehte nur ihre Augen und blickte dann kopfschüttelnd zu ihrer Mutter. Botschaft verstanden. Von ihr hatte er also vorerst keine Unterstützung zu erwarten. Er räusperte sich und setzte sein bestes Lächeln auf.

«Hallo, meine Lieben», sagte er und streckte seiner Schwiegermutter eine Schachtel Pralinen entgegen. «Eine kleine Aufmerksamkeit für dich», sagte er. Sie nahm die Schachtel zögernd entgegen und legte sie dann neben sich auf den Tisch.

«Schokolade von Sprüngli? Das ist aber wirklich sehr aufmerksam von dir», sagte sie in einem eisigen Tonfall, der in Wahrheit vielmehr zu sagen schien: Du kannst dir deine dämlichen Pralinen sonst wo hinstecken. Es stand ihm heute wohl noch ein anstrengender Abend bevor. Seine Schwiegermutter konnte Unpünktlichkeit auf den Tod nicht ausstehen. Und das war dummerweise auch noch eine der wenigen Eigenschaften, die sie mit ihrer Tochter teilte. Er gab Emily einen Kuss auf die Wange und setzte sich neben sie.

«Tut mir echt leid. Aber dieser neue Fall hat uns alle ziemlich unter Druck gesetzt», sagte er entschuldigend.

«Ist schon gut. Hauptsache, du bist nun endlich da. Du siehst müde aus. Geht es um diesen Fall, von dem sie in der Presse schon den ganzen Tag über berichten?»

Er nickte. Und während er sich mit Emily über den heutigen Tag unterhielt, kehrte seine Schwiegermutter mit einem Schmorbraten zurück, der unverkennbar viel zu viel Zeit im Ofen verbracht hatte, woran er selbst leider nicht ganz unschuldig war.

«Das sieht ja lecker aus. Ich kann euch sagen, ich habe einen solchen Kohldampf, das glaubt ihr nicht», sagte er und kam sich dabei wie ein abgehalfterter Zirkusclown vor, der verzweifelt versuchte, ein gelangweiltes Publikum in Stimmung zu bringen.

«Das haben wir alle, Papa. Schließlich mussten wir nur wegen dir den halben Abend lang auf unser Essen warten», antwortete Léonie schnippisch und gab ihm damit zu verstehen, wie peinlich sie seinen kläglichen Versuch fand, die Laune am Tisch aufzulockern. Sein Schwiegervater lächelte verlegen, schnitt den Braten in dünne Stücke und verteilte sie auf die Teller.

«Lasst es euch schmecken», sagte seine Schwiegermutter und blickte zufrieden in die Runde. Kaum hatten sie zu essen begonnen, als sein Schwiegervater auch schon begeistert von ihrer Urlaubsreise zu erzählen begann. Jans Gedanken schweiften bereits nach wenigen Sekunden ab. Plötzlich fiel sein Blick auf Léonie, die lustlos in ihrem mit Gemüse gefüllten Teller herumstocherte. Was war denn heute nur mit ihr los?

«Weshalb isst du denn nichts von dem Braten, Liebes?», fragte er. Sofort schnaubte Léonie und schüttelte über die in ihren Augen unendliche Ignoranz ihres biologischen Erzeugers den Kopf.

«Oh mein Gott, das ist jetzt wohl nicht dein Ernst», rief sie aufgebracht und schmiss ihr Besteck klirrend auf den Teller. Dann stützte sie ihren Kopf in die Hände und starrte zornig und den Tränen nahe auf die Tischplatte.

«Was ist denn nun wieder los?», fragte er sichtlich verdutzt. «Habe ich etwa gerade etwas Falsches gesagt?» «Wie du eigentlich wissen solltest, ist deine Tochter seit einigen Monaten Vegetarierin», klärte Emily ihn vorwurfsvoll auf. Er dachte nach. Dann kam ihm in den Sinn, dass sie ihm gegenüber vor einiger Zeit tatsächlich so etwas in der Art erwähnt hatte. Aber wer konnte sich denn schon all die Dinge merken, die in dieser Familie vor sich gingen, dachte er zähneknirschend und nahm einen Bissen vom Schmorbraten.

«Tut mir leid. Ich hatte das echt vergessen», antwortete er kleinlaut, während er verzweifelt auf dem zähen Braten herumkaute.

«Weil dir mein Leben sowieso egal ist», murmelte Léonie leise vor sich hin. Er war froh, dass sie wenigstens nicht gleich aufgestanden war und die Tür hinter sich zugeknallt hatte. Sie schien heute eindeutig einen ihrer besseren Tage zu haben. Sein Schwiegervater räusperte sich und hob das Glas für einen Toast. Offenbar war er nicht der Einzige am Tisch, der von diesem Abend retten wollte, was es noch zu retten gab.

«Lasst uns zusammen auf meine über alles geliebte Ehefrau, eure Mutter, Großmutter und Schwiegermutter anstoßen, die immer für uns da ist.» Das musste er seinem Schwiegervater lassen: Er fand stets im richtigen Moment die passenden Worte.

«Vielen Dank, meine Liebsten. Es ist wirklich schön, dass wir heute alle wieder zusammen sein können», sagte sie sichtlich bewegt.

Die Gläser klirrten. Jan hob sein Glas, gab Emily einen Kuss und zwinkerte Léonie versöhnlich zu. Diese streckte ihm provozierend die Zunge heraus. Und was er dann erblickte, verschlug ihm beinahe den Atem. Fassungslos starrte er Léonie an. Was er gerade eben auf der Zunge seiner gerade mal siebzehnjährigen Tochter gesehen hatte, war eindeutig ein Piercing gewesen. Das durfte doch nicht wahr sein! Er war kurz davor, etwas zu sagen, als er plötzlich Emilys Hand auf seiner Schulter spürte. Sie lächelte ihn dabei vielsagend an. Er hätte es ahnen müssen: Sie wusste es bereits. Und so, wie sie ihn gerade ansah, war es offensichtlich, auf welcher Seite sie stand.

Es war kurz vor zehn Uhr, als sein Schwiegervater wortlos aufstand und diskret im Wohnzimmer verschwand, während Emily und Léonie sich angeregt mit seiner Schwiegermutter über einen neuen Instruktor des Yogakurses unterhielten, den sie seit einigen Wochen zusammen besuchten. «Ein wirklich süßer Kerl, und dann ist er auch noch so nett», schwärmte seine Schwiegermutter kichernd.

Er nippte nachdenklich an seinem Weinglas. Schließlich stellte er das leere Glas auf dem Tisch ab und stand auf. Als er ins Wohnzimmer kam, war sein Schwiegervater gerade dabei, sich ein Glas Whiskey einzuschenken. Offensichtlich hatte auch er es für besser befunden, einen taktischen Rückzug anzutreten. Als er ihn erblickte, hellte sich sein Gesicht auf.

«Setz dich doch hin, Jan, und trink ein Glas Whiskey mit mir.» Ohne eine Antwort abzuwarten, schenkte er ihm großzügig ein.

«Auf uns Männer», sagte sein Schwiegervater und prostete ihm zu. Und schon bald nahm das Schicksal seinen unabwendbaren Lauf. Es kam, wie es kommen musste: Eine gute Stunde später war die Flasche mehr als zur Hälfte geleert, er hoffnungslos beschwipst und sein Schwiegervater schnarchend auf dem Sofa eingeschlafen. Als sie schließlich auf der Fahrt nach Hause waren, regte sich Emily maßlos darüber auf, dass er heute Abend so viel getrunken hatte. Berechtigterweise schob er die Schuld auf seinen Schwiegervater, was wiederum Léonie gegen ihn aufbrachte.

«Wieso hackst du andauernd auf Großpapa herum», protestierte sie empört. «Immer suchst du die Schuld bei anderen und nie bei dir. Papa, du bist einfach unmöglich.» Dann drehte sie ihren Kopf zur Seite und blickte beleidigt zum Fenster hinaus.

«Das stimmt doch gar nicht. Ich habe nur gesagt, dass ich normalerweise nicht so viel trinke. Und aus Höflichkeit konnte ich den von ihm offerierten Whiskey nicht ablehnen. Das hätte bestimmt seinen Abend verdorben.»

«Wie selbstlos von dir, Jan. Aber deswegen hättet ihr doch nicht gleich die ganze Flasche austrinken müssen», ermahnte ihn Emily.

«Das haben wir auch nicht. Es war eine halbe Flasche», protestierte er.

«Ach, und du denkst, das macht es jetzt besser?»

«Nein, natürlich nicht.»

Es war zwecklos. Jan blickte resigniert durch das Seitenfenster und sehnte sich nach seinem Bett, während sie durch die nächtlichen Straßen der Stadt fuhren. Als sie schließlich zu Hause waren, wünschte er Léonie eine gute Nacht, was sie mit einem unverständlichen Gemurmel quittierte, bevor sie in ihrem Zimmer verschwand und die Tür lautstark hinter sich zuschlug. Also putzte er sich die Zähne und ging dann ins Schlafzimmer, wo er seine Kleider in eine Ecke schmiss und sich erschöpft ins Bett warf. Emily nahm noch eine Dusche, bevor sie ebenfalls ins Bett kam und dann unverhofft unter seine Decke schlüpfte. Sie trug keinen Pyjama und drückte sich zärtlich an ihn. Plötzlich spürte er ihre Lippen auf seinem Mund. Sie gab ihm einen sanften Kuss und strich mit ihrer Hand zärtlich über seinen Rücken. Dabei konnte er im Halbschlaf ihren warmen Atem in seinem Nacken spüren.

«Lass uns das auf ein andermal verschieben», murmelte er schläfrig und drehte sich auf die andere Seite. Und in der nächsten Sekunde fiel er in einen tiefen und traumlosen Schlaf.

## KAPITEL 14

Als er am nächsten Morgen aufwachte, hatte er einen derart üblen Brummschädel wie schon lange nicht mehr. Emily war bereits in aller Frühe aufgestanden und hatte Léonie zur Schule gefahren, bevor sie zur Arbeit ging. Er fragte sich, wann er das eigentlich das letzte Mal getan hatte. Es musste schon eine Ewigkeit her sein. Er nahm sich vor, das gleich bei nächster Gelegenheit nachzuholen. Dann blieb er noch einen kurzen Moment lang regungslos liegen, bevor er schließlich schlaftrunken und mit zusammengekniffenen Augen auf den Wecker blickte.

«Das darf doch nicht wahr sein», fluchte er und war auf einmal hellwach. Hastig rollte er sich aus dem Bett. Es war bereits kurz vor acht, er war viel zu spät dran. Eilig ging er ins Bad und stellte sich kurz unter die Dusche. Das kühle Wasser prickelte wohltuend auf seiner Haut. Als er aus der Dusche kam, blickte er einen kurzen Moment nachdenklich in den Spiegel. Es war nicht zu leugnen: Je älter er wurde, desto mehr begann er seinem Vater zu ähneln. Kopfschüttelnd verwarf er den Gedanken wieder und zog sich hastig an. Dann fuhr er mit dem Wagen nach Wiedikon, wo er sich mit Valérie verabredet hatte. Als sie einstieg, bedachte sie ihn mit einem kurzen Nicken.

«Guten Morgen», erwiderte er ihren wortlosen Gruß. «Gut geschlafen?»

Sie quittierte seine Frage mit einem verärgerten Blick.

«Mensch, Jan. Hast du eigentlich keine Uhr? Du hast mich fast eine halbe Stunde hier draußen warten lassen. Also frag mich bitte nicht, wie ich geschlafen habe. Ich habe jetzt gerade echt keinen Bock auf solch ein Geplapper», meckerte sie. Er blickte sie schuldbewusst an.

«Es tut mir aufrichtig leid, Valérie. Aber es wurde gestern Abend ziemlich spät», sagte er entschuldigend und überquerte im dichten Stoßverkehr den Goldbrunnenplatz. Dann fuhr er weiter Richtung Seebahnstraße. Bei der alten Tankstelle bog er schließlich ab und fuhr den Wagen auf einen freien Parkplatz.

«Auch einen Kaffee?», fragte er versöhnlich.

«Nein, danke. Aber falls du es noch nicht bemerkt haben solltest, Jan: Wir sind spät dran. Also beeile dich bitte etwas. Ich weiß wirklich nicht, was heute mit dir los ist.»

«Ich brauche jetzt dringend einen starken Kaffee. Mein Schädel brummt wie verrückt. Aber mach dir keine Sorgen, ich werde mich beeilen», antwortete er und stieg aus. Als er in den Laden kam, fiel sein Blick auf eine kleingewachsene Verkäuferin, die hinter der Theke stand und gelangweilt auf einem Kaugummi herumkaute. Dabei spähte sie auf den Fernsehbildschirm, auf dem ein Musikvideo lief. Als er zur Theke kam, nahm sie ihren Blick vom Fernsehgerät und stellte den Ton leiser. Dann begrüßte sie ihn freundlich.

«Einen doppelten Espresso bitte», sagte er.

«Kommt sofort», antwortete sie und ließ die Kaffeemaschine laufen. «Zucker und Sahne?»

«Danke, nicht nötig», erwiderte er und kippte den Espresso, nachdem sie ihn auf die Theke gestellt hatte, in einem Zug hinunter. Plötzlich fiel sein Blick auf die morgendliche Zeitungsauslage. «Mord an einem prominenten Investor – Polizei tappt völlig im Dunkeln», war eine der zahlreichen und wenig schmeichelhaften Aussagen über den Stand der Ermittlungen der Zürcher Kriminalpolizei. Offenbar war die gestrige Pressekonferenz also doch nicht so überzeugend verlaufen, wie Bäumler es geplant hatte. Er nahm eine der Zeitungen aus der Auslage und legte sie auf den Tresen.

«Zahlen, bitte.»

«Das macht acht Franken fünfundfünfzig», sagte die Verkäuferin mit einem entwaffnenden Lächeln. Wenigstens schien nicht jeder an diesem Morgen eine schlechte Laune zu haben, dachte er und lächelte zurück. Er gab ihr ein großzügiges Trinkgeld und ging zum Wagen zurück. Als Valérie ihn erblickte, steckte sie ihr Mobiltelefon ein und blickte ihn fragend an.

«Schau dir das mal an», meinte er und hielt ihr die Zeitung unter die Nase. Sie nahm das Blatt in die Hand und überflog mit hochgezogenen Augenbrauen die Schlagzeile.

«Bäumler wird alles andere als erfreut sein, wenn er das liest», sagte sie schulterzuckend und schmiss die Zeitung auf den Rücksitz.

Als sie zum Fahrstuhl gingen, klackerten Valéries Absätze rhythmisch auf dem Betonboden der Parkgarage. Er schielte vorsichtig in ihre Richtung. Sie trug einen tadellos sitzenden Hosenanzug und ziemlich teuer aussehende Schuhe. Er kam nicht darum herum, sich einzugestehen, dass sie genauso aussah, wie man es von einer erfolgreichen Ermittlerin der Zürcher Kantonspolizei erwartete. Im Gegensatz zu ihr war er heute kläglich angezogen. Er trug eine verwaschene Jeans und abgetragene Tennisschuhe. Außerdem hatte er sich einen grauen Rollkragenpulli übergezogen. Seine Cordjacke hatte etwas zu kurz geratene Ärmel, die zu allem Elend auch noch deutlich abgenutzt waren. Er wäre wohl spielend als ein etwas in die Jahre gekommener Geschichtsprofessor durchgegangen.

«Wie ist eigentlich der Name von Bernauers Assistentin?», fragte er und drückte mehrmals ungeduldig auf den Fahrstuhlknopf.

«Das habe ich dir doch bereits gestern gesagt. Ihr Name ist Laura Kirchner», antwortete sie seufzend und rollte dabei kaum verhohlen mit den Augen, was er geflissentlich übersah.

« Und was wissen wir bis jetzt über sie ?»

« Sie ist neunundzwanzig Jahre alt und war seit etwas mehr als drei Jahren die persönliche Assistentin von Kai Bernauer. Sie ist alleinstehend und wohnt in einer kleinen Wohnung in Rüschlikon. Außerdem habe ich gestern Abend nach unserem Besuch bei Wanner ihren Namen in unsere Datenbank eingegeben. Aber sie ist ein unbeschriebenes Blatt. Nicht einmal eine Verkehrsbuße hat sie sich in den letzten Jahren zuschulden kommen lassen.»

Hatte er gerade richtig gehört ?

« Moment mal. Willst du mir etwa erzählen, dass du gestern Abend nach unserem späten Besuch in der Gerichtsmedizin nochmals ins Büro zurückgegangen bist, nur um ihren Namen durch unsere Datenbank laufen zu lassen ?»

Sie zuckte mit den Schultern. « Es ist nun mal nicht meine Art, unvorbereitet eine wichtige Zeugin zu befragen.»

Autsch. Das hatte gesessen.

« Hast du eigentlich überhaupt so etwas wie ein Privatleben ?», fragte er. Doch noch bevor sie antworten konnte, kündigte ein sanftes Klingeln die Ankunft des Fahrstuhls an. Die Tür ging auf, und sie stiegen ein. Valérie drückte den Knopf für die Empfangshalle, und der Fahrstuhl fuhr los.

« Nein, habe ich nicht, wenn du es unbedingt wissen willst », sagte sie unverhofft.

« Was hast du nicht ?»

« Du hast mich doch gerade gefragt, ob ich so etwas wie ein Privatleben habe. Und meine Antwort lautet : Nein, habe ich nicht. Auch wenn es dich eigentlich nichts angeht.»

« Nein, das tut es natürlich nicht.»

In diesem Moment ging die Fahrstuhltür auf. Sie steuerten auf direktem Weg auf den Empfangsschalter zu. Als die Mitarbeiterin am Empfang ihre Ausweise sah, veränderte sich ihr Blick. Ein verunsichertes Lächeln erschien auf ihrem Gesicht.

«Guten Morgen. Was kann ich für Sie tun?»

«Ich bin Jan Pratt von der Zürcher Kantonspolizei. Und das ist meine Kollegin Valérie Jossen. Wir möchten gern den behandelnden Arzt einer Patientin von Ihnen sprechen. Sie wurde kürzlich bei Ihnen eingeliefert.»

Sofort entspannten sich ihre Gesichtszüge. «Ach so. Und ich dachte schon ... Egal. Wie lautet denn der Name der Patientin?»

«Ihr Name ist Laura Kirchner», antwortete er und klopfte dabei mit den Fingern auf der Empfangstheke herum. Sie nickte und tippte den Namen in den Computer ein. Nach einigen Sekunden hatte sie einen Eintrag in der Datenbank gefunden.

«Richtig. Hier ist sie ja. Aber hier ist nichts über einen vereinbarten Besuchstermin vermerkt.»

«Ich kann Ihnen versichern, dass wir einen Termin vereinbart haben», erwiderte Jan ungeduldig. Sie hob ihre Augenbrauen und blickte ihn mit bedauerndem Gesichtsausdruck an.

«Dann müsste das in der elektronischen Patientenakte vermerkt sein. Aber hier steht nun mal nichts.» «Dann hat offensichtlich jemand vergessen, den Termin einzutragen.» «Das kann ich mir ehrlich gesagt nicht vorstellen. Wir arbeiten hier nämlich immer sehr präzise und zuverlässig», entgegnete sie schnippisch.

«Das glaube ich Ihnen gern. Aber anscheinend hat hier jemand für einmal gepatzt. Also rufen Sie jetzt bitte den behandelnden Arzt an. Wir haben nämlich nicht den ganzen Tag Zeit.»

Ein in die Jahre gekommener Polizist in der Verkleidung eines Geschichtsprofessors machte offensichtlich keinen großen Eindruck auf die Empfangsdame. Sie schien einen Augenblick lang nachzudenken.

«Darf ich bitte Ihre Ausweise nochmals sehen?», fragte sie schließlich.

«Aber selbstverständlich», sagte er und schluckte seinen aufkommenden Ärger herunter. Sie legten ihre Dienstausweise auf die Empfangstheke. Diese junge Dame raubte ihm noch den letzten Nerv.

«Wann genau haben Sie diesen Termin vereinbart, sagten Sie?»

«Das war gestern Nachmittag», antwortete Valérie an seiner Stelle, während sie die Frau mit furchteinflößend funkelnden Augen betrachtete. «Und jetzt möchte ich, dass Sie endlich den zuständigen Arzt holen. Wir ermitteln hier nämlich in einem Mordfall, und ich glaube kaum, dass Sie eine Anzeige wegen Behinderung der Polizeiarbeit riskieren wollen.»

Die Empfangsdame blickte Valérie eingeschüchtert an. Dann holte sie tief Luft.

«Also gut. Meinetwegen werde ich Dr. Spirig anrufen. Aber ich kann Ihnen nichts versprechen. Wie ich Ihnen bereits gesagt habe, haben wir hier im Moment ziemlich viel um die Ohren.»

Sie notierte peinlich genau die Namen und Nummern ihrer Dienstausweise. Was war heutzutage nur mit den Bürgern dieser Stadt los?, fragte sich Jan. Reichte denn nicht einmal mehr ein Dienstausweis der Zürcher Polizei aus, um ein Quäntchen Vertrauen zu erwecken?

«Die Luft hier drinnen … Sie riecht nach … Ich weiß auch nicht, nach was. Jedenfalls merkwürdig. Ich kann kaum mehr atmen», jammerte Jan, während sie auf den zuständigen Arzt warteten. Valérie blickte ihren Kollegen gleichgültig an.

«Hier riecht es genauso wie in allen anderen Kliniken auch.»

Er fuhr sich nervös durch die Haare. «Dieser beißende Duft ist einfach ekelhaft.»

Endlich hatte die junge Mitarbeiterin den zuständigen Arzt an die Leitung gekriegt.

«Dr. Spirig, hier sind zwei Kriminalbeamte von der Zürcher Kantonspolizei, die eine Patientin von Ihnen sprechen wollen», begann sie. «Bei der Patientin handelt es sich um Frau Laura Kirchner von Zimmer 412. Sie sagen, sie hätten mit Ihnen einen Termin vereinbart. Ja, ein Herr Pratt und eine Frau Jossen.» Sie runzelte die Stirn. «Aber in unserem Computer ist davon nichts notiert. Aber ... Natürlich, wie Sie meinen. Ich werde es ausrichten.» Sie legte auf und blickte die Polizeibeamten mit einem aufgesetzten Lächeln an.

«Dr. Spirig wird gleich bei Ihnen sein. Wenn Sie also so nett wären und inzwischen dort drüben warten würden.» Sie zeigte auf eine Sitzreihe neben dem Empfangsschalter.

«Danke, aber wir stehen lieber», entgegnete Jan widerspenstig und zog seine Jacke aus. Was war nur los? Es war viel zu warm hier drin.

«Wie Sie wollen», erwiderte sie und widmete sich wieder ihrem Computer. Er atmete tief ein und spürte, dass sich auf seiner Stirn erste Schweißperlen gebildet hatten. Seine Kehle schnürte sich unerbittlich zusammen und er hatte auf einmal das beklemmende Gefühl, keine Luft mehr zu bekommen. Sein Atem begann zu stocken. Plötzlich drehte sich alles um ihn herum.

«Ist mit dir alles in Ordnung, Jan? Du siehst ein wenig blass aus», hörte er Valéries weit entfernte Stimme. «Soll ich dir vielleicht eine Tasse Kaffee oder ein Glas Wasser bringen?» Er wollte gerade antworten, als ihm schwarz vor Augen wurde. Und dann krachte er auch schon auf den Boden der Empfangshalle.

# KAPITEL 15

«Können Sie mich hören?», fragte eine unbekannte Frauenstimme. Er öffnete langsam seine Augen und blickte sich blinzelnd um. Er befand sich offenbar in einem Bett. Während er langsam zu Bewusstsein kam, nahm er plötzlich einen stechenden Schmerz wahr. Er fuhr vorsichtig mit der Handfläche über seine Stirn und spürte dort eine dicke Beule. Als er sich schwankend nach vorn neigte, blickte er unverhofft auf eine ausgestreckte Hand.

«Darf ich mich vorstellen? Ich bin Dr. Spirig», sagte die Frau vor ihm mit fester Stimme. Er schüttelte ihre Hand, während sein Blick auf Valérie fiel, die ihn missbilligend anblickte.

«Was ist denn passiert?», fragte er verwirrt.

«Wie mir Ihre Kollegin erzählte, sind Sie vorhin ohnmächtig geworden und dabei mit dem Kopf auf den Boden aufgeschlagen», erklärte sie ihm mit ruhiger Stimme. «Das ist eine ziemlich dicke Beule, die Sie auf Ihrer Stirn haben. Aber machen Sie sich keine Sorgen. Die Schwellung wird schon bald wieder abklingen.» Sie beugte sich vor und leuchtete mit einer kleinen Taschenlampe in seine Pupillen.

«Ich kann keine Anzeichen einer Gehirnerschütterung feststellen. Falls Sie dennoch in den nächsten Stunden unter Übelkeit oder starken Kopfschmerzen leiden sollten, dann suchen Sie unbedingt einen Arzt auf. Aber wie gesagt, ich gehe nicht davon aus, dass das nötig sein wird. Ich werde Ihnen noch ein paar Tabletten gegen die Kopfschmerzen mitgeben.»

«Vielen Dank, aber das wird nicht nötig sein», entgegnete er knapp und stand auf.

«Gut. Wie Sie meinen. Das ist Ihre Entscheidung.»

Dann blickte sie ihn fragend an. «Ich habe gehört, dass Sie eine meiner Patientinnen befragen wollen», kam sie ohne Umschweife auf den Punkt.

«Ja, das stimmt. Sie ist möglicherweise eine wichtige Zeugin in einem Mordfall. Ich nehme an, dass Sie davon bereits in der Zeitung gelesen haben.» «Tatsächlich habe ich davon aus dem Radio erfahren. Ich beginne hier in der Regel recht früh mit meiner Arbeit. Deswegen komme ich in letzter Zeit auch nur noch selten dazu, morgens die Zeitung zu lesen.»

«Natürlich», antwortete er und schwieg einen Moment, bevor er weitersprach. «Ich hoffe, dass es Ihrer Patientin inzwischen etwas besser geht?»

«Sie muss einiges durchgemacht haben. Als sie bei uns eingeliefert wurde, litt die Arme unter einem heftigen Nervenzusammenbruch. Sie zitterte am ganzen Körper und hatte eine Teilamnesie. Also haben wir ihr nach ihrer Einlieferung ein starkes Beruhigungsmittel verabreicht. Leider ist sie noch immer sehr instabil. Wenn Sie also mit ihr sprechen wollen, dürfen Sie sie auf keinen Fall aufregen», mahnte sie ihn eindringlich. «Ich gebe Ihnen zehn Minuten Zeit und werde nicht zögern, das Gespräch früher abzubrechen, falls ich das für nötig befinde. Und selbstverständlich werde ich bei Ihrer Befragung mit dabei sein.»

«Ich bitte Sie. Es geht hier um ermittlungstechnische Fragen, die nicht für Personen außerhalb der Polizei bestimmt sind», protestierte er.

«Wie gesagt, das sind meine Bedingungen. Und die sind nun mal nicht verhandelbar. Sie können sich damit einverstanden erklären oder es bleiben lassen. Das liegt ganz bei Ihnen.»

Sie blickte ihn mit entschlossenem Blick und vor der Brust verschränkten Armen an. Er hatte keine Zweifel, dass sie um nichts in der Welt nachgeben würde.

«Also gut, wenn Sie darauf bestehen», gab er sich geschlagen. Er wusste, dass er keine andere Wahl hatte.

«Ich dachte mir doch, dass Sie ein vernünftiger Mensch sind. Darf ich Sie nun bitten, mir zu folgen?»

Jan blieb für einen kurzen Moment stehen und atmete tief durch.

«Ist mit dir wirklich alles in Ordnung?», fragte Valérie.

«Ja, ja, alles in Ordnung.»

«Meine Herrschaften, kommen Sie bitte? Ich habe leider nicht viel Zeit», rief die Ärztin ungeduldig.

«Wir kommen sofort», entgegnete Valérie und schubste ihn wie ein kleines unartiges Kind vor sich aus dem Zimmer hinaus.

Laura Kirchner lag im Bett und blickte apathisch durch Jan und Valérie hindurch. Neben ihr stand ein unberührtes Tablett mit Frühstück. Er fragte sich, ob eine Befragung in ihrem Zustand überhaupt möglich sein würde.

«Frau Kirchner?», begann die Ärztin. «Die Herrschaften sind von der Polizei und möchten Ihnen gerne ein paar Fragen stellen. Fühlen Sie sich dazu in der Lage?»

Laura Kirchner blickte sie teilnahmslos an. Doch dann nickte sie kaum merklich.

«Ja, wenn ich der Polizei helfen kann, Kai Bernauers Mörder zu finden, dann werde ich das tun», sagte sie schließlich.

«Gut. Setzen Sie sich bitte neben das Bett», wies Dr. Spirig Jan und Valérie an und zog sich in den hinteren Teil des Zimmers zurück. Er nickte ihr dankend zu und setzte sich. Valérie nahm auf der anderen Seite des Bettes Platz.

«Frau Kirchner?»

Sie drehte schwerfällig ihren Kopf in seine Richtung.

«Mein Name ist Jan Pratt. Ich bin Kommissar bei der Zürcher Kantonspolizei. Und das ist meine Kollegin Valérie Jossen.»

Während er sprach, fiel sein Blick auf Dr. Spirig, die ihm das unmissverständliche Zeichen gab, dass es bei den vereinbarten zehn Minuten bleiben würde. Sie konnte es offenbar nicht lassen, ihm im Minutentakt unter die Nase zu reiben, wer hier das Sagen hatte.

«Es tut mir unendlich leid, was mit Kai Bernauer passiert ist, und ich weiß, dass es für Sie alles andere als einfach ist, in diesem Moment mit uns zu sprechen. Aber wenn Sie sich dazu imstande fühlen, dann wäre ich Ihnen sehr dankbar, wenn Sie uns in kurzen Worten erzählen könnten, was genau passiert ist, als Sie an dem besagten Tag ins Büro gekommen sind.»

Sie richtete sich langsam auf und blickte ihn mit glasigen Augen an. Er hoffte inbrünstig, dass sie wenigstens zehn Minuten lang durchhalten würde. Das musste reichen. Sie zeigte auf das volle Wasserglas, das neben ihr auf dem Nachttisch stand.

«Darf ich vorher bitte etwas Wasser haben?»

«Selbstverständlich», entgegnete er und reichte ihr das Glas. Sie trank hastig. Dann begann sie mit leiser und monotoner Stimme zu erzählen.

«Ich war an diesem Morgen ziemlich früh im Büro. So wie eigentlich jeden Tag», begann sie stockend. «Mir ist anfangs auch nichts Außergewöhnliches aufgefallen. Alles war wie immer. Nur dass die Eingangstür nicht verschlossen gewesen war. Aber da ich den Wagen von unserem Chef vor dem Haus gesehen habe, dachte ich, dass er an diesem Tag bereits früher im Büro war und vergessen hatte, die Tür hinter sich abzuschließen. Das kam immer wieder mal vor. Deshalb habe ich mir dabei auch nichts gedacht. Nachdem ich also die Post durchgegangen bin, wollte ich mir in der Küche einen Kaffee machen. Und auf dem Weg dorthin sah ich dann, dass die Tür zu seinem Büro offen stand. Also bin ich hineingegangen, um ihn zu fragen, ob er auch einen Kaffee wolle. Und dort sah ich ihn dann hinter seinem Schreibtisch auf dem Boden liegen. Es war ein schrecklicher Anblick. Überall war Blut. Ich wusste sofort, dass er tot war.» Sie schwieg einen Moment lang, bevor sie weitersprechen konnte. «Und dann geriet ich in Panik. Ich schrie und begann heftig zu weinen. Ich wusste ja nicht einmal, ob sich der Mörder vielleicht noch im Haus befand. Aber irgendwie ist es mir gelungen, die Polizei anzurufen. Das Nächste, woran ich mich erinnern kann, ist, wie ich gestern Abend hier aufgewacht bin», beendete sie ihren Bericht. Sie konnte nur mit Mühe ihre Tränen zurückhalten.

«Es tut mir wirklich sehr leid, was Sie durchmachen mussten», entgegnete Valérie.

«Kann ich noch etwas Wasser haben?», fragte sie. Valérie stand auf und füllte das Glas. Währenddessen schielte Jan verstohlen auf Dr. Spirig, die gleichgültig aus dem Fenster zu blicken schien. Aber er war sich sicher, dass sie bereits die Minuten zählte. Laura Kirchner trank nur wenige Schlucke von dem Wasser, bevor sie Valérie das Glas zurückgab. Dann schien sie einen Augenblick lang nach den richtigen Worten zu suchen, bevor sie weitererzählte.

«Ich werde diesen Anblick mein ganzes Leben nicht mehr vergessen.» Der Schmerz schien sie innerlich zu zerreißen. Und er wusste, dass ihre Fassung in diesem Augenblick nur noch am seidenen Faden hing. Sie durften jetzt keine Zeit mehr verlieren.

«Haben Sie vielleicht einen Verdacht, wer hinter dieser Tat stecken könnte?», fragte Valérie.

Sie schüttelte energisch den Kopf.

«Nein, das ist es ja. Ich kann mir beim besten Willen nicht vorstellen, weshalb ihm jemand so etwas Schreckliches antun konnte.»

«Ist Ihnen vielleicht in der Zeit vor der Tat etwas Ungewöhnliches an ihm aufgefallen? War er irgendwie verändert, oder gab es etwas an seinem Tagesablauf, das auf Sie ungewöhnlich wirkte? Was immer es ist, jedes auch noch so kleine Detail kann für uns von Bedeutung sein», fügte Jan hinzu.

Sie blickte ihn verständnislos an und schüttelte dann den Kopf.

«Nein, soweit ich mich erinnern kann, war er wie immer. Außer ...»

«Außer was?»

«Kürzlich kam Kai eines Abends gegen acht Uhr zu mir ins Büro. Ich hatte in dieser Woche ziemlich viel zu tun und bin deshalb etwas länger geblieben. Das war nichts Ungewöhnliches und kam immer wieder einmal vor. Aber an diesem Abend warf er mich praktisch aus dem Büro. Das hat er zuvor noch nie gemacht.»

«Noch fünf Minuten», mahnte Dr. Spirig und blickte Jan und Valérie mit der Strenge einer Lehrerin an, die gerade das Ende einer Mathematikprüfung ankündigte.

«Und wann war das genau?»

Sie dachte angestrengt nach.

«Das muss etwa zwei Wochen vor seiner Ermordung gewesen sein. Ich vermutete damals, ich solle nicht mitbekommen, wen er zu Gast hat.»

«Kam es häufig vor, dass er spätabends noch Besuch in seinem Büro empfing?»

«Manchmal. Aber normalerweise machte er vor mir kein Geheimnis daraus. Das war das erste Mal.»

«Kai Bernauer hat vor einigen Wochen eigenständig einen Flug in die Karibik gebucht. Haben Sie vielleicht eine Erklärung dafür, weshalb er ihn nicht wie sonst auch über das Geschäft buchen ließ?»

Sie schüttelte den Kopf. «Davon weiß ich nichts. Soweit ich mich erinnern kann, hat er seine Flüge immer über das Büro gebucht. Selbst wenn sie privater Natur waren. Von wem haben Sie denn das gehört?»

Jan überhörte ihre Frage.

«Wie nahe standen Sie sich eigentlich?», fragte Valérie völlig unerwartet. Laura Kirchners Wangen röteten sich leicht.

«Wie ... meinen Sie das?»

Dr. Spirig stand auf und schritt drohend wie eine Rachegöttin auf sie zu.

«Ich möchte Sie ausdrücklich bitten, Fragen zu unterlassen, die meine Patientin aufregen könnten», ermahnte sie Valérie.

«Bitte entschuldigen Sie die Frage meiner Kollegin», versuchte Jan die Situation zu retten. Aus den Augenwinkeln sah er Valéries Augen funkeln.

«Ist schon gut. Ich will vor Ihnen kein Geheimnis daraus machen. Ich liebte Kai aufrichtig. Und wahrscheinlich tue ich es noch immer. Wissen Sie, er wollte sogar seine Frau für mich verlassen. Ich bin mir bewusst, wie naiv das jetzt für Sie klingen muss. Das Dummchen vom Büro, das eine Affäre mit seinem Chef hat, der ihm die Ehe versprach, um es damit leichter um den Finger wickeln zu können. Aber urteilen Sie bitte nicht vorschnell über mich. So bin ich nicht.»

«Das tun wir nicht. Aber darf ich fragen, was geschehen ist?»

«Eines Tages hat er aus heiterem Himmel unsere Beziehung beendet. Einfach so, als würde er ein nicht mehr benötigtes Zeitungsabonnement kündigen.»

Sie wischte sich eine Träne von der Wange. Es war offensichtlich, dass sie noch immer nicht darüber hinweg war.

«Wann war das?», fragte Jan.

«Das ist jetzt ziemlich genau drei Monate her.»

«Haben Sie ihn denn nie nach dem Grund für die Trennung gefragt?»

«Natürlich habe ich das. Zuerst ist er mir immer nur ausgewichen. Doch eines Tages hat er mir dann gesagt, dass es wichtige Gründe dafür gebe, über die er mit mir nicht sprechen könne. Und wenn ich das nicht akzeptieren wolle, sei es wohl das Beste, wenn ich mir eine andere Arbeitsstelle suchen würde. Nach diesem Tag habe ich nie wieder mit ihm darüber gesprochen.»

«Aber Sie sind trotzdem geblieben.»

«Das bin ich. Vielleicht wollte ich einfach in seiner Nähe bleiben, weil ich insgeheim die Hoffnung hegte, dass er eines Tages seine Entscheidung bereuen und zu mir zurückkehren würde. Ist das nicht erbärmlich, Herr Pratt?»

«Nein, das ist es nicht», entgegnete er. «Jemanden zu lieben ist vieles, aber bestimmt nicht erbärmlich.»

Einen Moment lang herrschte eine beklemmende Stille im Zimmer.

«Was war Kai Bernauer in Ihren Augen für ein Mensch?», durchbrach er diese schließlich und blickte aus den Augenwinkeln auf seine Uhr. Seine Zeit war so gut wie um. Ein warmes Lächeln erschien auf Laura Kirchners Gesicht.

«Zuerst war Kai charmant, witzig, großzügig und immer für mich da. Nachdem er das mit uns beendet hatte, wurde er jedoch zu einem anderen Menschen. Er behandelte mich schroff und abweisend. Ich kann mir bis heute nicht erklären, was mit ihm passiert ist.»

Dr. Spirig erhob ihre Stimme. « Meine Herrschaften. Bitte kommen Sie nun langsam zum Ende Ihrer Befragung. Die Zeit ist um.»

Laura Kirchner schien einen Moment lang angestrengt nachzudenken. Dann kam ihr plötzlich etwas in den Sinn.

« Das habe ich fast vergessen ... Komisch, dass mir das erst jetzt wieder einfällt. Ich weiß auch nicht, was mit mir los ist », sagte sie und war erneut den Tränen nah.

« Sie stehen noch immer unter Schock und leiden unter einer Teilamnesie. Seien Sie nicht zu streng zu sich. Geben Sie sich einfach noch etwas Zeit.»

« Ich darf gar nicht daran denken, was passierte wäre, wenn mir das jetzt nicht mehr in den Sinn gekommen wäre.»

« Wovon sprechen Sie ?»

« Sie müssen wissen, dass Kai vor einigen Wochen in seinem Büro eine versteckte Überwachungskamera installieren ließ. Er hatte mich darum gebeten, niemandem etwas davon zu erzählen. Das Aufnahmeband befindet sich in der untersten Schublade meines Schreibtischs.»

Er traute seinen Ohren nicht.

« Wollen Sie uns etwa sagen, dass der Mord an Kai Bernauer möglicherweise von einer Überwachungskamera aufgezeichnet worden sein könnte ?»

« Das weiß ich nicht. Die Aufzeichnungen der Kamera werden nach drei Tagen automatisch wieder überspielt. Aber wenn ich mich nicht verrechnet habe, dann müssten die Aufnahmen der Mordnacht doch noch auf dem Band sein.»

Valérie und Jan wechselten einen Blick und erhoben sich kurzerhand von ihren Stühlen.

## KAPITEL 16

Nachdem sie die Universitätsklinik verlassen hatten, waren sie umgehend zu Bernauers Firma gefahren. Der dortige diensthabende Beamte öffnete ihnen ohne Umschweife die versiegelte Tür des Tatorts. Aufgeregt suchten sie nach der versteckten Kamera in Bernauers Büro. Dabei wurden sie schnell fündig. Valérie entdeckte die winzige Kamera in einem Rauchmelder direkt über Bernauers Schreibtisch. Das war zwar kein besonders fantasievolles Versteck, hatte ihnen aber wenigstens die Suche erleichtert. Auf der Fahrt hierher hatte Jan befürchtet, Laura Kirchners Geschichte über eine angebliche Überwachungskamera sei vielleicht nur ein Produkt ihrer Fantasie. Immerhin stand sie unter dem erheblichen Einfluss von Medikamenten. Doch seine Sorgen waren unberechtigt gewesen. Sie hatte die Wahrheit gesagt. Sie entfernten die Überwachungskamera aus dem Rauchmelder und eilten daraufhin in Laura Kirchners Büro, um das Band sicherzustellen. Auf ihrem Schreibtisch befand sich neben dem Computerbildschirm ein Blumentopf mit einer üppigen Grünlilie darin. Jan griff nach einem Brieföffner und wollte gerade die unterste Schublade aufbrechen, als Valérie dazwischenging. «Wie wäre es, wenn du es erst einmal mit dem da versuchen würdest?», fragte sie und präsentierte ihm triumphierend den Schlüssel. Sie hatte ihn unter der Topfpflanze gefunden.

Jan zuckte mit den Achseln. Es war schon immer wieder erstaunlich, wie fantasielos die Menschen waren, wenn es darum ging, Dinge zu verstecken. Er hätte es besser wissen müssen.

Jan steckte den Schlüssel ins Schloss. Er passte perfekt. Er öffnete die unterste Schublade und fand unter einem dicken

Bündel von Rechnungen und Belegen das Aufnahmegerät. Er blickte sie zufrieden an.

«Mit etwas Glück werden uns die Aufnahmen ein einigermaßen brauchbares Bild des Täters liefern.» Behutsam nahm er das Aufnahmegerät aus der Schublade und legte es auf den Schreibtisch.

«Ich hoffe inständig, dass unser Mörder keine Maske getragen hat», merkte Valérie an.

Er schüttelte den Kopf und verwarf ihren Einwand.

«Einen Maskierten hätte Kai Bernauer sicher nicht einfach so in sein Büro eingeladen. Keine Einbruchsspuren, erinnerst du dich?»

Er drückte vorsichtig den Knopf, um die Videokassette aus dem Gerät zu lösen. Er wartete auf das klackende Geräusch, das er noch aus seiner Jugend kannte, wenn eine Kassette aus dem Gerät ausgeworfen wurde. Doch zu seinem Erstaunen geschah nichts. Das Ding schien zu klemmen. Also drückte er erneut den Knopf. Diesmal ging die Klappe auf. Valérie blickte ihn ungläubig an.

«Das darf doch nicht wahr sein», sagte sie fassungslos.

«So eine verdammte Scheiße. Was geht hier eigentlich vor?»

Jan blickte auf die offene Klappe. Sie war leer.

«Das ist doch schlicht und einfach unmöglich. Niemand konnte von dem Aufnahmegerät gewusst haben. Laura Kirchner hat uns ausdrücklich versichert, dass nur Bernauer und sie darüber Bescheid wussten.»

«Offensichtlich hatte sie sich getäuscht», entgegnete Valérie trocken.

«Aber wer kann denn sonst noch davon gewusst haben?»

«Vielleicht war Bernauer doch nicht so diskret, wie seine Assistentin angenommen hatte. Außerdem wusste auch derjenige über das Überwachungssystem Bescheid, der es seinerzeit für Kai Bernauer installiert hatte.»

Sie hatte recht.

«Das ist ein guter Ansatz. Es dürfte bestimmt nicht schwer sein, herauszufinden, wer die Installation im Auftrag von Kai Bernauer vorgenommen hat.»

Plötzlich vibrierte sein Telefon. Er nahm es aus der Tasche und blickte stirnrunzelnd auf das Display. Es war eine Nachricht von Emily. Sie bat ihn, auf dem Nachhauseweg noch im Supermarkt vorbeizuschauen, um einige Einkäufe zu besorgen.

«Etwas Wichtiges?», fragte Valérie.

«Ja, Emily hat mir gerade eine beängstigend lange Einkaufsliste geschickt.»

«Du machst Einkäufe? So etwas hätte ich dir gar nicht zugetraut», feixte sie und stupste ihn dabei freundschaftlich an. «Kommt eines Tages vielleicht auch noch heraus, dass Jan Pratt, der legendäre Chefermittler der Zürcher Kantonspolizei, am Ende sogar kochen kann?»

Er blickte sie mit ernster Miene an und richtete dann scherzend seinen rechten Zeigefinger auf sie.

«Falls du es noch immer nicht gemerkt haben solltest: Ich bin ein Mann mit vielen Facetten. Und du würdest staunen, was ich für erstklassige Tagliatelle al Limone hinkriege. Aber lass uns jetzt zur Dienststelle zurückfahren. Für den heutigen Tag habe ich die Nase endgültig voll von Überraschungen.»

# KAPITEL 17

Er blieb stehen und blickte zum Himmel. Über dem Gebäude der Kantonspolizei kreiste ein gewaltiger Vogelschwarm nervös in der Luft. Ihr bevorstehender Flug in den Süden kündigte unmissverständlich den nahenden Winter an. Er hatte schon immer Bewunderung für jene Vögel empfunden, die im Herbst konsequent von hier verschwanden und eine beschwerliche Reise auf sich nahmen, nur um den Winter bei deutlich angenehmeren Temperaturen verbringen zu können. Vielleicht würde er es ihnen eines Tages gleichtun.

Als er ins Büro kam, saß Bernd Haase gelangweilt am Schreibtisch und tippte lustlos auf seinem Laptop herum. Jan hängte seine Jacke über den Stuhl und verstaute seine Dienstwaffe in der Schreibtischschublade. Der Typ ging ihm von Tag zu Tag mehr auf den Wecker. Er könnte doch wenigstens während seiner Anwesenheit ein wenig Enthusiasmus zeigen, anstatt mit gelangweilter Miene auf den bevorstehenden Feierabend zu warten.

«Wie steht es mit deinen Nachforschungen, Bernd?», fragte Jan und versuchte dabei angestrengt, sich seinen aufkommenden Ärger nicht anmerken zu lassen. Offenbar hatte er ihn gerade aus seinem Dämmerschlaf geweckt. Bernd richtete sich erschrocken auf und blickte sich einen Augenblick lang verwirrt um. Als er seinen Kollegen entdeckte, räusperte er sich verlegen und fuhr sich unsicher mit der Hand über sein Gesicht.

«Nun, ich habe sämtliche Datenbanken durchforscht und die Leute in Bernauers Umfeld befragt. Außerdem habe ich mit Valérie zusammen diese Typen von der Sicherheitsfirma getroffen, die Bernauers Kamerasystem installiert haben.»

«Und was ist dabei herausgekommen?»

«Leider nicht viel. Diese Sicherheitsfirma ist absolut professionell unterwegs. Die arbeiten seit vielen Jahren hochoffiziell mit unseren Kantonsbehörden zusammen. Sie sind absolut vertrauenswürdig, Jan. Jeder, der dort arbeiten will, wird zuerst vom internen Sicherheitsdienst genauestens überprüft. Zudem hat es in der Vergangenheit noch nie einen negativen Zwischenfall gegeben. So viel steht meiner Meinung nach fest: Wenn es irgendwo ein Leck gegeben haben sollte, was die Sicherheitskamera betrifft, dann definitiv nicht bei dieser Firma. Darauf kannst du dich verlassen.»

«Verstehe. Und was hast du sonst noch?»

Bernd öffnete eine Datei mit seinen Gesprächsnotizen.

«Ich habe mich mit Bernauers ehemaligen Geschäftspartnern unterhalten. Oder besser gesagt mit denjenigen, die sich bereit erklärt haben, über ihn zu sprechen. Das waren nämlich nicht gerade viele. Aber was dabei herausgekommen ist, kann man nicht als schmeichelhaft bezeichnen, das kannst du mir glauben.»

Er machte eine theatralische Pause, bevor er weitersprach.

«Und was hast du dabei herausgefunden, Bernd?», fragte Jan nach endlos wirkenden Sekunden des Schweigens. Musste er ihm jetzt wirklich jedes Detail aus der Nase ziehen?

«Ich fasse das Ergebnis dieser Gespräche mal für dich zusammen. Also wie man sich erzählt, war unser Kai Bernauer ein ziemlich skrupelloser Mensch. Einer von seinen ehemaligen Geschäftspartnern, der auf keinen Fall namentlich erwähnt werden will, sagte mir im Vertrauen, dass er in der Branche den Ruf hatte, sich oft am Rande der Legalität zu bewegen – und vielleicht hin und wieder auch etwas darüber hinaus. Beweise dafür gibt es allerdings keine. Also sollten wir diese Anschuldigung trotz allem mit etwas Vorsicht genießen. Wie gesagt, es handelt sich hier lediglich um Gerüchte. Und die Leute reden nun mal gern. Aber da ist noch etwas anderes, was man sich so hinter vorgehaltener Hand über ihn erzählt.»

Bernd war gründlich vorgegangen. Wenn das so weiterging, würde er nicht darum herumkommen, ein Lob auszusprechen, sosehr es ihm auch widerstrebte.

«Und das wäre?»

«Anscheinend war dieser Bernauer ein notorischer Schürzenjäger, der sich häufig in den einschlägigen Nachtclubs der Stadt herumgetrieben hat. Man sagt, dass er seine Finger einfach nicht von jungen Frauen lassen konnte.»

Bernd lehnte sich lässig zurück und schloss in aller Ruhe seinen Laptop.

«Aber jetzt wird es richtig dramatisch», fuhr er fort. «Vor einem Jahr ist nämlich ein Streit in einem Zürcher Nachtclub eskaliert, nachdem Bernauer sturzbetrunken die Begleitung eines Gastes angebaggert hatte. Die Sache ist völlig aus dem Ruder gelaufen und endete damit, dass Bernauers Widersacher eine gebrochene Nase und einen Jochbeinbruch davontrug. Nachdem dieser beim Streit den Kürzeren gezogen hatte, drohte er Bernauer vor den versammelten Gästen damit, ihn dafür umzubringen.»

«Dem sollten wir nachgehen. Auch wenn man eine solche Drohung schon mal unbedacht ausstoßen kann, wenn einem gerade das Nasenbein gebrochen wurde», stellte Jan nüchtern fest. «Hast du diesen Kerl schon vorgeladen und sein Alibi überprüft?»

«Das wird leider nicht mehr möglich sein», entgegnete er ernst.

«Und weshalb nicht?»

«Weil er vor einem halben Jahr bei einem Badeunfall ums Leben gekommen ist.»

«Er ist tot?»

Bernd zuckte mit den Schultern.

«Ja, der arme Kerl ist letzten Sommer während eines Bootsausflugs auf dem Zürichsee ertrunken.»

«Das ist aber ein merkwürdiger Zufall, findest du nicht? Gab es Anhaltspunkte, die auf eine mögliche Fremdeinwirkung hinwiesen?»

Bernd schüttelte den Kopf.

«Genau das ist mir zuerst auch durch den Kopf gegangen. Fehlanzeige. An diesem Tag befanden sich nämlich noch zahlreiche andere Personen auf dem Boot. Und die haben allesamt bezeugt, dass der Kerl sich am Nachmittag auf dem Boot sinnlos betrunken hatte. Nachdem er dann unverhofft ins Wasser gesprungen war, tauchte er einfach nicht mehr auf. Wie es aussieht, handelte es sich schlicht und einfach um einen tragischen Unfall.»

Dieser Fall wurde immer mysteriöser. Jan fragte sich augenblicklich, wieweit man diesen Zeugen überhaupt trauen konnte.

«Vielleicht hast du recht. Aber es ist doch ziemlich seltsam, dass dieser Typ unserem Mordopfer mit dem Tod droht und dann kurz darauf selbst ums Leben kommt.»

«Zugegeben, das ist ungewöhnlich. Aber solche Zufälle kommen nun mal trotzdem hin und wieder vor. Ich kann da beim besten Willen keinen Zusammenhang zwischen den beiden Todesfällen erkennen. Wie bereits gesagt, gab es etliche Zeugen, die den Badeunfall bezeugt haben. Und die wurden damals alle genauestens überprüft. Keiner von ihnen kannte den Toten näher. Und es handelte sich ausnahmslos um unbescholtene Bürger dieser Stadt, die sich noch nie in ihrem Leben etwas zuschulden kommen ließen. Es gibt bis heute keinen Grund zur Annahme, dass ihre Aussagen nicht glaubhaft wären.»

«Gut. Belassen wir es fürs Erste dabei. Wahrscheinlich hast du recht. Ich danke dir jedenfalls für deine Recherchen, Bernd. Ich muss zugeben, das war eine sehr gute Arbeit.»

«Keine Ursache. Dafür bin ich doch da.»

Er nickte ihm zu.

«Ach, bevor ich es wieder vergesse, da ist noch etwas anderes, das ich dich fragen wollte.»

«Natürlich, schieß los.»

«Du kannst dich doch sicher noch an den Tag von Bernauers Ermordung erinnern.»

Bernd runzelte die Stirn.

«Natürlich kann ich das. Wir haben am Nachmittag nach Bäumlers Sitzung zusammen die Kollegen für unsere Sonderkommission bestimmt, und danach wurde eine Pressekonferenz abgehalten.»

«Ja, aber das meine ich jetzt nicht.»

Bernd blickte ihn fragend an.

«Dann kann ich dir jetzt leider nicht ganz folgen.»

«Dann will ich dir mal auf die Sprünge helfen. Kannst du mir vielleicht erklären, weshalb du an diesem Nachmittag zusammen mit Sophie Bernauer in der Gerichtsmedizin warst, um die Leiche ihres Mannes zu identifizieren?»

Einen Augenblick schaute er ihn verwirrt an.

«Ehrlich gesagt finde ich deine Frage jetzt doch etwas irritierend.»

«Willst du mir nicht antworten?»

«Selbstverständlich will ich das. Ich habe schließlich nichts vor dir zu verbergen. Sophie Bernauer hat an diesem Nachmittag hier angerufen und nach dir gefragt. Sie sagte mir, dass sie mit dir zusammen zur Gerichtsmedizin wolle. Aber du warst gerade bei Bäumler, und das habe ich ihr auch gesagt. Also habe ich ihr angeboten, dass ich sie begleiten könnte. Sie hat dankbar eingewilligt. Ehrlich gesagt dachte ich, dass du sogar froh darüber wärst, wenn ich das übernehme, weil du an diesem Tag so viel um die Ohren hattest.»

«Wie rührend von dir. Und wann hattest du vor, mich darüber zu unterrichten?»

«Keine Ahnung. Ich habe es halt vergessen. Außerdem dachte ich sowieso nicht, dass das für dich von Bedeutung sein könnte.»

«Lass in Zukunft besser mich entscheiden, was für mich von Bedeutung ist und was nicht, Bernd. Ich hoffe, so etwas kommt nicht mehr vor.»

«Tut mir echt leid. Aber keine Sorge, Jan. Das wird nicht mehr vorkommen», sagte er und blickte ihn mit einem entwaffnenden Lächeln an. «Du kannst dich auf mich verlassen. Und ich bin wirklich froh, dass wir uns darüber ausgesprochen haben. Ich finde nämlich, dass wir ziemlich gut zusammenarbeiten.»

Jan stöhnte innerlich auf. Dieser Kerl war wirklich aalglatt. Aber trotzdem hatte er bis jetzt eine gute Arbeit abgeliefert. Und für Bäumler war das das Einzige, was zählte.

«Gut. Dann lass uns das jetzt vergessen. Reden wir lieber wieder über unseren Fall. Denkst du, dass Sophie Bernauer über die Eskapaden ihres Mannes Bescheid wusste?», fragte er Bernd.

«Ich weiß es wirklich nicht. Aber ich denke, dass man so etwas auf die Dauer wohl nicht vor seinem Ehepartner verbergen kann. Auch wenn ich nicht verheiratet bin und in solchen Dingen leider keine Erfahrung habe.»

Jan nickte.

«Das sehe ich genauso. Aber das würde bedeuten, dass Sophie Bernauer im Moment die einzige uns bekannte Person ist, die ein Motiv für die Tat hat.»

«Damit hast du zwar recht, aber du vergisst die Tatsache, dass sie in der Tatnacht zu Hause war. Jedenfalls hat sie das ausgesagt. Und es gibt bis jetzt niemanden, der ihr das Gegenteil beweisen könnte.»

«Ich möchte, dass du die Angestellten von Bernauers Firma und vor allem Sophie Bernauer nochmals bis ins kleinste Detail durchleuchtest. Irgendwas muss doch zu finden sein. Das Einzige, was wir bis jetzt mit Bestimmtheit wissen, ist, dass jemand eine Stinkwut auf Kai Bernauer hatte.»

Bernd verzog sein Gesicht. «Aber das haben wir doch bereits getan.»

«Dann tut es eben nochmals», antwortete Jan gereizt.

«Wie du willst.» Es schien Bernd nicht zu gefallen, von ihm Anweisungen zu erhalten. Er konnte es ihm nicht verübeln. Aber mit einem basisdemokratischen Arbeitsansatz würden sie hier definitiv nicht weiterkommen. Die Zeit arbeitete gegen sie. Erinnerungen verblassten, Menschen verreisten und Spuren konnten unwiderruflich verschwinden.

«Gut. Dann wären wir hier wohl fertig», sagte er und gab Bernd mit einer Handbewegung zu verstehen, dass ihre Besprechung zu Ende war.

Bernd stand auf und packte seinen Laptop unter den Arm. «Dann werde ich mich mal in den Feierabend verabschieden.»

Er war schon fast an der Tür, als er sich noch einmal umdrehte.

«Übrigens, das mit dem gestohlenen Band der Überwachungskamera, das war echt Pech. Dumm gelaufen, würde ich mal sagen.»

Und auf einmal blitzte hinter seiner freundlichen Maske ein hämisches Grinsen hervor. Jan war sich sicher, dass er das mit voller Absicht tat.

«Ja, das war es wohl», antwortete er mit ausdrucksloser Miene. Als Bernd das Büro verließ, blickte er ihm ratlos hinterher. Kurz darauf kam Valérie herein.

« Wie läuft es ? », fragte sie und schloss die Tür hinter sich.

« Frag lieber nicht », antwortete er, während er die Untersuchungsakten in seiner Schreibtischschublade verstaute. « Ich habe keine Zeit für lange Erklärungen. Also hör bitte einfach zu. Ich will, dass du Bernd in Zukunft etwas genauer auf die Finger siehst. Ich will immer im Bilde darüber sein, woran er gerade arbeitet. »

Sie blickte ihn erstaunt an.

« Wie du willst. Aber gibt es dafür einen speziellen Grund ? »

« Ja, den gibt es. Ich würde meine Polizeimarke darauf verwetten, dass er vorhat, mich bei meinen Ermittlungen zu hintergehen. »

Valérie blickte ihn mit ungläubigen Augen an. « Weißt du, was du da gerade sagst ? Zugegeben, er ist ein aufgeblasener Mistkerl. Aber er ist trotzdem ein Kollege von uns. »

Er hob abwehrend die Hände und blickte sie eindringlich an. « Tu bitte einfach, worum ich dich gebeten habe. »

# KAPITEL 18

Der Samstagmorgen war grau verhangen. Jan trug einen Morgenmantel über seinem Pyjama und saß tief in seine Zeitung versunken am Küchentisch. Das Fenster stand weit offen, und eine kalte Brise zog in die Wohnung hinein. Er liebte den Duft der kühlen, reinen Morgenluft, vermischt mit dem Aroma von frisch gebrautem Kaffee. Von der Straße drang der Lärm der langsam erwachenden Stadt herauf. In dem Artikel, den er gerade las, ging es um Kai Bernauer. Darin wurden seine beruflichen Erfolge, sein berühmter Vater sowie seine angeblichen Liebschaften bis ins kleinste Detail analysiert. Und natürlich wurde auch das ungelöste Rätsel seines tragischen Endes behandelt. Das meiste Geschriebene war selbstverständlich blanker Unsinn. Der Artikel befand sich immerhin im zweiten Bund der Zeitung, was ein untrügliches Zeichen dafür war, dass das Interesse der Öffentlichkeit an diesem Fall bereits deutlich abgenommen hatte. Jan wurde wieder einmal bewusst, wie flüchtig das Gedächtnis der Menschen war. Er hörte ein Geräusch hinter sich und drehte sich um. Emily schlurfte schläfrig in die Küche und rieb sich fröstelnd die Arme. Sie schloss das Küchenfenster.

«Guten Morgen», sagte sie mit müdem Blick und gab ihm einen Kuss auf die Wange. Dann schenkte sie sich eine Tasse Kaffee ein und setzte sich an den Tisch.

«Es ist doch erst kurz nach sieben Uhr. Wieso bist du denn heute schon so früh aufgestanden?», fragte sie.

«Ich schlafe in letzter Zeit leider nicht besonders gut.» Er lächelte sie sanft an.

«Hat es mit diesem Fall zu tun, an dem du dran bist?»

«Ich weiß es nicht … Vielleicht.»

Sie schielte auf die Zeitung und schmiegte sich dann eng an ihn.

«Steht da irgendwas drinnen, was ich unbedingt wissen sollte?»

«Nichts, was wichtiger wäre als ein nettes Morgengespräch mit deinem Ehemann», entgegnete er grinsend und legte die Zeitung zur Seite. Unverhofft erklang ein helles Läuten. Emily zuckte zusammen. Jan stand auf und öffnete den Backofen.

«Im Ernst jetzt? Du hast uns Croissants gemacht?», fragte sie ungläubig.

«Natürlich, was denkst du denn? Heute ist schließlich Samstagmorgen.» Er nahm mit den Fingerspitzen die heißen Croissants aus dem Ofen und warf sie in einen geflochtenen Brotkorb, den er feierlich auf den Küchentisch stellte.

«Du schaffst es doch tatsächlich, mich auch noch nach so vielen Jahren immer wieder aufs Neue zu überraschen.» Emily nahm vorsichtig einen Bissen von dem heißen Gebäck.

«Ich bin gleich wieder da», sagte er und ging ins Badezimmer. Als er zurückkehrte, fiel ihm auf, dass Léonies Zimmer offen stand. Ihr Bett war unberührt.

«Wo ist denn unsere Tochter?», fragte er und setzte sich wieder an den Küchentisch.

«Sie hat letzte Nacht bei einer Freundin aus der Schule übernachtet.»

«Ach, bei einer Freundin?» Jan blickte Emily misstrauisch an.

«Ja, wirklich», antwortete sie und verdrehte dabei die Augen. «Nun mach dir mal keine Sorgen. Sie ist tatsächlich dort. Ich habe sie gestern Abend persönlich vorbeigebracht und noch mit Christine, der Mutter ihrer Freundin, gesprochen. Sie hat mir versichert, dass sie ein Auge auf die beiden haben wird. Du hast sie am letzten Elternabend doch auch kennengelernt.»

Er dachte nach.

«Tut mir leid. Ich kann mich nicht daran erinnern. Der Name sagt mir nichts.»

«Das sollte es aber.»

«Wieso denn?»

«Weil du dich am letzten Elternabend ziemlich heftig mit ihr über die Politik unseres Stadtrats gestritten hast. Was ich und alle anderen anwesenden Eltern übrigens ziemlich unpassend, oder besser gesagt peinlich gefunden haben», entgegnete sie.

«Ach, die ist das. Ich wusste gar nicht, dass sie Christine heißt. Außerdem wollte ich nur auf Nummer sicher gehen. Wer kennt sie denn nicht, diese Ich-übernachte-bei-einer-Freundin-Ausreden der Töchter?»

Emily lächelte ihn vielsagend an und schnappte sich ein zweites Croissant.

«Vielleicht solltest du das mal meinen Eltern erzählen», sagte sie augenzwinkernd.

«Also bitte. Das kannst du doch wirklich nicht mit der heutigen Zeit vergleichen, Emily», protestierte er.

«Wie du meinst. Aber wenn wir schon von unseren Eltern sprechen», fuhr sie fort. «Hast du dich nicht heute mit deinem Vater verabredet?»

Er nickte.

«Ja, wir wollen uns heute Nachmittag im Ambrosi treffen. Wenn er denn tatsächlich dort auftaucht, was bei ihm ja nie so ganz sicher ist.»

«Ach, komm schon. Er wird sicher da sein.»

«Wir werden sehen ...»

«Ich finde es übrigens wirklich schön, dass sich Léonie und er in letzter Zeit so oft sehen. Die beiden scheinen sich gut zu verstehen.»

Er blickte sie erstaunt an. «Das wusste ich gar nicht.»

«Hat Léonie dir das denn nicht erzählt?»

«Nein, hat sie nicht», entgegnete er sichtlich konsterniert. Er musste zugeben, dass es ihm einen Stich versetzte, dass seine Tochter ihm solche Dinge nicht erzählte.

«Mach dir deswegen keine Gedanken. Du weißt ja, wie Teenager sind. Vermutlich hat sie es einfach vergessen.» Emily tätschelte ihm versöhnlich den Arm.

Es war kurz nach zwei Uhr nachmittags, als Jan schließlich das Haus verließ. Er schlenderte gemächlich die belebte Straße entlang zum Rathaus, wo er die Straßenbahn bestieg. Während der Fahrt saß er am Fenster und beobachtete mit einer Mischung aus Langweile und Neugierde das hektische Treiben der samstäglichen Einkaufsbummler auf dem Limmatquai. Dabei dachte er an das bevorstehende Treffen mit seinem Vater und hoffte, dass es heute nicht wieder in einem Streit enden würde. Am Escher-Wyss-Platz stieg er aus und ging mit eiligen Schritten zur Markthalle, die sich unterhalb des alten Eisenviadukts befand. Er ging durch die Halle an den verschiedenen Marktständen vorbei und steuerte weiter zum Ambrosi, wo sie sich verabredet hatten. Als er die Bar betrat, blickte er sich suchend um. Sein Vater war noch nicht da, wie erwartet. Also ging er die Treppe in den ersten Stock hoch und setzte sich allein an einen ruhigen Tisch auf der Galerie. Er nahm eine der aufliegenden Zeitungen und bestellte sich einen Espresso. Eine knappe Stunde und drei Espressi später setzte sich sein Vater endlich zu ihm an den Tisch und murmelte einen kaum verständlichen Gruß. Jan hob seinen Blick und schaute ihn verwundert an. Er war unrasiert und sah ungepflegt aus. Wahrscheinlich hatte er den ganzen Tag im Bett verbracht und hatte dann Hals über Kopf das Haus verlassen, als er bemerkt hatte, dass er zu spät dran war. Er legte seine Zeitung beiseite und blickte für einen kurzen Augenblick auf seine Uhr, was seinem Vater offenbar nicht entging.

«Ich weiß gar nicht, was du hast. Ich bin ja noch rechtzeitig eingetroffen», sagte er und blickte seinen Sohn dabei ernst an. Er brachte kein einziges Wort des Bedauerns über die Lippen. So war es immer schon gewesen. Und Jan fragte sich inzwischen zum tausendsten Mal, weshalb es seinem Vater so schwerfiel, sich für etwas zu entschuldigen. Seit er sich erinnern konnte, lief es so ab. Auf einmal spürte er den tiefen Groll in sich hochsteigen, der schon viele Jahre in ihm schlummerte. Aber er wollte sich nicht mit ihm streiten. Nicht heute.

«Ja, Vater, pünktlich wie immer», sagte er und winkte die Bedienung zu sich an den Tisch, um ihre Bestellung aufzugeben. «Und, wie geht es dir so?»

«Wie soll es mir schon gehen, mein Junge? Das Alter macht nun mal keine Freude. Vor allem nicht, wenn man wie ich allein ist.»

«Aber du bist nicht allein. Du hast Freunde. Und du hast deine Familie. Das weißt du doch», entgegnete er. «Aber nun erzähl mal. Was machst du so den ganzen Tag über?»

Sein Vater seufzte unmerklich. «Willst du das wirklich wissen?»

«Natürlich will ich das wissen.»

«Ehrlich gesagt gibt es da nichts zu erzählen, was dir gefallen würde. Ich stehe jeden Morgen aufs Neue mit der lächerlichen Hoffnung auf, dass der heutige Tag besser sein könnte als derjenige zuvor. Aber weißt du was? Jedes Mal, wenn ich abends wieder im Bett liege, stelle ich fest, dass bloß ein weiterer bedeutungsloser Tag meines Lebens an mir vorübergezogen ist.»

Jan schüttelte verärgert den Kopf. «Sei doch nicht immer so deprimiert. Du darfst dich nicht so gehen lassen, Vater.»

«Seit Mutters Tod habe ich nur noch selten so etwas wie aufrichtige Freude verspürt. Und ich weiß wirklich nicht, weshalb du das einfach nicht verstehen willst.»

Es war zwecklos, mit ihm weiter darüber zu reden, dachte Jan entmutigt. Einen kurzen Moment lang hellte sich die Miene seines Vaters indessen auf.

«Aber ob du es glaubst oder nicht, treffe ich mich hin und wieder mit ein paar alten Freunden zum Kartenspielen. Viele von ihnen sind mir jedoch nicht geblieben. Wenn das so weitergeht, sollte ich mich mal damit auseinandersetzen, wie man Solitaire spielt», sagte er und gab dabei ein kehliges Lachen von sich.

Jan legte seine Hand sanft auf die seines Vaters. Sie war kalt, und er konnte die tiefe Verbitterung spüren, die sich hinter seiner sarkastischen Fassade verbarg.

«Du triffst dich in letzter Zeit doch auch regelmäßig mit Léonie, habe ich gehört.»

Er nickte. «Ja, das tue ich. Sie ist ein großartiges Mädchen. Du und Emily könnt wirklich stolz auf sie sein», sagte er, während seine Gesichtszüge ungewöhnlich weich und gütig wurden.

«Das sind wir.»

Jan fragte sich, ob sein Vater jemals zuvor stolz auf ihn gewesen war. Er war sich nicht sicher.

«Und über was sprecht ihr so?», fragte er und bereute augenblicklich seine Neugier. Er fragte sich, ob er tief in seinem Inneren vielleicht eifersüchtig auf die Gefühle war, die sein Vater für Léonie hegte. Gefühle, die er ihm nie hatte zukommen lassen. Er schüttelte den Gedanken sofort wieder ab und schämte sich dafür. So etwas zu denken war erbärmlich.

«Über dieses und jenes. Worüber ein Großvater und seine Enkeltochter halt so sprechen», antwortete er.

«Natürlich, entschuldige bitte meine Frage. Ich wollte nur ... Ich finde es wirklich schön, dass ihr euch so gut versteht», sagte er schließlich und wusste, dass sein Vater nicht mehr weiter über Léonie sprechen würde. Und das war für ihn in Ordnung.

Er nahm gerade den letzten Schluck seines Kaffees, als sein Vater unverhofft auf den Fall Bernauer zu sprechen kam.

«Ich habe vor zwei Wochen von diesem Mordfall im Seefeld gelesen», sagte er.

«Ja, das ist eine wirklich eigenartige Geschichte. Auch wenn ich dir das eigentlich nicht sagen dürfte, bin ich mir inzwischen nicht mehr sicher, ob wir diesen Mord jemals aufklären werden. Wir haben noch immer nicht die geringste Spur. Und mit jedem weiteren Tag, der verstreicht, werden unsere Chancen kleiner, den Täter zu finden. Nein, es sieht wirklich nicht gut aus», seufzte er.

Sein Vater nickte nachdenklich. «Das mag wohl sein. Aber ich denke, vielleicht wäre das auch gar nicht so falsch.»

Jan blickte ihn erstaunt an. «Ich verstehe ehrlich gesagt nicht, was du mir damit sagen willst. Wir sprechen hier schließlich von einem Mord. Wer auch immer hinter dieser Tat steckt, ist ein eiskalter Verbrecher. Vergiss das bitte nicht», sagte er und wunderte sich ernsthaft über seinen Vater.

«Vielleicht ist das so. Aber manchmal sind die Dinge nicht so einfach, wie sie auf den ersten Blick aussehen. Was ich dir eigentlich sagen will, ist, dass es für einige Menschen auf dieser Welt wohl eine Genugtuung ist, diesen Bernauer tot zu wissen. Ich würde es Gerechtigkeit nennen, andere vielleicht Schicksal. Auch wenn ich mir durchaus bewusst bin, dass du das als Polizist und Ermittler in diesem Mordfall natürlich anders siehst.»

«Das musst du mir jetzt aber genauer erklären. Ich habe nämlich nicht die geringste Ahnung, was du mir gerade mitteilen willst.»

Sein Vater nahm in aller Ruhe einen Schluck von seinem Bier und blickte ihn dann ernst an, bevor er weitersprach. «Du kannst dich doch bestimmt noch an deinen alten Schulfreund Nico Bühler erinnern», begann er.

Er sah das Gesicht des kleinen, blassen Jungen vor sich. «Natürlich kann ich mich noch an Nico erinnern. Wie kannst du nur so etwas fragen? Er war immerhin mein bester Freund. Aber was hat das mit dem Tod von Kai Bernauer zu tun?»

Einen Moment lang dachte Jan an die glückliche Zeit seiner Kindheit zurück. Nico und er waren als Kinder unzertrennlich gewesen. Freunde fürs Leben, so sahen sie das damals. Sie waren wie Brüder. Als er dann in die Oberschule ging, sahen sie sich immer seltener. Und schließlich waren sie als Jugendliche, mit dem festen Glauben daran, dass die Welt nur darauf wartete, ihre Träume und Hoffnungen erfüllen zu können, in das Leben hinausgestolpert. Er hat seit damals nichts mehr von Nico gehört, dem kleinen, verträumten Jungen, der immer etwas traurig in die Welt blickte.

«Was ich dir erklären möchte, ist, dass der Tod von Nicos Vater nach all den Jahren die Familie Bernauer doch noch eingeholt hat.»

Jan blickte seinen Vater sichtlich verblüfft an. «Jetzt aber mal von vorn, Vater. Von welcher alten Geschichte sprichst du?»

Sein Vater seufzte. «Du kannst dich doch sicher noch daran erinnern, dass der kleine Nico damals bei einer Pflegefamilie in unserer Nachbarschaft wohnte.»

Er nickte. «Natürlich kann ich mich daran erinnern. Dass es seine Pflegeeltern und nicht seine leiblichen Eltern waren, war unter uns Kindern schließlich kein Geheimnis gewesen. Aber worauf willst du hinaus?»

Sein Vater schien einen Augenblick lang in der Vergangenheit versunken zu sein. Dann leerte er sein Bier in einem Zug, bevor er weitersprach.

«Hast du dich nie gefragt, weshalb er nicht bei seinen Eltern wohnte?»

Jan schüttelte den Kopf. «Nein, das habe ich ehrlich gesagt nicht. Weshalb hätte ich das auch tun sollen? Wir waren damals noch Kinder und haben uns nicht über solche Fragen den Kopf zerbrochen. Das tun doch nur Erwachsene.»

Ein zaghaftes Lächeln erschien auf dem Gesicht seines Vaters. «Wahrscheinlich hast du recht. Aber sei es drum. Nico war eine Vollwaise. Seine Mutter war kurz nach seiner Geburt gestorben. Und nur wenige Jahre später kam sein Vater bei einem angeblichen Arbeitsunfall ums Leben. Der kleine Nico war nach diesem tragischen Unglück ganz allein auf dieser Welt, ohne Eltern oder nahe Verwandte. Das war auch der Grund dafür, weshalb er damals in eine Pflegefamilie kam.»

«Weshalb meinst du, dass es angeblich ein Arbeitsunfall war?»

«Der Inhaber der Baufirma, auf dessen Baustelle Nicos Vater ums Leben kam, hieß Theodor Bernauer. Ich bin sicher, dass du bereits herausgefunden hast, dass es sich bei ihm um Kai Bernauers Vater handelt.»

«Natürlich weiß ich das. Das war auch nicht besonders schwer herauszufinden», entgegnete Jan mürrisch, was ihm augenblicklich leidtat. «Aber von einem mysteriösen Arbeitsunfall in dessen Firma höre ich heute zum ersten Mal», ergänzte er und gab sich sichtlich Mühe, dabei etwas freundlicher zu klingen.

«Natürlich. Und weißt du auch warum? Weil das Ganze einfach unter den Teppich gekehrt wurde.»

«Wie meinst du das?»

«Nico Bühlers Vater gehörte damals unserer Gewerkschaft an. Deshalb kann ich mich auch noch so gut an diese Geschichte erinnern. Er hatte den Ruf, recht militante Ansichten zu vertreten. Aber ich glaube nicht, dass das stimmte. Es waren damals einfach andere Zeiten und manche von uns wollten sich wohl nicht mehr länger herumschubsen lassen.»

«Du hast mir gar nie erzählt, dass du ihn gekannt hast», sagte er erstaunt.

«Das habe ich auch nicht; jedenfalls nicht persönlich. Aber nach seinem Tod war sein Name bei uns in aller Munde. Ein unbequemer und kämpferischer Gewerkschaftler, der bei einem zweifelhaften Arbeitsunfall ums Leben kommt. Das stank unserer Meinung nach zum Himmel. Hinzu kam das Gerücht, Nicos Vater hätte ein Verhältnis mit Bernauers Frau angefangen. Keiner von uns wusste, ob das auch wirklich so war. Aber in unseren Augen hätte Theodor Bernauer genügend Gründe dafür gehabt, Bühler aus dem Weg räumen zu wollen. Leider gab es nichts, was wir damals hätten unternehmen können. Wir hatten nichts gegen ihn in der Hand. Die Gerichtsverhandlung wurde aus Mangel an Beweisen eingestellt. Also wollten wir in den Streik treten und dem Kerl auf diesem Weg so richtig die Hölle heiß machen. Aber dann hat unsere Gewerkschaft einige einschneidende Zugeständnisse erhalten. Und die Gewerkschaftsbosse wollten sie nicht in einem aussichtslosen Kampf aufs Spiel setzen. Also haben sie uns kurz vor Streikbeginn zurückgepfiffen. Und das war's dann auch schon.»

Er konnte ein wütendes Funkeln in den Augen seines Vaters erkennen.

«Dieses Gefühl der absoluten Machtlosigkeit gegenüber einem himmelschreienden Unrecht hat mich seit damals nicht mehr losgelassen. Das Einzige, was wir nach dieser Tragödie noch tun konnten, war dafür zu sorgen, dass sein einziger Sohn wenigstens von einer liebevollen und anständigen Familie aufgezogen wurde.»

Jan dachte nach. Wenn Theodor Bernauer damals tatsächlich etwas mit dem Tod von Nicos Vater zu tun hatte, dann hätte Nico zwar ein Motiv gehabt, sich an der Familie Bernauer zu rächen. Aber als sein Vater ums Leben kam, war er noch ein kleines Kind gewesen. Das war doch alles schon so lange her. Er konnte sich nicht vorstellen, dass Nico nach all den Jahren noch Rachegefühle hegte. Er hätte sie über Jahrzehnte hinweg mit sich herumgetragen haben müssen. Nicht umsonst sagte man, dass die Zeit alle Wunden heilte. Nico war da bestimmt keine Ausnahme. Nein, er konnte es sich beim besten Willen nicht vorstellen, dass er etwas mit dem Mord an Kai Bernauer zu tun hatte. Aber trotzdem würde er mit ihm sprechen müssen. Falls das noch möglich war. Es konnte genauso gut sein, dass er seit vielen Jahren im Ausland lebte oder bereits gar nicht mehr lebte. Es würde wohl nicht sonderlich schwierig sein, das in Erfahrung zu bringen.

Während er seinen Gedanken nachhing, legte die Bedienung die Rechnung auf den Tisch. Er nahm seine Brieftasche heraus. «Das übernehme ich», sagte er zu seinem Vater und beglich die Rechnung mit einem großzügigen Trinkgeld. Dabei dachte er bedrückt an seinen alten Freund Nico und das, was er von seinem Vater heute erfahren hatte.

«Es muss für Nico damals furchtbar gewesen sein, als er nach seiner Mutter auch noch seinen Vater verlor. Von einem auf den anderen Tag war er allein», murmelte Jan und schämte sich schon fast, als er an seine eigene, wohlbehütete Kindheit dachte. Er steckte seine Brieftasche ein und wollte gerade aufstehen, als sein Vater plötzlich brummte. Sein Gesichtsausdruck wirkte ungewöhnlich hart.

«Nach so vielen Jahren hat es das Schicksal der Familie Bernauer mit gleicher Münze heimgezahlt. Und soll ich dir was verraten? Auch wenn du mich für gefühllos halten magst, bin ich wirklich froh darüber, dass es nun einen dieser Bernauer erwischt hat.»

«Also wirklich, Vater ...»

«Für mich fühlt es sich so an, als ob endlich eine alte Schuld beglichen wurde», sagte er mit erschreckend kalter Stimme, und Jan glaubte, so etwas wie einen stillen Triumph in der Stimme seines Vaters gehört zu haben.

## KAPITEL 19

Er stand vor dem Haus und blickte auf den handgeschriebenen Zettel in seiner Hand. Agnesstraße 61, 3. Stock, hatte Valérie mit geschwungener Handschrift darauf notiert. Hier war er richtig. Er zerknüllte den Zettel und steckte ihn in seine Tasche. Nico Bühler hatte Zürich die ganzen Jahre über nie verlassen, genauso wie er. In gewissen Dingen waren sie sich schon immer ähnlich gewesen. Komisch, dass sie sich nie über den Weg gelaufen waren. Wie alt waren sie damals gewesen, als sie sich das letzte Mal gesehen hatten, sechzehn oder siebzehn? Das war lange her. Vielleicht hätten sie sich bei einer flüchtigen Begegnung nicht einmal mehr erkannt.

Es war nicht sonderlich schwer gewesen, Nicos Adresse zu finden. Es gab sogar eine polizeiliche Akte über ihn. Einmal war er wegen der Erregung öffentlichen Ärgernisses verhaftet worden und hatte danach eine Nacht in einer Ausnüchterungszelle verbracht. Aber damals war er noch sehr jung gewesen, und das Ganze konnte man getrost als einen jugendlichen Ausrutscher abtun. Nun stand er also vor Nicos gesichtslosem, grauem Haus, das nicht gerade einladend aussah. Es war eines dieser unzähligen Wohnhäuser Zürichs, die in den boomenden Nachkriegsjahren hastig hochgezogen wurden, um der schnell wachsenden Stadtbevölkerung günstigen Wohnraum zu bieten.

Als er das Treppenhaus betrat, drang ein unangenehm fauliger Geruch in seine Nase. Eigenartig, dachte er, was roch hier denn so? Er ging das schlecht beleuchtete Treppenhaus hoch, und als er schließlich vor der Wohnungstür stand, zögerte er einen Augenblick. Würde sich Nico noch an ihn erinnern? Nachdem er den Klingelknopf gedrückt hatte, vergingen einige Sekunden, bis die Tür geöffnet wurde. Der

Mann, der vor ihm stand, war unrasiert, trug eine zerschlissene Jeanshose und ein schwarzes T-Shirt, auf dem in roten Lettern der Satz I am Bad News geschrieben stand. Er hoffte, dass das nicht wörtlich gemeint war. Unter dem T-Shirt war nämlich eine eindrückliche Muskelmasse zu erkennen. In seiner Hand hielt er eine glimmende Zigarette. Insgesamt machte er nicht gerade einen vertrauenerweckenden Eindruck auf Jan.

«Was wollen Sie?», raunte er ihn mit einer Stimme an, die typisch für starke Raucher war, und ging drohend einen Schritt auf ihn zu. Plötzlich nahm er einen Zug von seiner Zigarette und blies ihm grinsend den Rauch ins Gesicht. Konnte das vielleicht Nico sein? Nein, das glaubte er nicht. Er erinnerte sich an ihn als einen schlanken, gutmütigen Jungen, mit schon fast femininen Gesichtszügen. Er konnte beim besten Willen keine Ähnlichkeiten mit diesem ungehobelten Muskelprotz erkennen.

«Ich suche einen gewissen Nico Bühler, der hier wohnen soll», sagte Jan und hielt dem Hünen seinen Dienstausweis entgegen. Dieser verzog sein Gesicht zu einer Fratze. Er schien offensichtlich kein Sympathisant der Polizei zu sein.

«Nico? Der wohnt hier schon lange nicht mehr. Weshalb suchen Sie ihn denn? Hat dieses alte Schlitzohr wieder einmal etwas ausgefressen? Das würde ihm ja ähnlichsehen», sagte er lachend und nahm erneut einen tiefen Zug von seiner Zigarette.

«Nein, ich wollte ihm bloß ein paar Fragen stellen.»

«Soso, ein Bulle will Nico also ein paar Fragen stellen. Ich kann mir aber kaum vorstellen, dass er großen Wert darauf legen wird, sich mit Ihnen zu unterhalten.»

«Das lassen Sie doch bitte mal meine Sorge sein. Wissen Sie, wo ich ihn finden kann?»

Er zuckte gleichgültig mit den Schultern. «Ich habe nicht die geringste Ahnung. Aber ich sehe Nico hin und wieder hier in der Gegend. Wenn Sie wollen, kann ich ihm gerne eine Nachricht von Ihnen überbringen.»

Jan schüttelte den Kopf. «Nein, das wird nicht nötig sein», sagte er und wollte sich bereits auf den Weg machen, als er plötzlich die Umrisse einer Frauengestalt am Ende des Flurs sah.

«Nico, mit wem sprichst du da gerade?», fragte sie unverhofft.

«Verflucht noch mal, Jasmine. Kannst du nicht wenigstens einmal deine verdammte Klappe halten?», wetterte er und versuchte, mit einer schnellen Bewegung die Tür zuzuschlagen. Doch Jan war schneller und hielt einen Fuß dazwischen.

«Nico, bist du das?», fragte er ungläubig.

«Ja, mein Gott, Sie haben mich erwischt. Können Sie jetzt bitte Ihren Fuß aus der Tür nehmen? Ich habe noch zu tun. Außerdem habe ich nicht die geringste Lust, mich mit Ihnen zu unterhalten. Ich habe nichts verbrochen.»

Jan konnte es kaum glauben. Dieses durchtrainierte Muskelpaket vor ihm war tatsächlich sein alter Freund Nico Bühler.

«Verflucht noch mal, Nico. Erkennst du mich denn nicht? Ich bin es, Jan.»

«Tut mir leid, aber ich kenne keinen Jan. Ich muss Sie jetzt bitten zu gehen», antwortete er und versuchte dabei, Jans Fuß aus dem Türrahmen zu drängen. Dann hielt er auf einmal inne und blickte ihn sehr lange an. Endlich hellte sich seine Miene auf.

«Moment mal. Sie meinen nicht etwa Jan Pratt?», fragte er.

«Von welchem Jan soll ich denn sonst sprechen? Sag jetzt bloß nicht, dass du dich wirklich nicht mehr an mich erinnern kannst.»

«Soll das etwa ein Scherz sein? Natürlich kann ich mich an Jan Pratt erinnern. Ich bin doch nicht blöd. Aber die Frage, die ich mir stelle, ist, ob Sie wirklich auch der sind, für den Sie sich ausgeben.»

«Jetzt hör mit diesem Blödsinn auf. Willst du mir etwa allen Ernstes sagen, dass ich mich seit damals so verändert habe, dass du mich nicht mehr erkennst? Also gut, wenn es sein muss. Dann hör mal zu. Du bist in der fünften Klasse zu uns gekommen. Unsere Klassenlehrerin hieß Inge Krause. Aber wir nannten sie alle immer nur die preußische Schabracke. Und gleich an deinem ersten Tag hast du den Platz neben mir bekommen.»

Sein Gesicht hellte sich weiter auf.

«Du weißt doch dann bestimmt auch, weshalb ich damals in eurer Klasse gelandet bin», sagte er. Anscheinend war er noch immer nicht restlos überzeugt. Er schien in den letzten Jahren richtiggehend paranoid geworden zu sein.

«Natürlich weiß ich das noch. Und zwar, weil du sitzen geblieben bist und die fünfte Klasse noch mal wiederholen musstest», antwortete Jan grinsend.

«Ach du verfluchte Scheiße», sagte Nico nun und ging mit einem breiten Lachen auf ihn zu. «Du bist es also tatsächlich.»

Dann umarmte er ihn unverhofft. Es fühlte sich an, als ob sein Körper gerade in einer Getreidemühle zermalmt würde.

«Mann, du siehst ja wirklich gut aus. Ich kann es kaum glauben. Ich hätte nicht gedacht, dass wir uns nach so vielen Jahren nochmals wiedersehen. Ähm ... Noch eine Frage, bevor wir anfangen, von den guten alten Zeit zu schwärmen:

Bist du etwa wirklich bei den Bullen gelandet oder war das vorhin nur ein Scherz von dir?»

Er seufzte. «Nein, das war kein Scherz. Ich arbeite bei der Zürcher Kantonspolizei», sagte er.

Nico blickte ihn schweigend an. Dann erschien plötzlich ein Grinsen auf seinem Gesicht.

«Mein alter Freund Jan ist also eine große Nummer bei den Bullen geworden. Aber was soll's. Ist vielleicht nicht mal so übel, dort für alle Fälle einen Freund zu haben. Aber dann hoffe ich mal, dass du nicht dienstlich hier bist.»

Jan schüttelte den Kopf. «Nein, das bin ich nicht. Also jedenfalls nicht offiziell.»

Sein Blick wurde augenblicklich ernst. Er trat in den Gang hinaus und schloss die Tür hinter sich. Er blickte ihn besorgt an.

«Nicht offiziell, sagst du? Jan, willst du mir jetzt nicht endlich sagen, um was zum Henker es hier eigentlich geht? Ich nehme mal an, dass du mich nicht nur aufgesucht hast, um mir die Einladung für das nächste Klassentreffen zu überreichen. Also nun spuck es endlich aus. Was genau willst du eigentlich von mir?»

Es hatte keinen Sinn, länger um den heißen Brei herumzureden.

«Tut mir leid. Du hast recht. Ich will offen zu dir sein. Ich bin hier, um mit dir über den Mord an Kai Bernauer zu sprechen. Genau genommen möchte ich wissen, ob du etwas damit zu tun haben könntest», erklärte Jan unverblümt. Irgendwie hatte er das Gefühl, das seinem alten Freund schuldig zu sein. Nico blickte ihn nachdenklich an, bevor er schließlich nickte.

«Du heilige Scheiße. Das war direkt. Aber was soll's. Wenigstens bist du ehrlich zu mir. Ist bei euch Bullen eher selten der Fall. Das schätze ich wirklich.» Er kratzte sich in Gedanken versunken am Hinterkopf. Dann zuckte er mit den Schultern.

«Eigentlich hätte ich es mir denken können, dass es nur eine Frage der Zeit sein würde, bis einer von euch hier aufkreuzen würde. Ich habe davon in den Nachrichten gehört. Aber ich sage es dir geradeheraus: Damit habe ich nichts zu tun. Die Geschichte von damals interessiert mich nämlich nicht. Was mit meinem Vater passierte, ist für mich schon lange Schnee von gestern. Falls ihr also ernsthaft in Erwägung zieht, dass ich dahinterstecken könnte, seid ihr gehörig auf dem Holzweg.»

Jan räusperte sich. Auch wenn er Nico glaubte, reichte das leider nicht. Er war zwar ein alter Freund, aber Jan war in erster Linie auch Polizist.

«Ich frage dich das jetzt nicht gerne, das musst du mir glauben. Aber warst du am Abend, als Kai Bernauer ermordet wurde, mit jemandem zusammen, der das bezeugen kann?»

«Das glaube ich jetzt nicht. Ist das dein Ernst? Du verlangst also tatsächlich ein Alibi von mir? Schon vergessen, wer ich bin?»

«Nico, es geht hier nicht um uns oder unsere alte Freundschaft. Es geht hier einzig und allein darum, dass ich alle Möglichkeiten in Betracht ziehen muss. Kai Bernauer wurde brutal ermordet», antwortete er. Nico blickte ihn schweigend an. Dann entspannten sich seine Gesichtszüge.

«Ich verstehe. Ist schon gut. Weißt du was? Lass uns doch in meine Stammkneipe um die Ecke gehen. Ich würde dich ja gern in meine Wohnung hereinbitten, aber im Moment herrscht in meiner Absteige ein ziemliches Durcheinander. Ich hole mir nur kurz meine Jacke, dann können wir los», sagte er und verschwand für einen Augenblick in der Wohnung. Durch die geschlossene Tür konnte Jan hören, wie Nico heftig mit einer Frau diskutierte. Stritten sie etwa? Das war schwer zu sagen. Kurz darauf tauchte er wieder auf. Nico hatte sich eine schwarze Lederjacke umgehängt und forderte Jan auf, ihm zu folgen.

An der Theke der Blue Moon Bar saßen bereits einige Gäste, als Jan und Nico ankamen. Schweigend, mit glasigen Augen kippten sie ihre Drinks. Ihrem Aussehen nach zu urteilen, waren sie alle schon vor sehr langer Zeit hier gestrandet. Im Hintergrund sang Bruce Springsteen «Born in the U.S.A.», und neben der Theke stand ein ramponierter Billardtisch, an dem zwei junge Kerle gelangweilt eine Partie Pool spielten. Der Schuppen war ziemlich düster. Nicht gerade einladend, fand Jan.

Sie setzten sich zusammen in eine ruhige Ecke, wo ihnen eine übermotivierte Hardrock-Lady unaufgefordert zwei Budweiser vor die Nasen stellte. Wenigstens passte das Bier zum Song. Zwischendurch erklang der helle Ton von aufeinanderprallenden Billardkugeln, und hin und wieder winkte Nico einem Gast zu. Offenbar kannte man sich hier.

«Tut mir leid, Nico. Aber ich trinke nicht, wenn ich im Dienst bin», entschuldigte sich Jan.

«Du trinkst nicht, wenn du im Dienst bist? Aber hallo! Sagtest du mir nicht vorhin, du seist gar nicht offiziell hier? Oder habe ich mich da etwa verhört?»

Eins zu null für ihn. Er hatte sich verplappert und musste sich geschlagen geben.

«Na gut, was soll's. Du hast recht», seufzte Jan und prostete ihm zu. Dann saßen sie sich einen Moment lang schweigend gegenüber. Die Stille war ihm unangenehm. Ihm wurde schlagartig klar, dass sie nur zwei alte Typen waren, die sich seit ihrer Jugend nicht mehr gesehen hatten und nicht die geringste Ahnung hatten, worüber sie sich eigentlich unterhalten sollten. Denn was sie einmal vor vielen Jahren miteinander verbunden hatte, war schon lange verblasst.

«Nun erzähl mal. Wie ist es dir nach der Schule ergangen? Wir hatten uns ja nach der achten Klasse schnell aus den Augen verloren», begann er schließlich, als die Stille zwischen ihnen fast unerträglich geworden war.

«Das stimmt. Ich fand das schon damals schade. Ich mochte dich nämlich, weißt du», antwortete Nico, und in seiner Stimme war ehrliches Bedauern erkennbar. «Als ich damals von der Schule abgegangen bin, hatte ich einfach keinen Bock mehr auf den ganzen Scheiß. Also habe ich angefangen, auf dem Bau zu arbeiten, und machte am Abend Musik. Ich sage dir, das war die beste Zeit meines Lebens. Du musst wissen, dass ich ein ziemlich guter Schlagzeuger gewesen bin. Wir hatten sogar unsere eigene Band. Wir nannten uns *The Aimless,* was ehrlich gesagt ein passender Name für unsere Truppe war», sagte er grinsend. «Aber eines Tages bekam ich auf der Arbeit Stress mit meinem Boss. Der Kerl war ein verdammter Drecksack. Als er mich wieder einmal vor der gesamten Mannschaft fertigmachen wollte, habe ich ihm einfach ein Ding verpasst und dabei seine Nase gebrochen. Ist einfach so über mich gekommen. Leider stellte sich heraus, dass das eine dämliche Aktion gewesen ist. Jedenfalls bin ich noch am selben Tag rausgeflogen und stand auf einmal ohne Job und ohne Geld da. Nach Hause zurück wollte ich nicht mehr. Also wohnte ich abwechselnd bei Freunden oder in besetzten Häusern. Und dann ist es auch noch mit unserer Band bergab gegangen. Obwohl wir uns damals für die heißeste Punkband Zürichs hielten, traten wir meist vor leeren Plätzen auf. Irgendwann ist uns dann die Lust vergangen, Musik zu machen, die niemand hören wollte. Wir haben die Band aufgelöst, und jeder ging seine eigenen Wege.» Er steckte sich eine Zigarette in den Mund und zündete sie nachdenklich an. « Aber ich machte einfach so weiter wie zuvor. Wenn ich mal abgebrannt war, nahm ich einen Gelegenheitsjob an und verdiente mir ein paar Kröten dazu. Aber länger als ein paar Wochen habe ich es nirgends mehr ausgehalten. Wozu auch? Ich brauchte in dieser Zeit nicht viel zum Leben.»

Er trank sein Bier aus, und noch bevor Jan protestieren konnte, bestellte er mit einer routinierten Handbewegung eine neue Runde.

« Doch dann begegnete ich wie aus heiterem Himmel diesem Mädchen. Und kurz darauf zogen wir zusammen. Ob du es glaubst oder nicht, ich machte damals sogar eine Ausbildung zum Taxifahrer. Ich meinte es wirklich ernst mit ihr.»

« Und wie ging es weiter?»

« Ich weiß auch nicht, was damals mit mir los war. Irgendwann war mir alles zu viel und ich wurde ein richtiger Scheißkerl, der ständig an ihr herumnörgelte. Nach einer Weile fing ich wieder an, mich mit meinen alten Kumpeln zu treffen, was mich nur noch mehr herunterzog. Zu Hause war ich nur noch selten. Betrunken war ich auch ständig. Und so kam es, wie es kommen musste: Eines Tages verließ sie mich für einen anderen. Ich kann es ihr nicht einmal verübeln.»

Die Hardrock-Lady erschien und unterbrach ihre Unterhaltung. « Jungs, meine Schicht ist für heute zu Ende», sagte sie und legte den Kassenbeleg auf den Tisch. « Macht siebzehn achtzig», fügte sie an.

Nico griff in seine Jackentasche.

« Lass mal. Das geht auf meine Rechnung», sagte Jan und legte einen Zwanziger auf den Tisch.

Die Kellnerin steckte das Geld wortlos ein und verschwand hinter der Theke.

« Danke, Jan. Die nächste Runde geht auf mich.»

«Klar doch. Aber bevor wir gehen, möchte ich mit dir über den Mord an Kai Bernauer sprechen.»

Jan hielt dem vorwurfsvollen Blick stand, den Nico ihm entgegenbrachte.

«Haben wir das denn nicht bereits getan?», fragte er. «Aber gut, wie du willst. Als ich in der Zeitung von dem Mord gelesen habe, habe ich zuerst nicht einmal geschnallt, wer dieser Kai Bernauer sein soll. Und weißt du, was ich empfand, als es mir schließlich bewusst wurde?»

Jan schüttelte den Kopf.

«Rein gar nichts. Keine Genugtuung, kein Mitleid, sondern einfach nur Gleichgültigkeit. Warum? Weil mich die Geschichte mit meinem Vater schon lange nicht mehr interessiert. Er ist vor über vierzig Jahren gestorben. Ich kann mich nicht einmal mehr an ihn erinnern. Er war nie ein Teil meines Lebens», sagte er mit fester Stimme.

«Das tut mir alles sehr leid. Und ich glaube dir auch, Nico. Aber ich muss nun mal trotzdem von dir wissen, wo du in der Mordnacht warst.»

Er blickte ihn mit großen Augen an und brach dann in schallendes Gelächter aus. Die beiden jungen Kerle an der Theke, die vorher Billard gespielt hatten, drehten sich mit fragenden Blicken nach ihnen um.

«Aus dir ist wirklich ein verdammter Scheißbulle geworden, Jan.»

«Tut mir leid, dass du das so siehst. Aber ich mache hier nur meinen Job. Also sag mir bitte, wo du in dieser Nacht warst.»

«Du meinst es tatsächlich ernst, was?»

«Das tue ich.»

Nico seufzte kopfschüttelnd. «Also gut. Du lässt sowieso nicht locker. Nun, ich werde dir sagen, wo ich in dieser Nacht war: Ich habe den ganzen Abend über zu Hause mit meiner Freundin ferngesehen, so wie fast jeden Abend. Und ich bin sicher, dass sie gerne auf dein Scheißrevier kommen wird, um dir das zu bestätigen.»

Er nickte und gab ihm seine Karte. «Dann richte ihr bitte aus, dass sie sich für eine Aussage bei mir melden soll.»

Nico blickte ihn mit funkelnden Augen an.

«Du begreifst wirklich gar nichts, stimmt's, Jan? Aber das ist ehrlich gesagt auch nichts Neues. Schon damals, als wir noch Kinder waren, hat es dich in Wahrheit doch einen feuchten Dreck geschert, wie mein Leben aussah. Es hat sich alles immer nur um dich gedreht. Denkst du, es war für mich einfach, keine Eltern zu haben und bei fremden Menschen aufzuwachsen? Unsere Freundschaft war damals das Einzige, was mir Halt gegeben hat. Aber dann hast du die Schule gewechselt und mich von einem auf den anderen Tag einfach aus deinem Leben gestrichen. Ich brauchte eine Weile, bis ich endlich begriffen habe, dass du mit dem kleinen Nico, wie du mich früher immer genannt hast, nichts mehr zu tun haben wolltest. Ich spielte einfach nicht mehr in deiner Liga», sagte er bitter.

Nicos Worte trafen ihn. Auf einmal hatte er das Gefühl, sich vor ihm rechtfertigen zu müssen.

«So war das doch gar nicht! Wir haben uns nun mal mit der Zeit aus den Augen verloren, so wie das in diesem Alter eben vorkommt. So was ist doch völlig normal. Das hatte doch nichts mit dir zu tun», sagte er. Aber er wusste, dass das nicht die ganze Wahrheit war. Und tief in seinem Inneren schämte er sich in diesem Moment.

«Na, wenn du das sagst», entgegnete Nico knapp und stand mit einem enttäuschten Gesichtsausdruck auf. Dann tippte er zum Abschied mit den Fingerspitzen an seine rechte Schläfe.

«Mein Mädchen wird sich morgen bei dir melden und mein Alibi bestätigen. War trotzdem schön, dich wieder mal getroffen zu haben», sagte er und verließ dann – ohne ein weiteres Wort zu verlieren – das Lokal. Jan blieb allein am Tisch zurück.

# KAPITEL 20

Jan durchwühlte zum wiederholten Mal vergeblich die Schubladen seines Schreibtisches. Aber die Akte war wie vom Erdboden verschluckt. Das durfte doch nicht wahr sein, dachte er verzweifelt. Valérie saß ihm gegenüber und blickte ihn fragend an.

«Suchst du eigentlich nach etwas Bestimmtem?», fragte sie gelangweilt und lehnte sich entspannt zurück.

«Hast du vielleicht die Akte über Nico Bühler irgendwo gesehen? Ich bin mir sicher, dass ich sie erst heute Morgen auf meinen Schreibtisch gelegt habe», sagte er und schnaubte aufgebracht.

«Ist das nicht dein alter Freund aus der Schule, von dem du mir erzählt hast?»

«Ja. Und nun ist seine Akte auf einmal spurlos verschwunden ...»

«Vielleicht hat sie jemand auf deinem Schreibtisch gesehen und sie wieder ins Archiv zurückgebracht.»

Er schüttelte den Kopf.

«Wieso sollte jemand so etwas tun, Valérie? Nein, das kann ich mir beim besten Willen nicht vorstellen.»

«Mach dir doch wegen dieser verschwundenen Akte keinen Kopf. Bei uns ist doch schon seit Jahren alles digitalisiert. Ich weiß sowieso nicht, weshalb du dich noch immer nicht damit anfreunden kannst», entgegnete sie.

«Weil ich nun mal besser mit einer Akte arbeiten kann, die aus Papier besteht. Außerdem will ich nicht den ganzen Tag über in einen dämlichen Bildschirm starren.»

Sie blickte ihn mit einem schiefen Lächeln an, sagte aber nichts weiter. Natürlich wusste sie, dass es in Wahrheit vor allem daran lag, dass er noch immer Mühe hatte, das elektronische Archivprogramm richtig zu bedienen. Wenigstens war sie galant genug, es nicht zu erwähnen. Unverhofft klingelte das Telefon auf seinem Schreibtisch.

«Hallo?», blaffte er übellaunig in den Hörer.

«Jan? Hier ist Lisbeth vom Empfang. Gibt es einen speziellen Grund, weshalb du so ins Telefon brüllst?», fragte sie mit näselnder Stimme. Er räusperte sich peinlich berührt.

«Nein, Lisbeth, tut mir leid. Ich war gerade etwas durch den Wind, bitte entschuldige. Was kann ich für dich tun?»

«Hier am Empfang ist eine junge Dame, die nach dir fragt. Sie meint, sie wolle eine Aussage betreffend eines gewissen Nico Bühlers machen. Sagt dir das vielleicht etwas?»

«Und ob es das tut. Sag ihr doch bitte, dass sie einen Moment lang warten soll. Ich komme gleich runter und hole sie ab», erwiderte er. Dann legte er den Hörer auf und machte sich auf den Weg. Als er zum Empfang kam, saß eine attraktive Dame allein im Warteraum. Als sie ihn sah, stand sie auf und ging zögernd auf ihn zu.

«Herr Pratt?», fragte sie unsicher. Er nickte und schüttelte ihre Hand.

«Das bin ich. Und darf ich fragen, mit wem ich gerade spreche?»

«Oh. Natürlich. Bitte entschuldigen Sie, dass ich mich nicht vorgestellt habe. Das ist sonst nicht meine Art. Das liegt wohl daran, dass ich etwas aufgeregt bin. Mein Name ist Nguyen.»

Er blickte sie mit hochgezogenen Augenbrauen an. Der Name sagte ihm nichts.

«Ich bin Nicos Freundin», ergänzte sie mit einem scheuen Lächeln. «Und ich möchte eine Aussage machen. Er hat gestern mit Ihnen darüber gesprochen. Das hat er mir wenigstens gesagt.»

Er nickte und lächelte zurück.

«Natürlich, Frau Nguyen. Dann kommen Sie doch bitte in mein Büro, damit wir Ihre Aussage protokollieren können», sagte er und wies ihr mit einer Handbewegung den Weg. Sie folgte ihm in sein Büro und setzte sich ihm gegenüber.

«Darf ich Ihnen etwas zu trinken anbieten? Vielleicht einen Kaffee oder ein Glas Wasser?», fragte er. Sie schüttelte den Kopf.

«Nein, danke. Ich möchte nichts.»

«Nun gut, Frau Nguyen, Sie würden also gern eine Aussage machen. Um was geht es genau?», fragte er, obwohl er die Antwort bereits kannte.

«Wie ich Ihnen bereits gesagt habe, bin ich Nico Bühlers Freundin. Es geht um die Nacht, in der dieser prominente Mann getötet wurde, über den so viel in der Zeitung geschrieben wurde», begann sie.

«Ich nehme an, dass Sie von Kai Bernauer sprechen.»

«Ja, genau, das ist sein Name. Nico hat mir gestern erzählt, dass der besagte Mann in der Nacht vom vierzehnten September ermordet wurde. Und dass die Polizei nun denkt, er könnte wegen irgendeiner alten Geschichte vielleicht etwas damit zu tun haben. Aber das kann gar nicht sein.»

«Und wieso soll das Ihrer Meinung nach nicht möglich sein?»

«Weil er an diesem Abend die ganze Zeit über mit mir zusammen war», sagte sie und strich sich dabei unsicher durch ihre Haare. Ihr Gesicht zeigte keinerlei Regung.

«Gut. Dann werde ich das so protokollieren», sagte er schließlich. «Aber sind Sie sich bezüglich des Datums wirklich sicher?»

Sie blicke ihn schweigend an, und er fragte sich, was ihr in diesem Augenblick gerade durch den Kopf ging. Er hatte sich noch nicht entschieden, ob er ihr glauben sollte oder ob sie

Nico vielleicht einfach nur deswegen ein Alibi verschaffte, weil er ihr Freund war.

«Wie lange kennen Sie und Nico sich eigentlich schon?», fragte er unverhofft. Aber die Frage schien sie nicht aus der Ruhe zu bringen. Sie dachte einen Augenblick lang nach.

«Wir haben uns im letzten Sommer kennengelernt und sind kurz danach zusammengezogen», antwortete sie schließlich. «Nico hat mir übrigens erzählt, dass Sie zusammen zur Schule gegangen sind. Ist das wahr?», fragte sie und schien über die Tatsache, dass ihr Freund einen Polizisten kannte, erstaunt zu sein.

«Ja, wir waren damals in der Schule enge Freunde. Aber das ist schon lange her», antwortete er und wechselte schnell das Thema. «Sie sagen, dass Sie den ganzen Abend miteinander verbracht haben. Darf ich Sie fragen, wo Sie und Nico sich aufgehalten haben?»

«Natürlich dürfen Sie das. Das ist doch kein Geheimnis. Wir waren zu Hause und haben uns einen Film angeschaut. Und gegen Mitternacht sind wir dann schlafen gegangen. Ich kann mich noch gut daran erinnern, weil ich an diesem Abend sehr müde war. Ich hatte einen anstrengenden Tag hinter mir.»

Während sie sprach, tippte Jan ihre Aussage in den Computer. Ein gemütlicher Fernsehabend klang zwar nicht gerade nach dem Nico, den er gestern kennengelernt hatte, aber vielleicht hatte er tatsächlich noch eine andere Seite an sich.

«Wo arbeiten Sie denn?»

«Ich bin Filialleiterin eines Supermarkts am Bellevue-Platz», antwortete sie mit einem deutlichen Anflug von Stolz in ihrer Stimme.

«Und können Sie sich noch daran erinnern, um welche Uhrzeit Sie am besagten Abend nach Hause gekommen sind?»

«Das muss so gegen halb acht gewesen sein. Ich höre abends immer um dieselbe Zeit auf, um sieben Uhr. Und die Fahrt nach Hause dauert höchstens eine halbe Stunde», erklärte sie. Er tippte die Uhrzeit ein und druckte dann das Protokoll aus.

«Gut, vielen Dank, ich habe Ihre Aussage vollständig protokolliert», sagte er.

Jasmine Nguyen saß ihm ruhig und mit entspannter Miene gegenüber. Dabei zeigte sie keinerlei Anzeichen von Nervosität oder hastigen Bewegungen. So wie es aussah, sagte sie wohl die Wahrheit. Eine Tatsache, die Jan um Nicos willen erleichterte. Aber etwas ließ ihm trotzdem keine Ruhe.

«Eine letzte Frage hätte ich noch an Sie», meinte er daher, als sie bereits aufstehen wollte. «Da der besagte Abend bereits einige Wochen zurückliegt, frage ich mich, weshalb Sie sich noch so genau an ihn erinnern können.»

Sie zuckte mit den Schultern. Seine Frage schien sie in keiner Weise aus der Ruhe zu bringen.

«Keine Ahnung. Ich denke, das liegt wohl daran, dass ich ein sehr gutes Gedächtnis habe. Ich vergesse selten etwas», erwiderte sie im Brustton der Überzeugung.

«Das ist eine sehr beneidenswerte Eigenschaft», antwortete er und lächelte ihr zu. Er nahm das Protokoll aus dem Drucker und gab es ihr zur Durchsicht.

«Lesen Sie das bitte noch mal ganz genau durch. Falls Sie keine Änderungen wünschen, dann unterschreiben Sie bitte hier.» Er räusperte sich. «Aber bevor Sie das Protokoll unterschreiben, möchte ich Sie ordnungshalber noch auf die Tatsache hinweisen, dass eine wissentliche Falschaussage eine Straftat darstellt.»

Ihr Blick verfinsterte sich augenblicklich.

«Wollen Sie mir etwa unterstellen, dass ich gelogen habe? Nico hat mir schon erzählt, dass ihm die Polizei etwas anhängen will. Ich wollte ihm nicht glauben. Aber jetzt frage ich mich, ob er damit nicht doch recht hatte. Sagten Sie vorhin nicht, dass er Ihr Freund sei?»

Er hob seine Arme kapitulierend in die Höhe und blickte sie mit einem entwaffnenden Lächeln an.

«Niemand von der Polizei will Nico etwas anhängen. Das können Sie mir glauben. Und es tut mir aufrichtig leid, wenn Sie meine Bemerkung falsch aufgefasst haben. Ich wollte Sie nur über die Konsequenzen einer Falschaussage aufklären – eine reine Routineangelegenheit. Das tun wir immer so», sagte er und streckte ihr einen Kugelschreiber entgegen. Sie unterzeichnete das Protokoll mit einer schwungvollen Unterschrift und schob es ihm zurück. Dann verabschiedete sie sich kopfschüttelnd.

# KAPITEL 21

Die Kälte war Ende Oktober mit einer unerwarteten Heftigkeit in die Stadt eingezogen, und in der letzten Nacht war zur großen Freude der Kinder der erste Schnee des Jahres gefallen. Er bedeckte die höher gelegenen Hügel mit einer dicken Schneeschicht, die förmlich zum Schlittenfahren einlud. Doch im Laufe des Morgens hatte sich ebenfalls eine graue, undurchdringliche Nebeldecke in Zürich gebildet, die einen ersten Vorgeschmack auf die kommenden Wintermonate gab.

Jan hatte sich zum Mittagessen mit Léonie im Grand Café verabredet. Es war ihr unangefochtenes Lieblingslokal, was vermutlich vor allem daran lag, dass sie dort ein erstklassiges Shakshuka servierten, was neuerdings Léonies erklärtes Lieblingsgericht war. Sie saßen zusammen in einer ruhigen Ecke im hinteren Teil des Lokals. Es war schon lange her, seit sie sich das letzte Mal zum Mittagessen verabredet hatten, und Jan musterte seine Tochter eingehend, als diese die Speisekarte studierte. Aus seinem kleinen Mädchen war eine gut aussehende junge Frau geworden. Zu seinem Entsetzen musste er jedoch feststellen, dass sie nicht nur seinen väterlichen, sondern auch den neugierigen Blick des älteren Mannes auf sich zog, der ihnen schräg gegenübersaß. Das durfte doch wohl nicht wahr sein! Der Kerl sollte sich schämen. Léonie war gerade einmal siebzehn Jahre alt, während der Typ schon mindestens Ende vierzig sein musste, wenn nicht sogar älter. Jan spielte mit dem Gedanken, aufzustehen und dem Freak klarzumachen, dass er seinen gierigen Blick besser nicht mehr länger auf seine Tochter werfen sollte, falls er nicht die Absicht hatte, das Lokal mit einer gebrochenen Nase zu verlassen. Doch als sich ihre Blicke trafen, räusperte sich dieser verlegen und widmete sich wieder seiner Zeitung. Kurz darauf verlangte er die Rechnung und verließ eilig das Lokal, ohne dabei noch einmal in ihre Richtung zu schauen. Der Typ konnte offenbar Gedanken lesen.

«Bist du eigentlich immer noch an diesem aufsehenerregenden Mordfall dran, von dem so viel in der Zeitung stand?», fragte sie unverhofft und riss ihn aus seinen Gedanken. Er blickte sie erstaunt an.

«Das bin ich. Aber wieso fragst du? Du hast dich doch noch nie für die Arbeit der Polizei interessiert», entgegnete er. «Aber ich kann dir leider sowieso nicht viel darüber erzählen.»

«Ich bin kein Kind mehr. Und solche Dinge interessieren mich in letzter Zeit nun mal. Außerdem darf man doch wohl noch fragen dürfen», protestierte sie neckisch. Und dann erschien ein geheimnisvolles Lächeln auf ihrem Gesicht.

«Aber da steckt doch bestimmt noch mehr dahinter», entgegnete er mit einem Augenzwinkern. Er kannte dieses Lächeln, das sie schon als kleines Kind aufgesetzt hatte, wenn sie etwas ihm Schilde führte.

«Du hast recht. Weißt du, Papa, ich wollte es dir unbedingt als Erstem erzählen.»

«Was willst du mir denn erzählen?»

«Ich habe in den letzten Wochen viel über meine Zukunft nachgedacht und darüber, was ich später einmal werden möchte. Du weißt sicher, dass ich schon immer etwas Sinnvolles machen wollte. Vor einigen Tagen habe ich mich also dafür entschieden, dass ich zur Kriminalpolizei gehen werde, so wie du es auch gemacht hast», sagte sie entschlossen und führte eine überfüllte Gabel in ihren Mund. Er blickte sie entgeistert an, während sie mit vollen Backen kaute, und fragte sich, ob sie das jetzt tatsächlich ernst meinte oder ob er gerade auf den Arm genommen wurde.

«Nun komm schon, Papa. Du sagst ja gar nichts dazu», protestierte sie und strahlte ihn dabei an. Es gab keinen Zweifel. Sie schien es tatsächlich ernst zu meinen.

«Was soll ich dazu sagen, Léonie? Ich dachte immer, dass du später einmal Lehrerin werden wolltest», sagte er.

Sie rollte genervt die Augen.

«Das ist doch schon ewig her. Damals war ich noch ein Kind. Also wirklich, Papa.»

«Ach so. Nun, ich fände es natürlich großartig, wenn du später auch zur Polizei gehen würdest. Aber das ist doch noch so weit weg. Wieso lässt du dir nicht noch etwas Zeit damit, deine Zukunft zu planen? Du bist noch so jung. Außerdem solltest du zuerst einmal die Schule abschließen.»

Sie blickte ihn enttäuscht an.

«Ehrlich gesagt dachte ich, dass du dich mehr darüber freuen würdest. Deshalb wollte ich es zuallererst auch dir erzählen. Außerdem bin ich fast achtzehn und schon bald volljährig.»

«Aber natürlich freue ich mich darüber, Liebes. Ich möchte nur nicht, dass du dich zu früh auf etwas festlegst, das du später einmal bereuen könntest.»

«Du bist doch selbst Polizist geworden, obwohl Großvater damals dagegen war», sagte sie. Ihm entging ihr provokanter Tonfall nicht, als sie seinen Vater erwähnte.

«Hat er dir das gesagt?», fragte er überrascht.

Sie schüttelte den Kopf. «Nein, hat er nicht. Aber ich habe einmal zugehört, wie du mit Mama darüber gesprochen hast.»

Er seufzte. «Aber ich war damals immerhin um einiges älter als du», verteidigte er sich.

«Ja, du warst genau ein Jahr älter, als ich es jetzt bin, Papa», antwortete sie schnippisch. Er dachte nach. Wahrscheinlich war es das Beste, das Thema vorerst auf sich beruhen zu lassen.

«Da hast du wohl recht.»

Sie war ein ebenso hartnäckiger Sturkopf wie er selbst. Und wenn sie sich etwas in den Kopf gesetzt hatte, dann konnte sie nichts mehr davon abbringen. Er fragte sich, was wohl Emily dazu sagen würde, wenn sie erfuhr, dass Léonie mit dem Gedanken spielte, zur Polizei zu gehen. Es würde ihn nicht wundern, wenn sie es bereits wüsste.

Als er schließlich die Rechnung beglich, war es kurz vor zwei Uhr. Léonie knöpfte ihre dicke Winterjacke zu und wickelte sich ihren Wollschal um den Hals. Als sie sich an der Straßenbahnhaltestelle von ihrem Vater verabschiedete, umarmte sie ihn plötzlich.

«Danke, Papa, das war heute wirklich schön.»

«Ja, das fand ich auch», antwortete er und versuchte zu verbergen, wie gerührt er gerade war. Sie drehte sich um und wollte gerade loslaufen, als er noch mal nach ihr rief.

«Léonie?»

Sie drehte sich zu ihm um und blickte ihn fragend an.

«Wenn du möchtest, können wir das vielleicht schon bald wiederholen.»

Ein glückliches Lächeln erschien auf ihrem Gesicht. «Das wäre schön, Papa», antwortete sie und machte sich auf den Weg.

# KAPITEL 22

« Ich bin zurück, Valérie. Hast du mich bereits vermisst? Das hoffe ich doch », hörte sie seine kalte Stimme aus der Dunkelheit rufen. Sie saß zusammengekauert auf dem feuchten Betonboden eines fensterlosen Kellerraums. Ihre Hände waren mit einem Kabelbinder eng zusammengebunden. Sie wusste nicht, wo er sie hingebracht hatte, nachdem er sie in seinen Wagen gezerrt und betäubt hatte. Sie vermutete, dass sich sein Versteck in einem der zahllosen verlassenen Industriegebiete von Baton Rouge befand. Er hatte die Falle, die sie ihm gestellt hatten, sofort durchschaut und musste sie die ganze Zeit über beobachtet haben. Als sie schließlich aufgegeben und den Einsatz abgebrochen hatten, war er ihr vermutlich nach Hause gefolgt, wo er sie in seine Gewalt brachte. Sie hatte ihn unterschätzt. Er war gerissen und ihnen die ganze Zeit einen Schritt voraus gewesen. Sie wusste nicht, wie lange sie bereits hier war. Aber sie war sich sicher, dass ihr Verschwinden inzwischen bemerkt worden war und das Polizeidepartement und das FBI bereits unter Hochdruck nach ihr suchten. Aber wenn sie sie nicht bald finden würden, würde es für sie zu spät sein.

Während er langsam die Kellertür aufschloss, zitterte sie am ganzen Körper. Sie fühlte sich schwach und hatte Angst. Und dafür verachtete sie sich. Er zündete das Licht an und kam mit schlurfenden Schritten auf sie zu. Die Augen taten ihr weh, als sie in das grelle Licht blickte, und sie wünschte sich die Dunkelheit zurück. Sie wusste, dass er ihr wieder wehtun würde. So wie er es zuvor schon getan hatte. Aber es gab nichts, was sie dagegen tun konnte. Sie war ihm hier ausgeliefert.

Als sie in seine kalten, dunklen Augen blickte, sah sie in den tiefen Abgrund des Bösen. Plötzlich fiel ihr Blick auf das Messer, das er in der Hand hielt, und sie schöpfte für einen kurzen Moment Mut. Vielleicht konnte sie es ihm entwenden und ihn überwältigen. Dann würde sie von hier fliehen. Doch ihre Hoffnung erstarb jäh, denn ihr Blick auf sein Messer war ihm nicht entgangen. Er hob es in aller Ruhe hoch und fuhr mit seiner Zunge langsam über die scharfe Klinge. Dabei grinste er sie erwartungsvoll an. Sie wusste, dass er sich an ihrer Angst weidete. Aber sie konnte nichts dagegen tun. Tränen flossen über ihr Gesicht. Nach einer Weile befahl er ihr, aufzustehen. Sie gehorchte ihm widerstandslos. Glaubte sie wirklich, dass er sie deswegen verschonen würde? Weil sie genau das für ihn sein würde – ein folgsames Opfer, das genau das tat, was er ihm sagte? Er ging langsam auf sie zu, bis er direkt vor ihr stand. Sie konnte seinen schlechten Atem und seinen Schweiß riechen und drehte ihr Gesicht angewidert zur Seite. Als er ihr die Bluse vom Leib riss, entfuhr ihr ein greller Schrei. Er grinste sie an. Sie wusste genau, wie das hier für sie enden würde. Sie betete im Stillen, dass es wenigstens schnell gehen würde. Aber sie bezweifelte es. In der Vergangenheit hatte er die Frauen, die er in seine Gewalt gebracht hatte, am Ende ihres tagelangen Martyriums mit einem Plastikbeutel qualvoll erstickt. Danach hatte er mit einem Stift ein Lächeln auf die in Plastik gehüllten, erstarrten Gesichter gezeichnet. Das war sein Markenzeichen. Selbst im Tod verhöhnte er seine Opfer noch. Und das würde auch heute so ausgehen, das war ihr klar. Sie durfte sich nicht mehr länger etwas vormachen: Sie würde heute hier sterben. Er packte sie grob an ihren Haaren und zerrte sie aus ihrem Verlies. Sie weinte und bettelte ihn an, dass er sie gehen lassen solle, aber das schien ihn nur noch mehr zu erregen. Als sie in den Nebenraum kamen, zerschnitt er den Kabelbinder um ihre Handgelenke und befahl ihr, sich auf die Pritsche zu legen. Sie gehorchte ihm wimmernd. Dann beugte er sich langsam über sie und hielt ihr das Messer an die Kehle.

Valérie schrie panisch auf und schnellte hoch. Dabei schnappte sie verzweifelt nach Luft. Mit zittriger Hand betätigte sie den Lichtschalter, ihre Augen blickten gehetzt umher. Sie befand sich schweißgebadet in ihrem Bett im Schlafzimmer. Es war nur ein Traum gewesen. Derselbe Traum, der sie schon lange verfolgte.

Valérie stand auf und kontrollierte die Wohnungstür. Sie war fest verschlossen, so wie immer. Schließlich ging sie in ihr Bett zurück, ließ dabei jedoch das Licht brennen. Sie wusste, dass sie in dieser Nacht sowieso nicht mehr einschlafen würde. Sie hielt sich verzweifelt die Decke vor das Gesicht und schloss die Augen. Als sie sein Gesicht wieder vor sich sah, begann sie hemmungslos zu weinen. So wie in den unzähligen Nächten zuvor, seit sie Baton Rouge verlassen hatte und in die Schweiz zurückgekehrt war. Einen Ort, so weit weg wie nur möglich. In den ersten Monaten betete sie jeden einzelnen Tag dafür, dass er sie hier nicht finden würde. Aber inzwischen wusste sie, dass er das gar nicht erst versuchen musste. Denn auch wenn sie ihm damals entkommen war ... Seit jenem Tag war er hier bei ihr, tief in ihrem Kopf. Es würde niemals aufhören. Das wusste sie nur zu gut.

## KAPITEL 23

Es war Freitagmorgen, und Jan freute sich bereits auf das bevorstehende Wochenende. Da auch Emily zwei dienstfreie Tage hatte, hatten sie sich kurzfristig dafür entschieden, das Wochenende zu dritt in den Bergen zu verbringen. Er schlenderte beschwingt durch den Flur in Richtung seines Büros. Dann geschah etwas Seltsames. Als er an seinen Kollegen vorbeikam, fiel ihm auf, wie diese allesamt ihre Köpfe senkten und seinem Blick auswichen. Was war denn hier los? War etwa jemand gestorben? Er ging in sein Büro, wo Valérie hinter seinem Schreibtisch saß und ihn mit zerknirschtem Gesicht anblickte.

«Kann mir mal bitte jemand sagen, was los ist?», fragte er sie. «Hier machen ja alle ein Gesicht, als ob morgen die Welt untergehen würde», witzelte er. Doch ihr Blick blieb ernst. Das war kein gutes Zeichen.

«Ich habe leider schlechte Neuigkeiten für dich, Jan», sagte sie und musterte dabei ausgiebig ihre Fingernägel, als ob sie diese gerade das erste Mal in ihrem Leben betrachtete.

«Nun spuck es schon endlich aus! Was ist los?»

Jan zog seinen Mantel aus und schmiss ihn verdrossen auf seinen Schreibtisch. «Und hör auf, meinem Blick auszuweichen», fügte er verärgert an.

Valérie seufzte und schaute ihn endlich an. «Du sollst sofort zu Bäumler ins Büro kommen», sagte sie schließlich.

«Bäumler? Was will denn der von mir? Hat er dir nicht gesagt, worum es geht?», fragte er verwundert.

Valérie war anzusehen, dass sie mit sich rang. «Ich dürfte dir das eigentlich nicht sagen», begann sie vorsichtig, «aber Bernd hat heute Morgen in aller Frühe Nico Bühler verhaften lassen. Und dann hat er Bäumler gleich noch gesteckt, dass Nico ein alter Freund von dir ist, und ihm weisgemacht, dass du deswegen nicht gegen ihn ermittelt hast, obwohl er ein klares Motiv für den Mord an Kai Bernauer hatte.»

Jan blickte seine Kollegin völlig entgeistert an und musste ihre Worte erst einmal verdauen. Was war denn das für eine abstruse Geschichte?

«Nun mal langsam. Du willst mir also sagen, dass Bernd hinter meinem Rücken gegen Nico ermittelt hat und ihn dann verhaften ließ, ohne mich darüber vorher zu unterrichten? Das darf doch nicht wahr sein. Nun wird mir auf einmal auch klar, in wessen Hände die verschwundene Akte über Nico gelandet ist.»

Sie blickte ihn zweifelnd an. «Du glaubst, dass Bernd sie an sich genommen hat?»

«Natürlich, wer denn sonst? Ich hätte es wissen sollen. Bernd kann man nicht vertrauen, ich habe es dir ja gesagt. Aber weiß Bäumler denn nicht, dass Nico ein Alibi für die Mordnacht hat? Als Bernauer ermordet wurde, war er den ganzen Abend über mit seiner Freundin zusammen. Sie hat ihre Aussage sogar hier auf unserer Dienststelle schriftlich bestätigt. Nico kann demnach mit dem Mord gar nichts zu tun haben. Außerdem liegt die Sache mit dem Tod an seinem Vater schon so lange zurück. Er kann sich nicht einmal mehr an ihn erinnern. Das hat er mir selbst gesagt», argumentierte er und spürte, wie die blanke Wut über Bernds Niederträchtigkeit in ihm hochkroch.

«Ich nehme an, du sprichst von Jasmine Nguyen?», fragte Valérie zu seinem Erstaunen. Er nickte.

«Du kennst sie?»

«Nun ja, ich kenne sie zwar nicht, aber sie war gestern Abend, nachdem du bereits weg warst, hier auf der Dienststelle und hat bei Bernd ihre Aussage widerrufen. So habe ich es jedenfalls heute Morgen gehört.»

Das konnte doch nicht wahr sein.

« Sie hat *was?* Das ergibt doch gar keinen Sinn! Weshalb sollte sie Nico zuerst ein Alibi geben, nur um es kurze Zeit später zu widerrufen ?»

« Vielleicht wollte sie einfach nur ihren Freund beschützen, hat dann aber auf einmal kalte Füße bekommen. Jedenfalls *hat* sie gestern ihre Aussage widerrufen, und du solltest nun endlich mit Bäumler sprechen. Ich kann dir sagen, er ist ziemlich aufgebracht.»

« Das werde ich tun, Valérie », antwortete er und stampfte wütend aus seinem Büro.

Ohne anzuklopfen, riss er die Tür zu Bäumlers Büro auf und marschierte zornig hinein. Dann blieb er stehen. Vor sich sah er einen lachenden Bäumler, der sich gerade mit Bernd unterhielt. Natürlich, wo hätte Bernd auch sonst sein sollen?

« Was geht hier vor, Franz ?», fragte er wütend.

Bernd stand auf und ging sichtlich gelassen auf ihn zu. Dabei schloss er lässig sein Jackett.

« Also, ich darf doch bitten. Wo hast du nur deinen Anstand gelassen, Jan ?» Bernd blickte ihn mit einem spöttischen Grinsen im Gesicht an. « Du stürmst hier einfach eine interne Besprechung. Also wirklich ... »

Jan sah zu Bäumler und ignorierte Bernds Sticheleien.

« Wir müssen miteinander sprechen, und zwar unter vier Augen.»

Bäumler musterte ihn einen Moment lang nachdenklich, dann entspannten sich seine Gesichtszüge.

« Das denke ich auch. Bernd, würdest du uns bitte einen Moment allein lassen und die Tür hinter dir schließen ?»

« Natürlich », antwortete dieser und stolzierte wie ein aufgeblasener Gockel aus Bäumlers Büro.

« Und du setzt dich jetzt bitte zuerst einmal hin », richtete sich Bäumler nun an Jan.

« Danke. Aber ich bleibe lieber stehen. »

« Ich sagte: Setz dich bitte hin! », wiederholte Bäumler mit unverhofft scharfer Stimme, die keinen Widerspruch zu dulden schien.

« Na gut, wenn du darauf bestehst », entgegnete er seufzend und setzte sich widerwillig auf den Stuhl, auf dem Bernd vorhin gesessen hatte.

« Willst du vielleicht einen Kaffee? », fragte Bäumler versöhnlich.

« Franz, ich bin nicht hier, um mit dir Kaffee zu trinken. Ich will wissen, was hier gerade vor sich geht. »

Bäumler faltete seine Hände zusammen und blickte nachdenklich zum Fenster hinaus. Er saß eine Weile schweigend auf seinem Stuhl, bevor er plötzlich seine Schublade öffnete und einen Umschlag mit zahlreichen Fotografien herausnahm, die er auf dem Schreibtisch verteilte. Jan blickte ungläubig auf die immer größer werdende Anzahl an Bildern. Die Fotografien waren vermutlich mit einem Weitwinkelobjektiv aus großer Entfernung geschossen worden. Auf jeder einzelnen von ihnen war klar und deutlich Kai Bernauer abgelichtet. Es war unverkennbar, dass der Fotograf heimlich vorgegangen war. Bäumler verteilte noch einige Zeitungsausschnitte auf dem Schreibtisch, in denen es ebenfalls um das Mordopfer ging.

« Hast du vielleicht eine Ahnung, woher dieses Material stammen könnte? », fragte Bäumler und blickte ihn vorwurfsvoll an.

Er schüttelte den Kopf. « Nein, ich habe nicht die geringste Ahnung. Aber ich bin ganz Ohr. Klär mich bitte auf. »

« Alles, was du hier siehst, haben wir in Nico Bühlers Wohnung sichergestellt. » Er zeigte auf den Schreibtisch.

«Und das hier ist nur ein kleiner Teil davon, was wir gefunden haben. Er hat damit seine Wände regelrecht zugekleistert. Er muss Kai Bernauer über Jahre verfolgt haben.»

Jan wurde bei diesem Anblick klar, weshalb Nico ihn an jenem Morgen nicht in seine Wohnung lassen wollte. Plötzlich begann Bäumlers Telefon zu klingeln. Er nahm ab.

«Ich will jetzt nicht gestört werden», sagte er kurz angebunden und legte wieder auf.

Jan musste es sich eingestehen: So wie die Dinge standen, hatte ihn Nico nach allen Regeln der Kunst vorgeführt.

«Dein Freund war regelrecht besessen von Kai Bernauer. Ich verstehe einfach nicht, wie das einem so erfahrenen Ermittler wie dir nicht auffallen konnte.»

Er wollte protestieren. Auf seinen Anflug von mitleidiger Selbstgefälligkeit konnte er liebend gern verzichten.

«Nur weil wir vor langer Zeit einmal zusammen auf derselben Schule waren, heißt das noch lange nicht, dass wir noch immer Freunde sind», korrigierte er ihn und nahm einen der Zeitungsausschnitte in die Hand. In dem Artikel ging es um eine Konferenz im noblen Hotel The Dolder Grand, bei der Kai Bernauer offenbar einer der Gastredner gewesen war. Er schüttelte ungläubig den Kopf und legte den Zeitungsauschnitt auf Bäumlers Schreibtisch zurück.

«Bernd geht davon aus, dass Nico Bühler der Familie Bernauer die Schuld am Tod seines Vaters gibt und sich deshalb mit dem Mord an Kai Bernauer an ihnen rächen wollte. Und wie die Dinge stehen, neige ich dazu, seine Sicht zu teilen. Jedenfalls scheint mir das eine plausible Theorie zu sein. Weshalb zum Teufel hast du mich denn nicht über die Verbindung zwischen Nico Bühler und der Familie Bernauer unterrichtet? Das wäre deine verdammte Pflicht gewesen. Wir kennen uns doch nun schon eine halbe Ewigkeit. Und hier geht es um Mord, verdammt noch mal. Nico Bühler war von

Kai Bernauer regelrecht besessen. Das hätte dir nicht entgehen dürfen», brüllte Bäumler und schlug derart wuchtig mit der Faust auf seinen Schreibtisch, dass die Tischplatte zitterte. Einer der Zeitungsartikel fiel dabei zu Boden.

«Franz, du weißt, dass seine Freundin schriftlich bezeugt hat, dass sie in der Mordnacht mit ihm zusammen war. Und es gab für mich keinen Anlass, an ihrer Aussage zu zweifeln», verteidigte sich Jan.

Bäumler atmete tief durch und wartete einen Moment, bevor er das Wort ergriff. «Den hätte es aber geben sollen. Sie hat nämlich noch keine unbegrenzte Aufenthaltsbewilligung in der Schweiz, und Bernd hat ihr die Konsequenzen klargemacht, sollte die Polizei herausfinden, dass sie in einer Mordermittlung eine Falschaussage gemacht hat. Daraufhin ist sie sofort eingeknickt und hat unter Tränen ihre Aussage zurückgezogen. Sie hat zugegeben, dass sie in der Woche, in der Bernauer ermordet wurde, zu Besuch bei ihrer Familie in Saigon war. Weshalb in Gottes Namen hast du denn ihre Aussage nicht genauer überprüft? Das wäre verdammt noch mal deine Aufgabe gewesen, Jan.»

Er nickte zerknirscht und wusste genau, weshalb er es nicht getan hatte. Weil er nämlich glauben wollte, dass Nico nichts mit dem Mord an Kai Bernauer zu tun hatte. Das war ein Fehler gewesen.

«Aber das ist leider noch nicht alles. Bernd hat in Erfahrung gebracht, dass es nur einige Wochen vor dem Mord an Kai Bernauer in einer Bar in der Innenstadt zu einer verbalen Auseinandersetzung zwischen Nico Bühler und ihm gekommen war.»

Er horchte auf. Dieser miese Drecksack Bernd hatte ihn also tatsächlich bei den Ermittlungen im Dunkeln gelassen und ihn während der letzten Wochen nach Strich und Faden an der Nase herumgeführt.

«Das habe ich nicht gewusst. Du solltest dich vielleicht einmal fragen, weshalb Bernd mich nicht darüber in Kenntnis gesetzt hat. Er hat doch von Anfang an ein dreckiges Spiel gespielt und hinter meinem Rücken seine eigenen Ermittlungen durchgeführt. So etwas kannst du doch nicht allen Ernstes gutheißen. Darf ich dich daran erinnern, dass ich dich von Anfang an vor ihm gewarnt habe?»

Bäumler blickte ihn warnend an.

«Versuch jetzt bitte nicht, von dir abzulenken. Natürlich hätte Bernd dich über die Ergebnisse seiner Ermittlungen informieren müssen. Und ich werde ihn deshalb zur gegebenen Zeit zur Rede stellen. Aber du begreifst offenbar nicht, dass es im Moment für mich schlicht und einfach keine Rolle spielt. Und weißt du auch warum? Weil Nico Bühler es schon lange auf Kai Bernauer abgesehen hatte und ich gar nicht daran denken will, was passiert wäre, wenn Bernd das nicht herausgefunden hätte. Wahrscheinlich wäre dieser Bühler damit sogar durchgekommen – wegen dir!»

«Vielleicht ist Nico von Bernauer besessen. Wer könnte es ihm auch verübeln. Aber das macht ihn noch lange nicht zum Mörder. Er wäre niemals zu einer solch kaltblütigen Tat fähig. Ich kenne Nico.»

Bäumler nahm kopfschüttelnd eine Zigarre aus der Schublade und zündete diese an. «Ich habe wirklich Verständnis dafür, dass es nicht einfach für dich ist, in diesem Fall unvoreingenommen zu sein. Du bist nicht der erste Polizist, der durch eine schwierige persönliche Situation in eine Zwickmühle gerät. Aber nun muss ich dir leider einen Mangel an Objektivität unterstellen, was deine bisherigen Ermittlungen im Mordfall Bernauer anbelangt.»

«Was willst du mir damit sagen?»

«Was ich dir damit sagen will, ist, dass ich es als Polizeichef nicht länger verantworten kann, dich an diesem Fall weiterarbeiten zu lassen.»

«Das kann doch nicht dein Ernst sein. Du willst mich tatsächlich von diesem Fall abziehen?», fragte Jan ungläubig.

«Tut mir leid. Ich habe keine andere Wahl. Meine Entscheidung ist gefallen. Du bist bei diesen Ermittlungen unwiderruflich draußen. Und damit du es nicht von jemand anderem erfahren musst, teile ich dir besser gleich jetzt mit, dass ich Bernd mit sofortiger Wirkung zum neuen Leiter der Sonderkommission ernannt habe.»

Jan konnte nicht glauben, was er gerade gehört hatte. Er starrte seinen Vorgesetzten mit aufgerissenen Augen an, unfähig, etwas zu erwidern.

«Weißt du was? Weshalb machst du nicht einfach mal wieder Urlaub und fliegst mit deiner Familie irgendwohin, wo es warm ist? Entspann dich, lies meinetwegen ein Buch oder gönn dir dort am Strand ein paar exotische Cocktails. Wenn ich mich nicht irre, warst du doch schon eine Ewigkeit nicht mehr im Urlaub.»

Er wollte lautstark protestieren. Doch bevor er etwas sagen konnte, hob Bäumler die Hand.

«Du solltest mir außerdem wirklich dankbar sein, dass ich kein Disziplinarverfahren gegen dich einleite, wie Bernd es vorgeschlagen hat. Das würde für dich nämlich alles andere als gut ausgehen.»

# KAPITEL 24

Ein mürrischer Vollzugsbeamter begleitete ihn in den Besucherraum des Untersuchungsgefängnisses, das ziemlich genau in der Mitte zwischen der imposanten St.-Jakobs-Kirche und der für ihre zahlreichen Bars und Clubs beliebten Langstraße lag. Nico blickte sich mit flackernden Augen um. Sein Blick erinnerte Jan an ein gehetztes Tier, das in eine Falle geraten war und verzweifelt nach einem Ausweg suchte. Zwischen ihnen befand sich eine zentimeterdicke Scheibe aus Sicherheitsglas. Nico hob schließlich mit zitternder Hand den Hörer ab. Kaum hielt auch Jan den Hörer gegen sein Ohr, sprudelte es auch schon aus Nico heraus.

«Jan, ich flehe dich an. Du musst mich sofort hier herausholen, sonst verliere ich noch den Verstand. Der Staatsanwalt will mir den Mord an Kai Bernauer in die Schuhe schieben. Das ist doch total verrückt. Ich habe nichts damit zu tun. Das musst du mir glauben.»

Von seiner aufgesetzten Selbstsicherheit, die er bei ihrem letzten Treffen zur Schau gestellt hatte, war nichts mehr übrig geblieben.

Jan kam gleich zur Sache. «Hast du eine Erklärung für die Fotos und Zeitungsartikel über Kai Bernauer, die in deiner Wohnung gefunden worden sind?»

Nico knetete schuldbewusst seine Unterlippe.

«Weißt du eigentlich, in was für eine Lage du mich damit gebracht hast?», fragte Jan vorwurfsvoll, wozu er nach dem Gespräch mit Bäumler auch allen Grund hatte. Nico schüttelte resigniert den Kopf.

«Ich weiß doch selbst nicht so genau, weshalb ich das getan habe. Vielleicht weil dieser miese Kerl in seinem Leben alles auf einem Silbertablett serviert bekam. Und was war mit mir? Ich hatte es von Anfang an nicht einfach, Jan. Ich habe meine Eltern verloren, war allein, einsam und lebte bei Pflegeeltern, die mich zwar irgendwie liebten, aber nie wirklich verstanden haben. Und das war einzig und allein die Schuld dieser Familie. Vielleicht habe ich ihm insgeheim so viele Jahre hinterherspioniert, weil ich gehofft habe, irgendwann auch in seinem vermeintlich perfekten Leben Risse zu entdecken. Dass er trotz seines ganzen Geldes in Wahrheit vielleicht genauso unglücklich ist wie ich. Dass das Leben doch nicht so ungerecht ist, wie ich immer dachte.»

Jan hörte ihm schweigend zu. Und in diesem Moment fragte er sich aufrichtig, weshalb er damals nie bemerkt hatte, wie unglücklich Nico in Wahrheit war.

«Und was war mit diesem Streit zwischen dir und Bernauer in dieser Bar? Du hättest mir davon erzählen müssen.»

«Tut mir echt leid. Natürlich hätte ich dir das erzählen sollen, als du damals bei mir aufgetaucht bist. Aber das hätte mich in deinen Augen doch bestimmt nicht gut aussehen lassen. Und der Streit war sowieso keine große Sache. Ich war mit ein paar Jungs in einer Bar, als mir auf einmal diese aufgeblasene Hackfresse über den Weg lief. Na ja, wir hatten an diesem Abend ordentlich einen draufgemacht, und ich war schon ziemlich voll. Und als der Kerl plötzlich vor mir stand, habe ich halt rotgesehen und ihn unmissverständlich wissen lassen, was ich von ihm und seiner beschissenen Familie halte. Gut, vielleicht habe ich ihn danach auch noch etwas umhergeschubst. Aber das war es dann auch schon. Und als seine Mieze daraufhin die Polizei rufen wollte, habe ich mich mit meinen Kumpels aus dem Staub gemacht, da ich keinen Ärger wollte. Im Ernst, Jan. Das in dieser Bar war wirklich keine große Geschichte. Sonst hätte Bernauer garantiert eine Anzeige erstattet, das kannst du mir glauben. Ich kenne diese Sorte von Menschen. Die würden – ohne mit der Wimper zu zucken – jeden verklagen, der sie auch nur kurz schräg angeschaut hat, nur um ihre Macht zu demonstrieren.»

Er schüttelte konsterniert den Kopf über Nicos offensichtliche Naivität.

«Keine große Geschichte, sagst du? Echt jetzt, Nico? Du streitest dich einige Wochen vor der Tat in aller Öffentlichkeit mit einem zukünftigen Mordopfer, dessen Familie du auch noch für den Tod deines Vaters verantwortlich machst? Du kleisterst wie ein Irrer deine Wohnung mit unzähligen Zeitungsartikeln und Fotografien von ihm zu? Und zu guter Letzt stiftest du auch noch deine eigene Freundin an, dir ein falsches Alibi zu geben, das sie dann bei der ersten Gelegenheit widerruft? Und das bezeichnest du als *keine große Geschichte?* Sag mal, hast du eigentlich völlig deinen Verstand verloren? Weißt du denn eigentlich, in was für eine Lage du dich gebracht hast?»

Nico vergrub resigniert den Kopf in seinen Händen. Dann blickte er hoch. Er sah verzweifelt aus.

«Ich weiß, dass es nicht gut für mich aussieht. Aber das ist nicht gerecht, Jan. Ich bin doch kein Mörder. Das musst du mir glauben.»

«Und diese Sache mit dem Alibi?»

Er zuckte mit den Schultern.

«Als du bei mir aufgetaucht bist und mir gesagt hast, dass du bei der Polizei bist, habe ich es mit der Angst zu tun bekommen. Deshalb habe ich Jasmine angefleht, mir ein Alibi zu geben. Ich weiß, dass das dumm von mir gewesen ist. Aber du musst mir glauben, ich habe wirklich nichts mit dieser Sache zu tun. Das schwöre ich dir bei allem, was mir heilig ist.»

Jan schüttelte nachdenklich den Kopf.

«Ich glaube dir, dass du Kai Bernauer nicht getötet hast. Aber du hast die Sache wirklich verbockt.»

«Du glaubst mir also?», fragte Nico, und Jan konnte tiefe Erleichterung auf seinem Gesicht sehen.

«Das tue ich. Aber trotzdem: Du bist ein verdammter Idiot», entgegnete er. Nico grinste ihn dankbar an. Und auf einmal schien so etwas wie Hoffnung in ihm zurückgekehrt zu sein.

«Ich wusste, dass ich mich auf meinen alten Freund Jan verlassen kann.»

Plötzlich wurde die Tür zum Besucherraum geöffnet. Als sich Jan umdrehte, blickte er auf einen hageren, auffällig gut gekleideten Mann mittleren Alters, der von demselben übellaunigen Wachmann hereingeführt wurde wie er selbst kurz zuvor. Der Mann trug eine dünne Aktentasche aus Leder unter seinem Arm und kam direkt auf ihn zu.

«Darf ich fragen, wer Sie sind?», fragte ihn der Typ in einem schneidenden Tonfall und schaute feindselig drein. Das war ja mal eine Ansage, dachte Jan. Er konnte sofort erkennen, dass er nicht von der Polizei war. Seine Frisur war so tadellos, dass er getrost sein gesamtes Geld darauf verwettet hätte, dass er gerade vom Friseur kam. An seinem Handgelenk trug er eine schwere Uhr. Auch wenn Jan sich nicht besonders gut mit Uhren auskannte, tippte er aufgrund der hervorstehenden Lupe auf dem Uhrenglas auf eine Rolex. Und an seinem Finger glänzte ein imposanter Siegelring. Alles an seiner Erscheinung schien nur einem einzigen Zweck zu dienen: der Welt seine Überlegenheit zu demonstrieren. Jan konnte ihn auf Anhieb nicht ausstehen.

«Mein Name ist Jan Pratt. Ich bin ein alter Bekannter von Nico Bühler. Und darf ich fragen, wer Sie sind?»

Das Gesicht seines Gegenübers hellte sich sofort auf, als er sich vorgestellt hatte, und dann streckte er ihm mit einem strahlenden Lächeln die Hand entgegen.

«Ah, Sie sind also Herr Pratt. Ihr Freund hat mir bereits von Ihnen erzählt. Mein Name ist Heinrich von Sternenberg. Ich bin Nico Bühlers Anwalt.»

Er nahm seine Hand und schüttelte sie. Sie fühlte sich unangenehm kalt und abweisend an und passte nicht im Entferntesten zum jovialen Lächeln des Anwalts.

«Sie sind Nicos Anwalt?»

«So ist es.»

Er drehte sich verblüfft zu Nico um. Dann nahm er den Hörer in die Hand. Er hatte gar nicht mehr daran gedacht, dass dieser ihrem Gespräch durch die dicke Panzerglasscheibe nicht folgen konnte.

«Dieser Herr hier sagt, er sei dein Anwalt. Stimmt das?»

Nico nickte kaum merklich, sagte aber nichts weiter. Er stöhnte innerlich auf. Das durfte doch nicht wahr sein.

«Du weißt doch hoffentlich, dass dir vom Gericht ein kostenloser Pflichtverteidiger zur Verfügung gestellt wird.»

So wie dieser von Sternenberg aussah, bewegte er sich eindeutig in einer Gehaltsklasse, die Nico sich nicht leisten konnte. Was hatte er sich nur dabei gedacht? Von Sternenberg lachte hinter ihm laut auf. Für seinen Geschmack etwas zu gekünstelt.

«Ich kann Sie beruhigen, Herr Pratt. Ich kann mir denken, was gerade durch Ihren Kopf geht. Aber machen Sie sich über mein Anwaltshonorar keine Sorgen. Ich werde nämlich darauf verzichten. Darüber habe ich Herrn Bühler bereits unterrichtet.»

Hatte er sich gerade verhört oder wollte der Kerl ihn veräppeln?

«Sie wollen auf Ihr Honorar verzichten? Was für eine Art von Anwalt sind Sie denn überhaupt?»

Das Lächeln auf von Sternenbergs Gesicht verschwand umgehend.

«Wenn ich das so direkt sagen darf, geht Sie das eigentlich nichts an. Aber da Sie Nico Bühlers Freund sind, werde ich Sie trotzdem in meine Motivation einweihen, weshalb ich Herrn Bühler in diesem Fall juristisch betreuen werde.»

Der Kerl war so was von aufgeblasen, dass sich ihm fast der Magen umdrehte.

«Ich bitte darum», sagte Jan schließlich.

Nico saß unterdessen noch immer schweigend hinter der dicken Sicherheitsscheibe und fragte sich wohl gerade, um was es bei dem Gespräch ging. Jan konnte ihm förmlich ansehen, dass ihm die Situation unangenehm war. Von Sternenberg verschränkte die Arme vor seiner Brust und räusperte sich kurz, bevor er zu sprechen begann.

«Seit ich vor einigen Wochen das erste Mal in der Zeitung über den Mord an Kai Bernauer gelesen habe, hat mich der Fall nicht mehr losgelassen. Diese Geschichte erinnert mich stark an eine griechische Tragödie. Ein ebenso reiches wie allseits angesehenes Mordopfer, eine weit zurückreichende Ungerechtigkeit und ein einfacher Mann aus dem Volk, der als vermeintlicher Täter ohne Hoffnung auf Rettung einsam und schicksalsergeben seiner unausweichlichen Verurteilung entgegenschreitet? Ich bitte Sie, Herr Pratt. Das ist doch für jeden Anwalt ein Leckerbissen sondergleichen. Nico Bühler in diesem einzigartigen Fall zu verteidigen, ist für mich eine große Ehre und eine berufliche Herausforderung. In den letzten Jahren als Wirtschaftsanwalt habe ich davon nicht mehr viel erleben dürfen. Zudem berührt mich dieser Fall auch persönlich.»

Von Sternenberg ging einen Schritt auf Jan zu und blickte ihm direkt in die Augen. Der Anwalt schien vor Selbstbewusstsein nur so zu strotzen.

«So wie die Fakten im Moment stehen, sieht die Situation für Nico Bühler hoffnungslos aus. Aber nichtsdestotrotz glaube ich, dass er mit mir als seinem Anwalt noch nicht verloren ist.»

«Ach, tatsächlich? Wie demütig von Ihnen», sagte Jan mit einem spöttischen Unterton. Er war sich noch immer nicht ganz im Klaren darüber, was der Typ wirklich im Schilde führte. Von Sternenberg war aalglatt, und die Sache gefiel ihm ganz und gar nicht. Aber der Anwalt ging auf seine Bemerkung nicht weiter ein.

«Wie auch immer. Ich für meinen Teil habe Ihnen nun meine Beweggründe mitgeteilt, weshalb ich diesen Fall übernommen habe. Und ich wiederhole mich ehrlich gesagt nur sehr ungern.»

Dann wandte er seinen Blick ab und setzte sich an den Tisch. Er nahm einige Dokumente aus seiner Aktenmappe heraus, setzte sich eine goldumrandete Lesebrille auf und begann, durch die Dokumente zu blättern.

Jan wollte gerade gehen, als ihm noch etwas in den Sinn kam.

«Wie haben Sie überhaupt von Nicos Verhaftung erfahren? Bis jetzt stand davon nämlich noch gar nichts in den Zeitungen.»

Der Anwalt blickte ihn mitleidig an.

«Ich bitte Sie. Als Partner einer der renommiertesten Anwaltskanzleien dieser Stadt verfüge ich selbstverständlich über ausgezeichnete Kontakte bei der Polizei, Herr Pratt. Ich kann Ihnen nur versichern, dass Ihr Freund bei mir in den besten Händen ist. Aber ich möchte Sie nun wirklich bitten, mich mit meinem Mandanten allein zu lassen. Wir haben in der nächsten Stunde noch einiges miteinander zu besprechen.»

«Ich gehe gleich. Aber eine allerletzte Frage habe ich noch an Sie: Weshalb berührt Sie dieser Fall persönlich?»

«Was?»

« Sie sagten vorhin, dieser Fall hätte Sie auch persönlich berührt. Was meinten Sie damit ?»

Von Sternenberg blickte ihn einen kurzen Moment irritiert an. Dann erschien ein arrogantes Lächeln auf seinem Gesicht.

« Habe ich das tatsächlich so gesagt ? Dann muss ich mich bei Ihnen entschuldigen. Ich habe mich wohl in der Hitze des Gefechts falsch ausgedrückt. Und nun bitte ich Sie – mit allem gebührenden Respekt – zu gehen. Mein Mandant und ich haben schon genug Zeit verloren », sagte er und betätigte den Rufknopf auf dem Tisch. Kurz darauf erschien der mürrische Wachmann.

« Sie haben mich gerufen ?»

« Herr Pratt möchte gerne gehen. Seien Sie doch bitte so freundlich und begleiten ihn hinaus.»

## KAPITEL 25

Er nahm gedankenverloren seinen Blick vom Bildschirm und schaltete den Computer aus. Seine Recherchen bestätigten die Behauptungen des Anwalts. Von Sternenberg hatte also tatsächlich die Wahrheit gesagt. Er galt als einer der erfolgreichsten und kompetentesten Wirtschaftsanwälte Zürichs und wies einen beachtenswerten Lebenslauf auf. Nach Erhalt seines Anwaltsdiploms hatte er als frischgebackener Rechtsanwalt bei der renommierten Zürcher Anwaltskanzlei Bergner & Hansen begonnen. Dort stieg er in atemberaubendem Tempo die Karriereleiter hoch, bis er schließlich zum jüngsten Partner in der Geschichte der Anwaltskanzlei ernannt worden war. Von Sternenberg eilte der Ruf voraus, selbst in aussichtslosen Fällen das Ruder noch herumreißen zu können, wofür ihm einige schillernde Wirtschaftsführer der Schweiz bis heute noch dankbar waren. Er verschränkte die Arme hinter dem Kopf und dachte nach. Auch wenn er es nicht erklären konnte, hatte er bei von Sternenberg einfach ein ungutes Gefühl. Er blickte auf seine Uhr und machte sich dann umgehend auf den Weg zum Konferenzraum. Dort nahm er wie gewohnt in einer der hinteren Reihen Platz, wo Valérie bereits auf ihn wartete.

«Alles klar?», fragte sie und rückte ihren Stuhl näher an ihn heran.

«Ja, danke. Und bei dir?»

«Ehrlich gesagt fühle ich mich noch immer schlecht wegen dieser Sache mit Bernd. Du hattest mit deinem Argwohn ihm gegenüber tatsächlich recht. Ich weiß auch nicht, wie es ihm gelungen ist, mich so leicht zu täuschen», sagte sie sichtlich niedergeschlagen.

«Vergiss die Sache, Valérie. Das ist nicht deine Schuld. Ich trage dafür die alleinige Verantwortung. Nach dieser Sache im Leichenschauhaus hätte ich ihn nicht mehr aus den Augen lassen dürfen. Übrigens war ich heute Morgen bei Nico im Untersuchungsgefängnis.»

Ihr Blick veränderte sich umgehend, sie sah in sorgenvoll an.

«Bist du verrückt geworden? Was ist, wenn Bäumler davon erfährt? Ich glaube nicht, dass das eine gute Idee war.»

Er zuckte gleichgültig mit den Schultern.

«Ich kann dich beruhigen. Ich war dort nicht als Polizist, sondern als Nicos Freund. Es war also eine rein private Angelegenheit», besänftigte er sie. Aber sie schien nicht wirklich überzeugt zu sein.

«Wie du meinst. Erklär das mal lieber Bäumler, falls er von deinem Besuch erfahren sollte», entgegnete sie kopfschüttelnd und blickte ihn eine Weile schweigend an. «Und wie geht es ihm?», fragte sie schließlich.

«Na ja, ehrlich gesagt nicht besonders gut. Er ist mit den Nerven ziemlich am Ende. Er hat mir gegenüber immer wieder beteuert, dass er nichts mit dieser Sache zu tun hat.»

«Kein Wunder. Das tun sie doch alle, nachdem wir sie erwischt haben. Oder hast du vielleicht etwas anderes von ihm erwartet?»

«Ich weiß nicht. Nico reißt manchmal ziemlich die Klappe auf. Aber ein kaltblütiger Mord? Nein, das traue ich ihm wirklich nicht zu.»

Ihre Unterhaltung wurde unterbrochen, als Bäumler mit dem Finger auf das Mikrofon klopfte. Die Stimmen ihm Saal wurden sofort gedämpft. Auch er senkte die Lautstärke seiner Stimme und lehnte sich zu Valérie vor.

«Heute ist übrigens ein Anwalt bei ihm aufgekreuzt, der seine Verteidigung übernommen hat. Sein Name ist Heinrich von Sternenberg. Ich habe einige Nachforschungen über ihn betrieben. Er ist ein erfolgreicher Wirtschaftsanwalt und Partner bei Bergner & Hansen.»

«Die bekannte Anwaltskanzlei?» Sie pfiff leise durch die Zähne. Erstaunt nahm er zur Kenntnis, dass ihr – im Gegensatz zu ihm – der Name der Kanzlei offenbar ein Begriff war. «Kann sich Nico so einen Anwalt überhaupt leisten?», fragte sie verblüfft.

«Das habe ich mich anfänglich auch gefragt. Aber dieser von Sternenberg versicherte mir doch tatsächlich, dass er bei der Verteidigung von Nico auf sein Honorar verzichten wolle. Dafür hat er mir skurrile Gründe aufgetischt. Ich bezweifle jedoch, dass ein Wirtschaftsanwalt das ist, was Nico gerade braucht.»

Offenbar sah Valérie das anders. «Wenn er tatsächlich Partner bei Bergner & Hansen ist, kann ich dir versichern, dass er sein Handwerk versteht. Ich würde sogar einen Tausender darauf wetten, dass er selbst als Wirtschaftsanwalt eine um Längen bessere Verteidigung für Nico aufbauen wird als der talentierteste Pflichtverteidiger unserer Stadt. Vielleicht bist du manchmal einfach etwas zu misstrauisch», sagte sie. Möglicherweise hatte sie recht.

Bäumler begann mit seiner Ansprache und beendete abrupt ihre Unterhaltung.

«Meine Damen und Herren, darf ich um Ihre Aufmerksamkeit bitten?»

Bäumler war in Bestform. Er beschrieb ausführlich die Ermittlungserfolge der Zürcher Polizei und nahm währenddessen mehrfach Bezug auf seine eigene Führungsstärke. Dabei richtete er auffällig oft einen zufriedenen Blick auf die anwesende Justizministerin, die seiner kurzen Ansprache aufmerksam und mit wohlwollendem Gesichtsausdruck folgte. Jan war erleichtert, als Bäumler endlich zum Schlusswort kam. Viel länger hätte er das nicht mehr ausgehalten.

«Und nun möchte ich dem Mann der Stunde das Wort übergeben: Bernd Haase, dessen Hartnäckigkeit und ermittlungstechnisches Geschick wir es zu verdanken haben, dass die Zürcher Polizei eine dringend tatverdächtige Person in Haft nehmen konnte.»

Er überließ Bernd das Mikrofon.

«Vielen Dank für deine Worte, Franz. Auch ich bin erleichtert, dass unsere beharrlichen Ermittlungen endlich von Erfolg gekrönt wurden. Aber heute geht es nicht um mich. An dieser Stelle möchte ich nämlich vor allem auf die hervorragende Ermittlungsarbeit meiner geschätzten Kollegen hinweisen. Ihr habt in den letzten Wochen einen fantastischen Job gemacht. Einen großen Applaus für euch», rief er großmütig ins Mikrofon und blickte klatschend in die Runde der Zuhörenden. Der Saal folgte umgehend seinem Beispiel und applaudierte lautstark.

«Bernd weiß genau, welche Tasten er drücken muss, um die gewünschte Wirkung zu erzielen. Das muss man ihm lassen», flüsterte Valérie genervt. Als danach die übliche Fragerunde begann, die mit gewohnt inhaltslosen Antworten abgefertigt wurde, verließ Jan zusammen mit Valérie den Saal und ging in sein Büro zurück. Dort blickte er resigniert auf seinen Schreibtisch und öffnete schließlich die Schublade. Entmutigt griff er nach der Ermittlungsakte zum Mordfall Kai Bernauer. Da er von heute an von allen weiteren Ermittlungen ausgeschlossen war, brauchte er sie nicht mehr.

«Wärst du so nett und würdest die Akte zu Bernd bringen?», fragte er Valérie. Sie blickte ihn erstaunt an.

«Bist du dir da ganz sicher? Ich meine, willst du denn vorher nicht wenigstens noch einmal mit Bäumler über diese Sache sprechen? Vielleicht überdenkt er seine Entscheidung und sieht ein, dass es ein Fehler war, dich von den weiteren Ermittlungen auszuschließen ...»

Er schüttelte den Kopf.

«Es ist vorbei, Valérie. Bitte bring die Akte zu Bernd. Das ist alles, was ich von dir verlange.»

«Wie du meinst. Aber ich halte das nach wie vor für einen Fehler.»

Valérie nahm widerstrebend die Akte an sich. In diesem Moment klingelte Jans Telefon. Auf dem Display erschien Emilys Name.

## KAPITEL 26

Als er ihre aufgeregte Stimme hörte, wusste er sofort, dass etwas nicht stimmte.

«Dein Vater ...», begann sie stockend.

«Emily, was ist mit ihm? Was ist passiert?»

«Er ist heute Morgen vor seiner Wohnung zusammengebrochen. Ich habe vorhin mit dem behandelnden Arzt gesprochen. Er meinte, dass er einen Kreislaufzusammenbruch hatte, es ihm aber bereits wieder besser gehe. Heute Nachmittag wollen sie einige routinemäßige Untersuchungen durchführen. Wir sollen uns keine Sorgen machen.»

Er atmete erleichtert aus.

«Gott sei Dank. Ich dachte schon ...»

«Ich weiß, Jan. Aber keine Sorge. Es geht ihm den Umständen entsprechend gut. Und er hat als Erstes nach dir gefragt. Also dachte ich, dass es doch schön wäre, wenn du vielleicht vorbeikommen könntest. Ich weiß, dass er sich darüber freuen würde.»

«Er hat nach mir gefragt?»

«Ja, das hat er. Ich weiß gar nicht, weshalb du so überrascht darüber bist.»

Er hätte ihr in diesem Moment mindestens eintausend Gründe dafür nennen können. Aber er hielt es unter diesen Umständen für unangebracht.

«Natürlich komme ich. Ich mache mich sofort auf den Weg. In spätestens einer halben Stunde bin ich bei euch», sagte er und packte seinen Mantel.

Valérie blickte ihn derweil besorgt an. «Ist etwas passiert?»

«Mein Vater hatte heute Morgen einen Kreislaufzusammenbruch und wurde in die Klinik gebracht.» Er blickte auf seine Uhr. Es war kurz vor Mittag.

«Ich mache mich jetzt gleich auf den Weg in die Klinik. Falls mich jemand suchen sollte, richte demjenigen bitte aus, dass ich erst morgen wieder erreichbar sein werde.»

Als er eine halbe Stunde später die Tür des Krankenzimmers öffnete, erblickte er Léonie und Emily, die sich einen Stuhl teilten und sich beide gleichzeitig nach ihm umdrehten. Er nickte ihnen besorgt zu. Dann sah er seinen Vater, der sich schwerfällig in seinem Bett aufrichtete und ihn zu sich winkte. Er war auffallend blass. Aber zu seiner Erleichterung schien es ihm abgesehen davon gut zu gehen.

«Da bist du ja. Ich hatte ehrlich gesagt schon Angst, dass du nicht kommen würdest. Du bist ja immer so beschäftigt. Aber ich freue mich sehr, dass du es geschafft hast.»

Das hatte er nicht erwartet.

«Das ist doch selbstverständlich», erwiderte er und versuchte dabei, seine Verlegenheit zu verbergen. Die Worte seines Vaters hatten ihn sichtlich gerührt.

«Du glaubst ja nicht, was diese verrückten Ärzte mit mir vorhaben. Einen ganzen Tag lang wollen mich diese Quacksalber hierbehalten, um mich zu untersuchen», begann er lautstark vor sich hin zu schimpfen.

«Du machst ja Sachen, Vater. Geht es dir denn jetzt wenigstens wieder ein bisschen besser?»

«Natürlich geht es mir besser. Ich fühle mich sogar blendend! Das habe ich auch diesen Ärzten gesagt. Mir fehlt nichts. Ich hatte nur einen kleinen Schwächeanfall, das war's. Aber die wissen ja alles besser. Kein Wunder, dass das Gesundheitssystem in diesem Land immer mehr den Bach runtergeht», wetterte er unbeirrt weiter.

Jan nervte die Wutrede seines Vaters, was ihm zugleich ein schlechtes Gewissen bereitete. So entwickelten sich ihre Gespräche meistens. Es war immer wieder dasselbe. Léonie stand unverhofft auf und strich sanft über den Arm ihres Großvaters.

« Sie wollen nur sichergehen, dass es dir auch wirklich gut geht, Opa. Und das will ich auch, damit du schon bald wieder nach Hause kannst », sagte sie besänftigend.

Zu Jans Erstaunen hellte sich die Miene seines Vaters augenblicklich auf. Er wollte gerade etwas sagen, als er sich plötzlich unwohl fühlte und ihm schwindlig wurde. Er konnte spüren, wie sich seine Atmung verflachte. Sein Brustkorb fühlte sich an, als ob dieser von einer tonnenschweren Last zusammengedrückt wurde. Nicht schon wieder, dachte er. Panik stieg in ihm hoch. Was hatte ihm die Ärztin geraten? Bewusst tief ein- und wieder ausatmen. Emily sah sofort, dass mit ihm etwas nicht stimmte. Sie blickte ihn besorgt an und hakte sich vorsorglich bei ihm ein. Er hatte noch nie etwas vor ihr verbergen können, dafür kannte sie ihn einfach schon zu lange. Außerdem wusste sie seit dem letzten Vorfall vor einigen Wochen über sein eigentümliches Problem Bescheid.

« Willst du mit mir kurz an die frische Luft gehen? », fragte sie ihn leise. Er schüttelte dankbar den Kopf.

« Nein, das wird schon wieder. Mir ist nur etwas unwohl », antwortete er und versuchte vergeblich, so etwas wie ein Lächeln zustande zu bringen. Jan Pratt, der knallharte Ermittler der Zürcher Kantonspolizei, der in jeder Klinik nach spätestens fünf Minuten in Ohnmacht fällt. Wenn das so weiterging, würde er in den Krankenhäusern der Stadt wohl schon bald Autogrammkarten verteilen können.

« Weißt du, Léonie, hin und wieder müssen alte Männer wie dein Großvater einfach mal ihre Wut loswerden », hörte er die Stimme seines Vaters aus weiter Entfernung zu ihm vordringen. Tief einatmen und langsam wieder ausatmen, wiederholte er derweil in Gedanken. Dann krachte er auch schon auf den Boden.

## KAPITEL 27

Anfang Dezember versammelte sich die Heilsarmee zum ersten Mal an den belebten Einkaufsstraßen der Stadt. Wie jedes Jahr sangen sie wacker ihre Weihnachtslieder und sammelten Spenden für die Bedürftigen der Stadt. Sie waren ein untrügliches Vorzeichen der bevorstehenden Festtage. Auch in den Büros und Gängen der Zürcher Kantonspolizei roch es bereits penetrant nach Mandarinen, exotischen Duftkerzen und Erdnüssen. Jan saß hinter seinem Schreibtisch und wurde bei dem Gedanken an die nahende Weihnachtszeit sentimental. Heute Abend hatte er vor, mit Emily und Léonie den Weihnachtsmarkt beim Bellevue zu besuchen.

Plötzlich kam Valérie mit einer dampfenden Tasse Tee in sein Büro und riss ihn aus seinen Tagträumen. Sie sah müde aus. Offenbar schien ihr die Arbeit mit Bernd zuzusetzen.

«Und, wie läuft's bei dir?», fragte sie und setzte sich zu ihm an den Schreibtisch. Er rollte die Augen und nickte in die Richtung des Aktenbergs, an dem er gerade arbeitete.

«Seit meiner Absetzung als Leiter der Sonderkommission kann ich mich wieder mit diesem Kleinkram hier auseinandersetzen. Und wie sieht es bei dir aus?»

Sie verzog angewidert ihr Gesicht. «Es ist die reinste Hölle, das kannst du mir glauben. Für Bernd bin ich nichts anderes als eine überqualifizierte, zickige und in seinen Augen illoyale Schreibkraft. Und das lässt er mich jeden Tag spüren.»

Er schüttelte mitleidig den Kopf. «Tut mir leid, das zu hören.»

Sie wischte sein Mitgefühl mit einer flüchtigen Handbewegung weg.

«Ach, was soll's. Ich komme damit klar. Bernd wird schon noch merken, dass ich um einiges härter bin, als er denkt», sagte sie mit einem schiefen Grinsen im Gesicht. Dann musterte sie Jan aufmerksam.

«Jan, ich kann dir doch ansehen, dass dich etwas beschäftigt. Du kannst mir nichts vormachen. Also, was ist los?»

Er stand auf und verschränkte seine Arme vor der Brust. Dann begann er, mit ihr über seine Gedanken zu sprechen.

«Ich habe seit Nicos Verhaftung viel über den Mord an Kai Bernauer nachgedacht. Aber auch über ihn persönlich, seine Firma und seine Geschäfte. Denn irgendwie werde ich das Gefühl nicht los, dass wir etwas Wichtiges übersehen haben und uns der Blick aufs große Ganze fehlt.»

«Und was könnte das deiner Meinung nach sein? Ich finde nämlich, dass die Beweise gegen Nico eindeutig sind.»

«Das mag sein. Trotzdem ... Hast du dich denn nicht auch schon gefragt, ob hinter dem Mord an Kai Bernauer vielleicht etwas ganz anderes stecken könnte?», fragte er sie unverhofft.

Valérie seufzte und blickte ihn kopfschüttelnd an.

«Ehrlich gesagt, nein. Vielleicht solltest du dich langsam an den Gedanken gewöhnten, dass Nico Kai Bernauer getötet haben könnte.»

Das war nicht die Antwort, die er sich von ihr erhofft hatte. Er zuckte trotzig mit den Schultern.

«Nico ist kein Mörder. Davon bin ich noch immer überzeugt. Als ich ihn gestern im Gefängnis besuchte, hat er kaum mehr ein Wort über seine Lippen gebracht. Es geht ihm echt dreckig.»

Sie warf den Teebeutel in den Abfalleimer und nippte nachdenklich an ihrer Tasse, bevor sie ihm antwortete.

«Ich sage dir, wie ich die Dinge sehe: Falls dieser Anwalt von Sternenberg nicht doch noch ein Wunder geschehen lässt, dann stehen die Chancen ziemlich gut, dass Nico die nächsten Jahre seines Lebens hinter Gittern verbringen wird.

Kein Wunder, dass er bei einer solchen Zukunftsperspektive etwas schweigsam geworden ist», sagte sie trocken.

Es war an der Zeit, sie in seine Pläne einzuweihen. Er beugte sich verschwörerisch zu ihr vor und blickte sich kurz um. Und obwohl er sich vergewissert hatte, dass sie allein im Büro waren, senkte er seine Stimme.

«Hast du mir nicht einmal erzählt, dass dein Bruder Gerichtsschreiber beim Walliser Kantonsgericht ist?», fragte er sie.

«Keine Ahnung. Ehrlich gesagt kann ich mich nicht daran erinnern, dass ich mit dir jemals über meinen Bruder gesprochen habe. Aber um deine Frage zu beantworten: Er arbeitet tatsächlich dort als Gerichtsschreiber. Wieso fragst du?»

Sein Gesicht hellte sich augenblicklich auf.

«Was würdest du davon halten, wenn wir in den nächsten Tagen zusammen einen Ausflug ins Wallis machen würden?»

Sie blickte ihn derart entgeistert an, dass man meinen könnte, Jan hätte ihr gerade gebeichtet, dass er in Wahrheit kein Polizist, sondern ein Außerirdischer aus einer fernen Sternengalaxie sei.

«Was willst du denn im Wallis? Moment mal, du willst doch nicht etwa ...», begann sie ungläubig und stockte mitten im Satz, als ihr klar wurde, was er im Schilde führte.

«Ich will wissen, was wirklich mit Nicos Vater geschehen ist. Deshalb will ich die alten Gerichtsakten lesen.»

«Und was soll uns das bringen? Der Unfall von Nicos Vater liegt doch schon Jahrzehnte zurück», entgegnete sie zurückhaltend.

«Das weiß ich im Moment auch noch nicht. Aber einen Versuch ist es wert. Und falls wir dort nichts von Bedeutung finden sollten, verspreche ich dir, dass ich mich künftig aus dem Fall heraushalten werde. Aber diesen letzten Versuch schulde ich Nico.»

«Nur um sicher zu sein, dass ich dich richtig verstanden habe: Du hast vor, hinter dem Rücken von Bäumler ins Wallis zu fahren, um alte Gerichtsakten in Augenschein zu nehmen, die Nicos Vater betreffen, nur weil du das Nico deiner Meinung nach schuldest?»

«Wenn du es so ausdrücken möchtest, dann ja.»

Sie schnaubte wütend und warf die Hände in die Luft.

«Erinnerst du dich daran, dass du vor einer Woche hochoffiziell vom Fall abgezogen worden bist?»

«Und wenn schon. Was habe ich denn noch zu verlieren?»

Sie schüttelte fassungslos den Kopf.

«Weißt du eigentlich, was dir blüht, falls Bäumler davon erfährt? Und nur, damit wir uns richtig verstehen: Ich bin mir sicher, *dass* er es erfahren wird. Er wird gar keine andere Wahl haben, als dich fristlos zu entlassen. Und meine Karriere bei der Zürcher Polizei wird ebenfalls am Arsch sein. Bestenfalls werde ich die nächsten Jahre damit verbringen, in Zürich Strafzettel zu verteilen.»

Er lächelte sie an.

«Dann sorgen wir eben dafür, dass er es nie erfahren wird.»

Sie verdrehte die Augen und stampfte aufgebracht durchs Büro. Nach einer Weile ging sie entschlossen auf ihn zu. Sie zeigte mit dem Finger auf ihn.

«Du bist verrückt. Vielleicht ist es dir egal, wenn du deinen Job verlierst. Aber mir ist es das nicht. Ich hänge nämlich an meinem Beruf», schnaubte sie ihn an und strich sich nervös durch die Haare. Das tat sie immer, wenn sie aufgebracht war.

«Wenn du nicht dabei sein willst, verstehe ich das. Ich mache es allein», entgegnete er. Er wusste, dass er sie damit in eine schwierige Situation brachte.

«Verfluchte Scheiße», entfuhr es ihr. «Wahrscheinlich werde ich es noch bereuen … Aber wenn sich schon mal die Gelegenheit bietet, diesem aufgeblasenen Lackaffen Bernd eins auszuwischen, dann werde ich ganz sicher nicht kneifen. Ich bin dabei.»

«Bist du dir da auch ganz sicher? Ich meine, du musst nicht …»

Sie blickte ihn mit funkelnden Augen an.

«Wenn ich sage, dass ich dabei sein werde, dann meine ich das auch so.»

«Natürlich, Valérie. Und ich kann dir versichern, dass ich wirklich froh darüber bin, dass du mich unterstützt.»

Bevor er weitersprechen konnte, hob sie die Hand.

«Freu dich lieber nicht zu früh. Ich habe nämlich eine Bedingung.»

«Und die wäre?»

«Wenn wir im Wallis sind, dann regeln wir die Dinge auf meine Weise. Nur dass das klar ist. Akzeptier es oder lass es sein. Die Entscheidung liegt bei dir.»

Das grenzte zwar schon fast an Erpressung, aber er hätte nur ungern auf sie verzichtet.

«Einverstanden. Und nun solltest du langsam wieder in dein Büro zurückkehren. Ich will nicht, dass Bernd noch Verdacht schöpft. Wir dürfen ihn auf keinen Fall unterschätzen. Der Kerl hatte seine Augen überall», sagte er mahnend.

«Du hast recht. Ich werde jetzt besser gehen.»

Plötzlich verzog sie ihr Gesicht und legte ihre Hand auf den Bauch.

«Komisch. Ich fühle mich auf einmal unwohl. Ich fürchte, dass ich die nächsten beiden Tage mit einer Magenverstimmung zu Hause im Bett verbringen muss», sagte sie augenzwinkernd und stolzierte aus seinem Büro.

# KAPITEL 28

Am nächsten Morgen trafen sie sich in aller Frühe vor dem Café Oscar in der über hundertfünfzig Jahre alten Halle des Zürcher Hauptbahnhofs. Zahlreiche Pendler strömten eilig in Richtung ihrer Arbeitsplätze oder zu ihren Anschlusszügen. Während immer neue Züge mit quietschenden Bremsen in die Bahnhofshalle einfuhren und diese wieder verließen, erklangen in regelmäßigen Abständen kaum verständliche Lautsprecheransagen. Jan hatte einmal in der Zeitung gelesen, dass fast dreitausend Züge tagtäglich den Zürcher Hauptbahnhof passierten, was ihn zu einem der meistfrequentierten Bahnhöfe Europas machte.

Valérie trug einen winterlichen Parka und hatte sich eine Wollmütze übergezogen. Ihr Gepäck bestand aus einer alten Sporttasche, die sie sich lässig über die Schulter gehängt hatte. Trotz der frühen Morgenstunde schien sie bereits in bester Laune zu sein. Sie hielt ihm einen dampfenden Kaffeebecher entgegen.

«Hier, der ist für dich», sagte sie. «Schwarz, ohne Zucker, richtig?»

«Danke, Valérie. Genau so, wie ich ihn mag», sagte er und nahm ihr dankbar den Becher ab. Dann gingen sie zusammen zum unterirdisch gelegenen Gleis 31, wo der Schnellzug Richtung Brig bereits eingefahren war. Sie setzten sich zusammen in ein ruhiges Viererabteil. Kurz darauf ging ein sanfter Ruck durch den Waggon, und der Zug fuhr los.

«Was dagegen, wenn ich ein wenig lese?», fragte Jan und holte die heutige Tageszeitung aus seiner Tasche.

«Nicht im Geringsten», antwortete Valérie und lehnte sich entspannt zurück, während er sich bereits in den Leitartikel vertiefte.

Der Waggon schwankte während der Fahrt sanft hin und her. Valérie blickte gedankenversunken auf die vorbeiziehenden grauen Häuser, die zahlreichen Brachen und die alten Industrieanlagen des Zürcher Limmattals. In nicht einmal drei Stunden würden sie in Brig sein. Sie dachte an ihren Bruder. Wann hatten sie sich eigentlich das letzte Mal getroffen? Das musste schon fast ein Jahr her sein. Obwohl sie jede Woche miteinander telefonierten, hatte sie Gewissensbisse, dass sie sich so lange nicht mehr bei ihm hatte blicken lassen. Sie liebte ihren großen Bruder über alles. Seit ihr Erzeuger, wie sie ihren Vater nannte, ihre Familie damals für eine andere Frau verlassen hatte, war ihr Bruder so etwas wie ein Ersatzvater für sie gewesen. Er war es auch gewesen, der sie damals nach dem Vorfall in Baton Rouge in die Schweiz zurückgeholt hatte. Ihr Blick verfinsterte sich, als sie an den Tag zurückdachte, an dem sie sich mit letzter Kraft aus der Gewalt dieses Monsters befreien konnte. Etwas von ihr war damals in diesem finsteren Verlies zurückgeblieben. Zwei Nächte hatte er sie in einer alten, verlassenen Stahlfabrik in seiner Gewalt gehabt. Dort hatte er ihr furchtbare Dinge angetan. Sie war damals nur äußerst knapp dem Tod entronnen. Nachdem sie sich wie durch ein Wunder hatte befreien und die Kollegen alarmieren können, wurde eine groß angelegte Fahndung durch die Polizei in Gang gesetzt. Aber der Täter blieb wie vom Erdboden verschluckt. Bei ihrer Abreise aus den Staaten hatte Valérie sich geschworen, nie wieder in ihrem Leben einen Fuß in dieses Land zu setzen. Denn sie wusste, dass er noch immer irgendwo da draußen war. Und sie war sich sicher, dass er sie nicht vergessen hatte, denn sie war das einzige Opfer, das ihm entkommen war.

Nachdem ihre Albträume in den letzten Monaten immer furchteinflößender geworden waren, war ihr klar geworden, dass sie nicht mehr so weitermachen konnte. Deshalb hatte sie sich schließlich dazu durchgerungen, professionelle Hilfe in Anspruch zu nehmen und eine Therapie zu beginnen. Es war das erste Mal, dass sie sich jemandem anvertraute, und es war ihr anfangs nicht leichtgefallen. Aber dann spürte sie, wie es mit jeder Sitzung einfacher wurde, sich alles von der Seele zu reden. Trotzdem durfte niemand von der Polizei davon erfahren. Nicht einmal Jan. Wenngleich immer offener über mentale Gesundheit diskutiert wurde, so fürchtete Valérie, an Ansehen zu verlieren. Wer würde schon einer Polizistin zutrauen, Mordfälle aufzuklären, wenn diese offensichtlich unter einem Trauma litt?

Als sie in Brig den Zug verließen, wartete Valéries Bruder bereits aufgeregt am Bahnsteig auf sie. Als sie ihn entdeckte, ließ sie sofort ihre Tasche zu Boden fallen und rannte zu ihm. Sie umarmte ihn herzlich, und die Geschwister begannen sofort damit, sich ausgelassen zu unterhalten. Dabei blieb Jan etwas abseits stehen, um sie nicht zu stören. Sie hatten sich offensichtlich lange nicht mehr gesehen und deshalb so einiges zu erzählen. Es war nicht zu übersehen, dass die beiden sich sehr nahestanden.

Der Himmel war strahlend blau, und eine dicke Schneeschicht überdeckte die Straßen und Dächer von Brig. Die meisten Reisenden, die mit ihnen den Zug verlassen hatten, waren mit Skiern oder Schlitten unterwegs. Sie lachten, machten Späße und schienen sich schon auf den bevorstehenden Tag in den winterlichen Bergen zu freuen. Aber im Gegensatz zu ihnen waren sie nicht zum Spaß hier. Valérie drehte sich in seine Richtung und lud ihn mit einem Zeichen ein, sich zu ihnen zu gesellen.

«Komm schon her zu uns, Jan. Ich möchte dir meinen Bruder Valentin vorstellen», rief sie überschwänglich und winkte ihm aufgeregt zu.

Valentin war ein durchtrainierter und groß gewachsener Kerl, mit furchteinflößend breiten Schultern, einem herzlichen Lachen und einer sonnengebräunten Gesichtsfarbe. Definitiv kein Städter, stellte Jan fest. Sie schüttelten sich die Hände.

«Du bist also Valéries Partner bei der Zürcher Polizei», sagte er mit unverkennbarem Walliser Akzent. «Sie hat mir schon viel von dir erzählt.»

«Oh, hat sie das? Dann hoffe ich mal, dass sie nicht allzu viel Schlechtes über mich zu berichten hatte», scherzte er.

«Ganz im Gegenteil. Wenn sie von dir spricht, hört sie meist gar nicht mehr damit auf, von dir zu schwärmen», erwiderte er mit einem schallenden Lachen.

«Jetzt mach Jan bloß nicht verlegen, Valentin», protestierte Valérie und schubste ihren Bruder liebevoll an.

«Ich glaube nicht, dass er zu den Typen gehört, die schnell verlegen werden», verteidigte er sich und zwinkerte ihm freundschaftlich zu. «Wenn auch nur die Hälfte davon stimmt, was Valérie über dich erzählt hat, dann scheinst du für einen Zürcher echt in Ordnung zu sein. Aber was quatsche ich euch auch den Kopf voll. Wisst ihr was? Ich bringe euch erst einmal zu meinem Haus, wo ihr euer Gepäck ablegen und euch frisch machen könnt. Außerdem seht ihr beide aus, als ob ihr dringend etwas zu beißen braucht.»

Er warf Valéries Sporttasche über seine Schultern und strahlte seine Schwester an.

«Dann mal los», sagte sie fröhlich, ehe sie zusammen zu seinem Wagen gingen.

Sie fuhren in südlicher Richtung aus der Stadt hinaus. Während der Fahrt unterhielt sich Valérie mit ihrem Bruder im Walliser Dialekt, wovon Jan kaum die Hälfte verstand. Er saß im hinteren Teil des Wagens und blickte fasziniert auf den tiefblauen Himmel, der einen krassen Gegensatz zum grauen Hochnebel darstellte, der während ihrer Fahrt über dem gesamten Mittelland hing. Valentins Haus lag auf einer Anhöhe außerhalb eines kleinen Weilers. Es war ein klassisches Walliser Holzhaus, das schon viele Jahre auf dem Buckel zu haben schien und wahrscheinlich einige Geschichten erzählen könnte. Valentin zeigte Jan sein Zimmer, das überraschend gemütlich eingerichtet war. Er legte seine Tasche auf das Bett und blickte sich zufrieden um.

«Das sieht ja richtig behaglich aus», sagte er und blickte fasziniert auf die massiven Holzwände. An einer Wand hing eine eingerahmte Schwarz-Weiß-Fotografie eines vielleicht zehn Jahre alten Mädchens, das unsicher in die Kamera lächelte.

«Als wir noch kleine Kinder waren, war das hier Valéries Zimmer. In diesem Haus haben wir beide die beste Zeit unseres Lebens verbracht. Wir waren damals so glücklich. Später sind wir dann in die Staaten gezogen, wo uns unser Vater verlassen hat. Danach ist alles nur noch den Bach runtergegangen.»

«Es tut mir leid, das zu hören.»

«Das ist schon viele Jahre her. Ich glaube, Valérie und ich sind schon lange darüber weg … Sie hat mir vorhin gesagt, dass ihr euch morgen früh gleich wieder auf den Rückweg machen wollt?»

«Ja, wir haben im Moment leider einiges um die Ohren, das nicht warten kann. Auch wenn ich gerne noch etwas länger geblieben wäre», seufzte Jan, während er seinen Koffer auspackte.

«Ich verstehe. Valérie hat mir bereits erzählt, dass es um diesen Mordfall Bernauer geht, von dem so viel in der Presse stand. Ich habe mich informiert. Sein Vater hatte als Bauunternehmer immer wieder Projekte im Wallis. Aber wem erzähle ich das? Das weißt du ja sicher bereits.»

Er nickte. «Deswegen schätze ich, dass wir hier noch etwas mehr über ihn erfahren können. Wir hoffen, aus den Gerichtsakten von 1978 schlauer zu werden, als er wegen fahrlässiger Tötung angeklagt war.»

Valentin blickte ihn skeptisch an.

«Ich wünsche euch beiden viel Glück dabei. Aber macht euch besser nicht zu große Hoffnungen. Der Fall wurde damals aus Mangel an Beweisen eingestellt. Ich kann mir also nicht vorstellen, dass ihr dort etwas finden werdet, das euch weiterhilft.»

«Ich möchte es trotzdem wenigstens probiert haben.»

Er hörte, wie im Stock über ihm eine Tür geschlossen wurde. Vermutlich war es Valérie, die gerade ihr Zimmer verlassen hatte.

«Das verstehe ich», antwortete Valentin. «Übrigens, wenn du hier fertig bist, kannst du in der Küche etwas essen. Danach fahre ich euch gleich ins Gerichtsarchiv. Aber lass dir ruhig Zeit. Wir gehen hier im Wallis die Sachen gerne etwas ruhiger an», sagte er augenzwinkernd und schloss die Tür hinter sich.

Als Jan damit fortfuhr, seine Tasche auszupacken, hörte er durch die geschlossene Tür, wie sich Valérie von ihrem Bruder verabschiedete. Nach einer Weile ging er in die Küche und setzte sich zu Valentin an den Tisch, der gerade dabei war, das Brot zu schneiden.

«Wo ist denn deine Schwester hingegangen?», fragte er.

Valentin schob ihm eine üppig gefüllte Wurstplatte hin und legte die Brotscheiben in einen Korb. Dann füllte er zwei Gläser Wein und prostete ihm zu. Eigentlich gehörte er nicht zu den Menschen, die bereits zur Mittagszeit Wein tranken. Aber er hatte das unbestimmte Gefühl, dass es Valentin beleidigen würde, wenn er es ablehnte. Also ließ er es sein und prostete ihm zu.

«Sie will noch kurz eine unserer Cousinen begrüßen. Die wohnt nämlich gleich hier um die Ecke. Mach dir keine Sorgen. Sie wird bestimmt gleich wieder zurück sein. Und dann fahren wir los.»

Er nickte und belegte eine Brotscheibe mit einer dicken Wurstschicht.

«Was ich da vorhin am Bahnhof gesagt habe, meine ich übrigens ernst. Meine Schwester hält sehr große Stücke auf dich. Wenn wir miteinander telefonieren, spricht sie für gewöhnlich nicht über ihre Arbeit. Aber wenn es um dich geht, dann kommt sie tatsächlich ins Schwärmen», lachte er. «Du weißt sicher, dass sie es in den letzten zwei Jahren nicht leicht gehabt hat. Ehrlich gesagt gab es sogar Momente, in denen ich daran zweifelte, ob sie jemals wieder über diese fürchterliche Sache hinwegkommen würde.»

Jan hatte nicht die geringste Ahnung, wovon Valentin gerade sprach. «Worüber hinwegkommen?»

Valentins Gesicht verfärbte sich tiefrot. «Hat ... hat sie dir denn nie etwas darüber erzählt? Ich dachte ...», ließ er den Satz unbeendet.

«Worüber hätte sie mir denn etwas erzählen sollen?»

Valentin schien sich auf einmal sichtlich unwohl zu fühlen. Er rutschte nervös auf seinem Stuhl herum und wich Jans forschendem Blick aus.

«Weißt du was? Vergiss einfach, was ich gerade gesagt habe. Manchmal quatsche ich einfach drauflos und weiß am Ende selbst nicht mehr, was ich eigentlich sagen wollte.»

In diesem Moment ging zu Valentins Erleichterung die Tür auf und Valérie kam herein.

«Hallo, ihr beiden. Ihr scheint euch ja gut miteinander zu unterhalten», flötete sie und setzte sich zu ihnen an den Küchentisch.

«Das tun wir», antwortete er und klopfte Valentin freundschaftlich auf die Schulter. «Und ich muss sagen, dein Bruder ist echt in Ordnung.»

Valentin blickte ihn dankbar an. Jans freiwilliger Themenwechsel hatte ihn sichtlich beruhigt. Er lächelte verlegen und stand schließlich auf.

«Dann lasst uns jetzt aufbrechen. Das Gerichtsarchiv befindet sich in Sion, und die Fahrt dorthin dauert fast eine Stunde. Ihr habt euch für heute noch einiges vorgenommen.»

## KAPITEL 29

Sie gingen gemeinsam durch das gusseiserne Eingangstor des schmucken Gebäudes des Walliser Kantonsgerichts, in dessen Kellerräumen sich das Gerichtsarchiv befand. Für die Schönheit des historischen Gebäudes hatte jedoch keiner von ihnen einen Blick übrig. Sie stiegen schweigend die schmale Treppe zum Archiv hinunter. Valentin führte sie weiter den Gang entlang zu einem schlecht beleuchteten und muffig riechenden Raum, dessen Decke zu allem Elend auch noch beängstigend niedrig war. Im Archiv befanden sich mehrere Schreibtische aus Massivholz, die vermutlich noch aus der Gründerzeit des Kantonsgerichts stammten. Sie setzten sich an einen der Schreibtische und richteten sich ihren Arbeitsplatz ein.

Jan blickte auf sein Handy und stellte verdrießlich fest, dass es hier unten keinen Empfang gab. Bei diesen alten, soliden Mauern hatte er eigentlich auch nichts anderes erwartet. Nach einer Weile kam Valentin mit einem schwer beladenen Rollwagen zu ihnen. In den beschrifteten Pappkartons, die sich auf diesem in die Höhe stapelten, befanden sich offensichtlich die alten Gerichtsakten, die sie sich heute vornehmen wollten.

«Das ist alles, was wir hier unten über den Fall aufbewahren. Ich hoffe, dass ihr darin findet, wonach ihr sucht.» Valentin klopfte mit der Handfläche auf einen der Kartons.

«Vielen Dank, Valentin. Ich weiß deine Hilfe wirklich zu schätzen.»

«Keine Ursache. Ich hole euch dann um sechs Uhr wieder ab», sagte er und ging.

Valérie blickte konsterniert auf die unzähligen Kartonschachteln, die ihnen ihr Bruder überlassen hatte. Und in diesem Moment fragte auch Jan sich aufrichtig, ob es wirklich

Hoffnung gab, in dem Wust von alten Papieren etwas Nützliches zu finden. Es würde eine Suche nach der Nadel im Heuhaufen werden. Nur dass sie in ihrem Fall nicht einmal mit Sicherheit sagen konnten, ob die besagte Nadel überhaupt existierte. Er seufzte niedergeschlagen. Es gab wohl nur einen einzigen Weg, um das herauszufinden: Sie mussten sich Seite für Seite durch die Akten durcharbeiten.

«Also, dann lass uns mal loslegen», sagte er und teilte die Kartonschachteln zwischen ihnen auf. Auf Valéries Gesicht konnte er nicht einmal einen Hauch von Motivation für die bevorstehende Aufgabe erkennen.

«Na dann viel Spaß», seufzte sie und zog sich ein Paar Einweghandschuhe über. Er blickte sie irritiert an. Das durfte doch nicht wahr sein. Nicht schon wieder.

«Was genau machst du da gerade, wenn ich fragen darf?»

«Hast du vergessen, wie alt diese Akten sind? Die stammen doch quasi aus der Steinzeit. Du denkst doch nicht im Ernst, dass ich die mit meinen bloßen Händen anfassen werde», entgegnete sie sichtlich entrüstet.

Jan verkniff sich eine Bemerkung. Er öffnete einen Karton und nahm einen dicken Papierstapel heraus, den er auf dem Schreibtisch vor sich ausbreitete. Dann begann er die Schriftstücke durchzulesen.

Schon bald vergaß er alles um sich herum. Ohne eine Pause einzulegen, arbeitete er sich die nächsten Stunden verbissen durch den riesigen Aktenberg, studierte Dossier für Dossier, Seite für Seite. Es war bereits kurz vor sechs Uhr, als er fertig war und erschöpft das letzte Schriftstück zur Seite legte. Durch das schmale Kellerfenster konnte er erkennen, dass draußen bereits dunkle Nacht herrschte. Auch Valérie war mit ihrem Aktenberg durch und sah sichtlich abgekämpft aus. Sie blickte ihn übellaunig an und gähnte erschöpft.

«Das war eine absolute Zeitverschwendung. Ich habe hier rein gar nichts gefunden, was uns bei unserem Fall weiterhelfen könnte.» Resigniert schmiss sie ihre Akte auf den Schreibtisch und zog ihre Handschuhe aus. «Und wie sieht es bei dir aus? Hast du etwas Brauchbares entdeckt?»

Er lehnte sich erschöpft zurück und streckte seinen Rücken durch. Dann rieb er sich seine müden Augen und nahm eine Wasserflasche aus seiner Tasche. Er wollte gerade einen Schluck davon nehmen, als Valérie ihn unverhofft anherrschte.

«Leg das Wasser sofort wieder weg! Du weißt doch, dass Getränke im gesamten Archiv verboten sind. Hast du schon vergessen, was Valentin uns gesagt hat?»

Jan räusperte sich kleinlaut. «Aber hier unten ist doch sowieso niemand, der das sehen kann.»

«Trotzdem. Ich will nicht, dass Valentin wegen uns noch in Schwierigkeiten gerät. Streng genommen dürften wir nämlich nicht einmal hier unten sein. Also reiß dich bitte etwas zusammen und denk nicht immer nur an dich», zischte sie ihn an. Das hatte gesessen. Er fühlte sich wie ein begossener Pudel. Natürlich hatte sie recht. Er verstaute die Wasserflasche wieder in seiner Tasche.

«Wie du meinst. Dann werde ich eben hier unten elendig verdursten. Was soll's. Lass mich wenigstens berichten, über was ich gestolpert bin», sagte er und nahm seine Notizen zur Hand.

«Ich bin ganz Ohr.»

«Also gut. Zuerst fand ich in einem der Gerichtsprotokolle den Eintrag, Theodor Bernauer habe bei seiner Einvernahme ausgesagt, dass sich Martin Bühler, der bei ihm als Vermesser angestellt war, am Tag des Unfalls ohne sein Wissen zum gesperrten Bauabschnitt begeben habe. Dabei äußerte er die Vermutung, dass Bühler wahrscheinlich den durch die tagelangen Regenfälle verursachten Rückstand wieder aufholen wollte und sich vermutlich deshalb über seine ausdrückliche Anweisung hinweggesetzt hatte, den gesperrten Baustellenabschnitt nicht zu betreten.»

«Wenn du mich fragst, klingt das nach einer plausiblen Erklärung. Ich weiß beim besten Willen nicht, wie uns diese Aussage weiterhelfen könnte.»

«Warte einen Moment. Es geht noch weiter. Danach passierte nämlich etwas Merkwürdiges. Die Staatsanwaltschaft präsentierte dem Gericht zwei Zeugen. Es waren italienische Bauarbeiter aus Bernauers Firma, die unter Eid aussagten, dass sie Bühler nur eine Stunde vor dem Unglück angetroffen hätten, als dieser in seinen Wagen stieg. Er war angeblich auf dem Weg zur Baustelle, wo sich später der tödliche Unfall ereignete. Und nun kommt es: Als sie ihm vorgeschlagen hätten, ihn dorthin zu begleiten, berichtete Bühler ihnen, Theodor Bernauer bestünde persönlich darauf, dass er an diesem Tag allein am besagten Straßenabschnitt arbeitete. Weiter sagten sie vor Gericht aus, dass ihnen und auch Martin Bühler klar gewesen sei, wie gefährlich sich die Arbeit an dem gesperrten Bauabschnitt gestaltete. Bevor Bühler losfuhr, hatte er sich noch den beiden Arbeitern anvertraut. Er gestand ihnen, dass er bei dieser Sache ein ungutes Gefühl habe. Aber aus Gründen, die er ihnen nicht erzählen wollte, wollte er offenbar nicht auf Bernauers Prämie verzichten.»

«Und was geschah danach?», fragte sie und lehnte sich aufmerksam vor.

«Kurz vor dem Abschluss der Gerichtsverhandlung haben die beiden italienischen Arbeiter ihre Aussagen völlig unerwartet widerrufen. Angeblich konnten sie sich auf einmal doch nicht mehr so genau daran erinnern, was ihnen Bühler vor seiner Abfahrt gesagt hat. Und wie die Geschichte weiterging, weißt du ja bereits. Die Anklage gegen Theodor Bernauers fiel danach wie ein Kartenhaus in sich zusammen. Die beiden Arbeiter kehrten wiederum rasch nach Italien zurück. Dafür musste es einen triftigen Grund gegeben haben.»

Nun schien er definitiv Valéries Interesse geweckt zu haben. Sie faltete nachdenklich ihre Hände zusammen und blickte ihn forschend an.

«Glaubst du, dass die beiden italienischen Arbeiter unter Druck gesetzt worden sind?»

«Wenn du mich fragst, riecht die Sache förmlich nach Zeugenbeeinflussung», entgegnete er überzeugt.

«Es scheint, dass diese Sache immer verworrener wird, je tiefer wir graben.»

«Wenn Bernauer in der Lage war, zwei unbescholtene Zeugen derart einschüchtern zu lassen, dass sie ihre eidesstattlichen Aussagen vor Gericht zurückziehen und fluchtartig die Schweiz verlassen, dann war er vielleicht auch noch in ganz andere Geschäfte verwickelt, als wir bis jetzt angenommen haben.»

«Und das könnte eine mögliche Verbindung zum Mord an seinem Sohn sein», beendete Valérie seinen Gedanken. «Aber trotzdem. Diese Geschichte liegt schon so viele Jahre zurück. Ich kann mir nur schwer vorstellen, dass es eine Verbindung zwischen dem alten Gerichtsfall und unserem Mord gibt. So gerne ich das auch glauben würde. Außerdem sind die beiden Italiener wahrscheinlich sowieso schon lange tot, so wie der alte Bernauer. Von ihnen werden wir also kaum noch erfahren können, was damals geschah», sagte sie.

Er schüttelte energisch den Kopf. «Vielleicht sind sie schon verstorben, ja. Aber das wissen wir noch nicht mit Bestimmtheit. Also sollten wir auch nichts unversucht lassen, sie ausfindig zu machen. Selbst wenn wir nach so vielen Jahren nur noch eine winzige Chance auf Erfolg haben. Und falls es uns wider Erwarten doch noch gelingen sollte, sie aufzuspüren, dann werde ich ihnen einen Besuch abstatten. Ich bin mir sicher, dass sie sich noch sehr gut daran erinnern können, weshalb sie damals so fluchtartig das Land verlassen haben.»

Ihr Gespräch wurde von Valentins Eintreten unterbrochen.

«Hallo, ihr beiden. Störe ich euch etwa gerade bei euren Nachforschungen?»

«Nein, überhaupt nicht. Wir sind fertig. Komm nur herein», erwiderte Jan und winkte ihn zu sich.

«Und? Wie sieht es aus? Ich hoffe doch, dass ihr in den staubigen Papieren etwas finden konntet, das euch weiterhilft.»

«Das haben wir tatsächlich.»

«Dann sollten wir das gebührend feiern, finde ich. Ich kenne da ein ausgezeichnetes Lokal ganz in der Nähe von Brig. Valérie, was hältst du davon, wenn wir Jan heute Abend in die Geheimnisse der Walliser Küche einführen?»

«Gute Idee. Ich habe inzwischen einen Mordshunger.»

Jan hatte auf einmal eine klare Vorahnung davon, wie dieser Abend enden würde.

# KAPITEL 30

Zurück in Zürich, versuchten Jan und Valérie, unter dem Radar von Bernds Aufmerksamkeit nach dem Verbleib der beiden italienischen Arbeitern zu forschen. Ein aussichtsloses Unterfangen, wie sich schnell herausstellte. Sosehr sie sich auch anstrengten, ihre Bemühungen verliefen immer wieder im Sand. Es war zum Verzweifeln. Nachdem die beiden Italiener damals die Schweiz verlassen hatten, schienen sie vom Erdboden verschluckt worden zu sein. So schwer es ihm auch fiel, stand Jan kurz davor, die Suche endgültig aufzugeben.

Es war kurz nach zwei Uhr, als er die Treppe in Richtung seines Büros hochstieg. Als er im obersten Stockwerk angekommen war, blieb er stehen und wischte sich die letzten Schneeflocken von den Schultern seines Mantels. Dann ging er in sein Büro. Er blickte durch das Fenster auf die schneebedeckten Dächer der Häuser und die rauchenden Kamine. Es schneite noch immer stark und die anhaltenden Schneefälle hatten den Verkehr der Stadt inzwischen fast zum Erliegen gebracht. Seine Mittagspause hatte er dazu genutzt, endlich seine längst fälligen Weihnachtseinkäufe zu erledigen. Dabei hatte er sich nur mit großer Mühe durch die Menschenmassen in den Einkaufshäusern an der Bahnhofstraße durchkämpfen können. Heute war demnach nicht viel von einer besinnlichen Vorweihnachtszeit zu spüren gewesen, dachte er ernüchtert.

Er verstaute die Einkaufstaschen unter seinem Pult, als Valérie aufgeregt in sein Büro stürmte. Überrascht drehte er sich zu ihr um.

«Was ist denn mit dir los? Du hast mich beinahe zu Tode erschreckt.»

«Oh, wirklich? Das tut mir leid. Aber ich habe gute Nachrichten für dich. Ich habe nämlich endlich etwas über den Verbleib unserer beiden italienischen Arbeiter in Erfahrung bringen können», sagte sie freudestrahlend und legte ihm ein von Hand beschriebenes Blatt Papier auf den Schreibtisch. Er blickte zu ihr hoch und stand schließlich auf.

«Bevor du weitersprichst – bist du dir auch ganz sicher, dass Bernd nichts von unseren heimlichen Nachforschungen mitbekommen hat?»

Sie nickte eifrig. «Natürlich hat er nichts davon mitbekommen. Was denkst du denn? Mach dir wegen ihm bloß keine Sorgen. Ich war immer vorsichtig. So wie wir es von Anfang an besprochen hatten. Außerdem ist er im Moment sowieso mehr mit sich selbst und seiner bevorstehenden Beförderung beschäftigt als mit dem Mordfall Bernauer.»

Er lachte laut auf. «Das klingt definitiv nach unserem Bernd», sagte er und nahm das Blatt Papier in die Hand. Darauf standen zwei Namen und darunter eine Notiz.

«Es hat zwar lange gedauert und einiges an Überzeugungskraft gekostet, aber unsere Kollegen in Italien waren letztlich außerordentlich hilfsbereit», begann sie ihre Ausführung.

«Das freut mich ja. Aber bevor du weitererzählst, sag mir bitte zuerst nur eines: Leben die beiden Italiener noch oder sind sie bereits tot?»

Ihr Lächeln verschwand umgehend. Das hatte er befürchtet.

«Leider ist die Sache nicht so einfach, Jan», entgegnete sie mit ernster Miene.

«Es ist nie einfach, Valérie. Das ist nun mal das Los von uns Polizisten. Also gut, sag mir einfach, was du herausgefunden hast.»

Sie räusperte sich und zeigte mit dem Finger auf den ersten Namen auf dem Notizzettel.

«Wie wir bereits wissen, hat Giuseppe de Santo im Jahr 1978 die Schweiz verlassen. Danach ist er offensichtlich in sein Heimatdorf in der Provinz Avellino zurückgekehrt und hat sich dort bei der lokalen Einwohnerbehörde angemeldet. Er war damals fünfundzwanzig Jahre alt und hat danach als Maurer für ein kleines Baugeschäft gearbeitet, das seinem Onkel gehörte. Aber das Schicksal hat es nicht gut mit ihm gemeint. Denn nur ein Jahr nach seiner Rückkehr ist Giuseppe De Santo bei einem Autounfall ums Leben gekommen. Sein Auto wurde nur wenige Kilometer außerhalb seines Dorfes von einem unbekannten Fahrzeug gerammt und stürzte nach der Kollision eine steile Böschung hinunter. Der arme Kerl hatte keine Chance und verstarb noch an der Unfallstelle. Und der Fahrer des zweiten Wagens beging Fahrerflucht.»

Er rieb sich nachdenklich die Schläfe.

«Konnte die Polizei den Fahrer später noch ermitteln?»

Sie schüttelte den Kopf.

«Die Nachforschungen der lokalen Polizei blieben erfolglos. Schließlich hat man die Ermittlungen eingestellt und den Fall als einen tragischen Unfall zu den Akten gelegt.»

Aus irgendeinem Grund hatte er eine solche Antwort bereits erwartet.

«Ist dir eigentlich auch schon aufgefallen, dass alle, die damals mit dem alten Bernauer zu tun hatten, ein tragisches Ende erlitten haben?», fragte er konsterniert. Dann blickte er auf den zweiten Namen auf dem Papier. Rocco Esposito. «Und was ist mit ihm? Bitte sag mir nicht, dass auch er tot ist.»

«Bei ihm ist es etwas komplizierter. Wir wissen nämlich offiziell nicht, was aus ihm geworden ist.»

«Nicht offiziell? Was soll das denn heißen?»

«Er ist damals zur selben Zeit wie de Santo in seine Heimatstadt Neapel zurückgekehrt. Dort hat er kurz nach seiner

Rückkehr seine langjährige Verlobte geheiratet und mit ihr zusammen ein Haus in einem Vorort von Neapel gekauft. Aber nur zwei Tage, nachdem Giuseppe de Santo ums Leben kam, tauchte er unter. Und zwar gründlich. Man hat nie wieder etwas von ihm gehört. Es ist fast so, als ob er überhaupt nie existiert hätte. Ein sehr zuvorkommender italienischer Kollege hat mir aber die inoffizielle Information zukommen lassen, dass seine Frau unter ihrem ledigen Namen noch immer in dem Haus lebt, das sie damals nach ihrer Heirat gemeinsam mit ihrem Mann gekauft hat.»

«Einer der beiden Italiener kommt auf eine mysteriöse Weise bei einem Verkehrsunfall mit anschließender Fahrerflucht ums Leben und der zweite taucht kurz danach unter und bleibt für immer verschwunden? Wer weiß, ob er nicht auch schon lange tot ist. Für mich sieht das fast so aus, als ob da jemand endgültig reinen Tisch machen wollte. Aber ohne ihre Aussagen werden wir nie erfahren, was wirklich geschehen ist.»

Jan wirkte resigniert.

«Nicht so schnell, Jan. Warte zuerst einmal ab, was ich dir noch zu erzählen habe. Denn dieser äußerst umsichtige Kollege aus Italien hat mich vor zehn Minuten noch mal angerufen und mir mitgeteilt, dass er nach meiner Anfrage Espositos Namen in einer Datenbank der lokalen Verkehrspolizeibehörde eingegeben hat. Und du wirst nicht glauben, was dabei herausgekommen ist.»

«Jetzt spann mich bitte nicht auf die Folter, Valérie.»

«Vor drei Wochen wurde ein Mann mit einem ausländischen Führerschein bei einer routinemäßigen Verkehrskontrolle wegen einer Geschwindigkeitsübertretung gebüßt. Er war mit dem Alfa Romeo von Espositos Frau unterwegs. Die Buße hat der Mann anscheinend anstandslos in bar bezahlt. Aber am nächsten Tag meldete er sich aufgebracht bei der lokalen Polizeistelle und verlangte von dem diensthabenden Beamten, dass er den Eintrag über seine Verkehrsbuße umgehend aus der Datenbank löschen solle. Er drohte dem Polizisten massiv. Der arme Kerl war anscheinend in Panik geraten, kam seiner Bitte nach und hat den Eintrag gelöscht. Anscheinend hielt er ihn für ein Mitglied einer lokalen Verbrecherorganisation. Nur hat er leider nicht daran gedacht, dass die Daten längst an die zentrale Datenbank weitergeleitet worden sind. Zu unserem Glück war er nicht gerade technisch versiert. Jedenfalls ist die Sache kurz darauf aufgeflogen, und er wurde zur Rede gestellt. Da es sich jedoch nur um eine unbedeutende Ordnungsbuße handelte, wurde die Sache nicht mehr weiterverfolgt, und der geständige Beamte kam mit einer internen Verwarnung davon. Aber nun rate mal, wie der Name unseres Verkehrssünders lautet.»

«Deinem erwartungsvollen Gesichtsausdruck nach zu urteilen, handelt es sich um Rocco Esposito.»

«Bingo!»

«Und ich würde darauf wetten, dass es sich bei ihm um den zweiten der beiden Italiener handelt, den wir gesucht haben. Schließlich war er mit dem Auto seiner Frau unterwegs. Das kann kein Zufall sein.»

Sie behielt recht: Das waren seit langer Zeit die ersten guten Nachrichten, die er hörte. Er nickte ihr anerkennend zu.

«Danke, Valérie. Das war wirklich gute Arbeit. Ich denke, ich sollte mich persönlich bei unserem italienischen Kollegen für seine wertvolle Hilfe bedanken. Wie war noch sein Name?», fragte er. Sie nahm einen Notizzettel aus ihrer Jackentasche.

«Das war ein gewisser Commissario Francesco Russo von der DIA in Neapel.»

Er horchte auf. «Was hast du gerade gesagt? Dieser Russo, mit dem du gesprochen hast, arbeitet für die DIA?»

«Ja, das hat er mir jedenfalls gesagt.»

«Das ist aber merkwürdig ...»

«Wieso soll daran etwas merkwürdig sein?»

«Ich habe vor einigen Jahren schon einmal mit dieser Behörde zu tun gehabt. Deshalb weiß ich, dass das Kürzel für die Anti-Mafia-Einheit der italienischen Polizei steht.»

Sie blickte ihn ungläubig an.

«Eine Anti-Mafia-Einheit, sagst du? Im Ernst jetzt?»

Er nickte nachdenklich.

«Und jetzt frage ich mich natürlich, weshalb ausgerechnet ein Beamter der italienischen Anti-Mafia-Behörde sich die Mühe macht, für uns einen unbedeutenden Verkehrssünder in einer Datenbank ausfindig zu machen.»

Sie zuckte ratlos mit den Schultern.

«Was weiß ich. Ehrlich gesagt kann ich mir das auch nicht erklären. Ich war einfach froh darüber, dass ich endlich jemanden gefunden habe, der uns weiterhelfen konnte.»

«Das sehe ich auch so. Aber ruf doch bitte diesen Commissario Russo an und lass ihn wissen, dass ich diese Woche nach Neapel fliegen werde und mit ihm persönlich sprechen möchte.»

Sie blickte ihn ungläubig an.

«Machst du Scherze? Du willst doch nicht wirklich nach Neapel fliegen?!»

«Wieso denn nicht? Immerhin hat mir unser Polizeichef Bäumler persönlich empfohlen, ich solle wieder einmal Urlaub machen.»

«Du bist wirklich verrückt, weißt du das?»

Er grinste sie breit an.

«Das kann schon sein. Aber es wird Zeit, dass wir endlich damit anfangen, den einen oder anderen Stein umzudrehen. Bevor ich diesen Commissario treffe, werde ich noch der Ehefrau von Rocco Esposito einen Besuch abstatten. Mal sehen, wie sie auf meinen Besuch reagieren wird. Ach ja, da ist noch etwas. Sag diesem Russo bitte, dass er meinen angekündigten Besuch mit der nötigen Diskretion behandeln soll. Ich will nicht, dass auf unserer Dienststelle jemand etwas von meiner kleinen Ferienreise in den Süden erfährt.»

# KAPITEL 31

Nicos matte Augen blickten Jan abwesend durch das dicke Sicherheitsglas an. Sein unrasiertes Gesicht war blass, seine Wangen wirkten eingefallen.

«Wie geht es dir, Nico?», fragte Jan, wenngleich er sich die Antwort bereits denken konnte.

«Wie soll es mir denn schon gehen ...»

«Gibt es etwas, das ich für dich tun kann?»

Nico hob ruckartig den Kopf und blickte ihn plötzlich mit erstaunlich wachen Augen an.

«Da gibt es tatsächlich etwas. Und zwar kannst du mich endlich aus diesem verfluchten Loch herausholen», zischte er. «Ich habe Bernauer verdammt noch mal nicht getötet. Und das weißt du genauso gut wie ich. Lass mich nicht hier drinnen für etwas verrotten, das ich nicht getan habe!»

Während er sprach, rutschte er nervös auf seinem Stuhl hin und her und blickte sich mit wirren Augen um. Nico kam Jan wie ein gefangenes Raubtier vor, das verzweifelt nach einem Ausweg suchte.

«Das versuche ich ja. Aber das ist nun mal nicht so einfach. Du könntest mir übrigens ruhig etwas dankbarer sein, ich riskiere hier nämlich gerade meinen Job für dich.»

Doch Nico schien Jan nicht mehr zuzuhören. In seiner eigenen Welt gefangen, entgegnete er: «Wenn du mich hier nicht bald rausholst, dann wird es eben dieser von Sternenberg machen. Der Typ ist ein verdammt guter Anwalt.»

Ein fast kindliches Kichern entwich seiner Kehle, und Jan fragte sich, ob Nico vielleicht kurz davorstand, hier drinnen völlig durchzudrehen. Es gab viele Menschen, die nicht damit klarkamen, plötzlich eingesperrt zu sein. Das hatte er schon mehr als einmal erlebt.

«Von Sternenberg hat mir heute Morgen sowieso geraten, mit niemandem mehr außer ihm über diese Sache zu sprechen. Auch mit dir nicht.»

Jan blickte seinen Freund irritiert an. «Wieso solltest du denn nicht mehr mit mir über den Fall sprechen? Findest du das nicht etwas seltsam?»

Nico kicherte erneut und nickte dabei heftig.

«Seltsam? Was weiß ich. Wahrscheinlich traut er dir ganz einfach nicht über den Weg, weil du ein Bulle bist. Vielleicht mag er keine Bullen. Ich könnte es ihm nicht verübeln. Geht mir nämlich genauso. Abgesehen davon habe ich nicht viel von dem verstanden, was dieser aufgeblasene Lackaffe heute Morgen sonst noch alles zusammengelabert hat. Sein dämliches Geschwätz hat mich nicht sonderlich interessiert. Aber eines habe ich ihm gleich klargemacht: Ich lasse mir nicht vorschreiben, mit wem ich spreche. Ob es dem Herrn Anwalt gefällt oder nicht. Genau so habe ich ihm das gesagt. Und nun bringt mich endlich in meine Zelle zurück, ihr miesen, gekauften Systemsklaven, ich habe meinem vermeintlichen Freund hier nichts Weiteres zu sagen!»

Nico war während seiner Tirade immer aufgebrachter geworden. Seine Stimme überschlug sich, und er knallte den Hörer der Gegensprechanlage mehrfach gegen die Glasscheibe. Zwei Beamte, in einer Ecke dem wirren Schauspiel folgend, fackelten nicht lange und brachten Nico, der sich nicht dagegen wehrte, in dessen Zelle zurück. Jan, der die ganze Zeit über geschwiegen hatte, blieb ratlos zurück.

## KAPITEL 32

Jan rümpfte die Nase. Die Luft im Zimmer war muffig und roch nach abgestandenem Zigarettenrauch. Er öffnete eines der Fenster und blickte sich um. Die Matratze des Betts sah stark durchgelegen aus. Aber ansonsten war das Zimmer sauber und zweckmäßig eingerichtet. Es war zwar kein Ort für ein romantisches Wochenende zu zweit, aber gut genug für seine Zwecke. Nachdem er seine Reisetasche ausgepackt hatte, machte er sich auf den Weg. Es galt keine Zeit zu verlieren. Als er den Eingangsbereich der Pension durchschritt, war Matteo, der Rezeptionist, in ein Buch vertieft und schien ihn nicht weiter zu bemerken, was Jan, dem nicht nach Schwatzen zumute war, durchaus entgegenkam.

Auf der Piazza Municipio angekommen, winkte er ein vorbeifahrendes Taxi heran, das zum großen Ärger der anderen Verkehrsteilnehmer sofort abbremste und direkt vor ihm anhielt. Dabei blockierte es die Fahrbahn und provozierte umgehend ein wildes Hupkonzert. Der Fahrer rollte gelassen das Seitenfenster herunter und ignorierte die hinteren Fahrzeuge. Er rief ihm etwas zu, von dem Jan jedoch nicht ein Wort verstand. Vermutlich sprach er in einem neapolitanischen Dialekt und hatte ihn nach dem Ziel seiner Fahrt gefragt. Also las er ihm die Adresse vor, die ihm Valérie auf einen Zettel geschrieben hatte. Der Fahrer nickte und bedeutete ihm mit einer Handbewegung, im hinteren Teil des Taxis Platz zu nehmen. Kaum hatte Jan sich hingesetzt, ging es auch schon los. Während der Fahrt ignorierte der Fahrer mit einer bewundernswerten Konsequenz sämtliche Rotlichter, die in dieser Stadt für ihn nur symbolischen Charakter zu haben schienen. Als sie schließlich am Ziel ihrer Fahrt angekommen waren, stieg Jan erleichtert aus. Der Fahrer, der sich ausgiebig für sein großzügiges Trinkgeld bedankte, zeigte auf ein Einfamilienhaus auf der gegenüberliegenden Straßenseite. Das war also Espositos Haus. Sie befanden sich in einem der Vororte Neapels, wo sich die Kluft zwischen Arm und Reich nicht hinter historischen Palazzi, prunkvollen Kirchen und schicken Restaurants verstecken konnte. Jan überquerte die stark befahrene Straße und blieb einen Augenblick lang nachdenklich vor dem geschlossenen Eisentor stehen. Rocco Esposito war der einzige noch lebende Mensch, der wusste, was sich damals zugetragen hat. Als Jan die Klingel drückte, begann sein Herz schneller zu klopfen. Es dauerte nicht lange, da wurde das Einfahrtstor geöffnet. Er schritt durch den ungepflegten Vorgarten und blieb vor der Haustür stehen. Als jedoch nicht diese, sondern die Balkontür im ersten Stock geöffnet wurde, blickte er hoch und sah in das misstrauische Gesicht einer älteren Dame.

«Wer sind Sie?», fragte sie auf Italienisch.

«Guten Tag, Signora. Mein Name ist Jan Pratt. Ich bin von der Polizei in Zürich und suche einen gewissen Rocco Esposito, der hier wohnen soll», sagte er. Als er Espositos Namen erwähnte, veränderte sich ihr Gesichtsausdruck unmerklich.

«Sie haben sich wohl im Haus geirrt. Hier wohnt niemand mit diesem Namen», sagte sie unwirsch. «Und nun gehen Sie bitte. Ich habe noch zu tun.»

«Bitte, Signora. Ich will ihm nur ein paar Fragen stellen, dann werde ich sofort wieder verschwinden.»

«Können Sie nicht hören? Ich habe Ihnen doch gesagt, dass Sie verschwinden sollen. Hier wohnt kein Rocco Esposito!» Er konnte ihr die Nervosität förmlich ansehen, es war offensichtlich, dass sie ihn anlog. Er nahm seine Brieftasche und holte eine Karte hervor.

«Ich lege Ihnen meine Karte in den Briefkasten. Sagen Sie Rocco, dass ich mit ihm über seine Zeit in der Schweiz sprechen will. Und was dort geschehen ist. Das ist alles.»

Dann steckte er die Karte in den Briefkasten und ging einige Schritte zurück. Er blickte hoch. Aber es war niemand zu sehen, die Frau war wieder im Haus verschwunden. Er ging an einem alten Fiat vorbei, der vor dem Haus geparkt war, und verschwand durch das Tor.

Vielleicht hätte er die Sache mit Rocco Esposito doch etwas vorsichtiger angehen sollen. Kein Wunder, dass die Frau so aufgebracht war. Er war einfach vor ihrem Haus aufgetaucht und hatte merkwürdige Fragen gestellt.

Während er seinen Gedanken nachhing, hielt plötzlich ein Auto auf seiner Höhe an. Es war der blaue Fiat, den er vorhin im Innenhof des Hauses gesehen hatte. Die Beifahrertür wurde geöffnet, und ein braun gebrannter, grauhaariger Mann mit verwittertem Gesicht blickte ihn an.

«Sind Sie dieser Mann aus der Schweiz, der mit Rocco Esposito sprechen wollte?»

Der Motor des Wagens stotterte unregelmäßig.

«Wieso? Kennen Sie ihn?», fragte Jan misstrauisch und ging einige Schritte zurück.

«Vielleicht. Vielleicht aber auch nicht. Anna sagte mir, dass Sie mit ihm über eine bestimmte Geschichte sprechen wollten. Etwas, das vor vielen Jahren in der Schweiz passiert ist.»

Er nahm an, dass Anna die Frau auf dem Balkon war, die ihn vorhin zum Teufel geschickt hatte.

«Das kann schon sein. Aber bevor ich Ihnen mehr erzähle, möchte ich gerne wissen, wer Sie sind.»

Der Mann musterte ihn einen Augenblick lang. Er schien sich in einem Zwiespalt zu befinden. Dann entspannten sich seine Gesichtszüge, und er wedelte mit der Karte, die Jan vorhin in den Briefkasten gelegt hatte.

«Ich bin Rocco Esposito. Wir müssen reden. Also steigen Sie ein.»

Vielleicht war es nicht gerade das Klügste, in dieser Stadt einfach in ein fremdes Auto einzusteigen. Aber es blieb ihm wohl nichts anderes übrig. Also setzte er sich auf den Beifahrersitz. Esposito wendete das Auto und durchquerte dabei zwei durchgehende Sicherheitsstreifen. Dann fuhr er wortlos gen Norden.

«Wohin fahren wir?»

«An einen Ort, an dem wir uns in Ruhe unterhalten können», antwortete Esposito knapp. Kurz darauf fuhr er auf einen verlassenen Parkplatz und stellte den Motor ab.

«Und jetzt raus mit der Sprache. Wer sind Sie wirklich? Hat Catanzaro Sie geschickt?», fragte er mit scharfer Stimme. Mit der linken Hand klaubte er eine Pistole hervor, die in der Seitentasche seiner Jeansjacke verstaut gewesen war, und begann damit auf Jan zu zielen.

«Nun machen Sie mal langsam und stecken das Ding wieder weg. Niemand schickt mich, und ich kenne auch niemanden, der Catanzaro heißt», erklärte Jan mit ruhiger Stimme. «Ich nehme an, das war Ihre Frau, mit der ich vorhin gesprochen habe. Hat sie Ihnen nicht erzählt, dass ich von der Zürcher Polizei bin?»

Esposito lachte auf. «Das hat sie. Aber sie hat Ihnen nicht geglaubt. Und das tue ich auch nicht. Weshalb sollte sich die Zürcher Polizei nach so vielen Jahren plötzlich für diese alte Geschichte interessieren?»

Jan entschied sich spontan dafür, ihm die Wahrheit zu erzählen.

«Ehrlich gesagt bin ich nicht dienstlich hier, sondern in eigener Sache.»

«Und was wollen Sie von mir?»

«Ich will wissen, was damals passiert ist, als Sie in der Schweiz für einen gewissen Theodor Bernauer gearbeitet haben.» Ihm entging das kurze Zucken in Espositos Augen nicht, als er Bernauers Namen erwähnte. «Vor einigen Wochen wurde sein einziger Sohn in Zürich erschossen.»

«Theodor Bernauers Sohn wurde erschossen? Ich habe ihn damals mit seiner Mutter zusammen auf einer unserer Baustellen gesehen. Aber da war er noch ein Kleinkind. An seinen Namen kann ich mich leider nicht mehr erinnern. Und nun sagen Sie mir, dass er tot ist? Das mag ja traurig sein, aber ich kann Ihnen nicht ganz folgen, was das mit der alten Geschichte zu tun haben soll?»

«Nun, Sie können sich sicher noch an einen Vermesser namens Martin Bühler erinnern, der vor vierzig Jahren bei einem Arbeitsunfall ums Leben gekommen ist. Wenn ich mich nicht täusche, haben Sie und de Santo damals vor Gericht den alten Bernauer belastet. Und kurz darauf haben Sie dann Ihre Aussagen wieder zurückgezogen.»

Sein Gesicht blieb regungslos.

«Ich verstehe nicht ganz, worauf Sie hinauswollen.»

«Kai Bernauer, Theodor Bernauers Sohn, wurde erschossen, und Martin Bühlers einziger Sohn Nico ist der Hauptverdächtige. Er wird von der Staatsanwaltschaft des Mordes beschuldigt, aus Rache an der Familie Bernauer. Und es sieht gegenwärtig ziemlich übel für ihn aus.»

«Das mag ja alles sein. Aber ich verstehe nicht, was Sie von mir wollen», sagte er und steckte die Pistole in seine Jackentasche zurück. Dann kurbelte er das Seitenfenster herunter und zündete sich eine Zigarette an.

«Ich bin hier, weil ich von Ihnen erfahren möchte, wer hinter dem angeblichen Unfalltod von Martin Bühler steckte. Ich glaube nämlich, dass es einen Zusammenhang zwischen dem Tod von Martin Bühler und dem Mord an Kai Bernauer gibt. Und Sie sind der einzige Zeuge, der mir noch erzählen kann, was damals wirklich geschehen ist.»

Ein keuchendes Lachen erklang. Esposito blies nachdenklich den Zigarettenrauch zum Fenster hinaus und blickte gedankenversunken in die Ferne. Dann begann er zu sprechen.

«Ich kannte Martin Bühler damals recht gut. Er war unser Vermesser und ein wirklich feiner Kerl. Bühler, de Santo und ich waren ein eingespieltes Team und in dieser Zeit viel zusammen unterwegs. Wissen Sie, Martin war einer von den wenigen in Bernauers Firma, der zu uns italienischen Arbeitern immer sehr anständig war. Aber dann hat er einen großen Fehler begangen. Er hat sich mit Bernauers Frau eingelassen. Giuseppe und ich hatten ihn damals gewarnt und ihm immer wieder gesagt, dass er die Finger von ihr lassen solle. Aber er wollte einfach nicht auf uns hören. Ich schätze, dass er wohl bis über beide Ohren in sie verliebt war.»

«Martin Bühler hatte eine Affäre mit Theodor Bernauers Frau?»

«Ich glaube nicht, dass es für die beiden nur irgendeine Affäre war. Wenn Sie mich fragen, haben sie es wirklich ernst miteinander gemeint. Ich kann mich daran erinnern, dass Bühler kurz vor seinem Tod mit mir darüber gesprochen hat, sich mit Bernauers Frau und seinem Sohn Nico ins Ausland abzusetzen. Sie wollten sich zusammen ein neues Leben aufbauen. Aber dann ist alles anders gekommen.»

«Hat er Ihnen gesagt, wohin sie vor Bernauer fliehen wollten?»

Esposito schüttelte den Kopf. «Nein, wohl irgendwo in den Süden, nehme ich an. Vielleicht nach Spanien, woher ihre Familie ursprünglich stammte. Aber das ist nur eine Vermutung von mir.»

Jan sah ihm an, dass es ihm noch immer schwerfiel, über die damaligen Geschehnisse zu sprechen. Aber er wusste, dass dies die letzte Chance war, zu erfahren, was vor über vierzig Jahren tatsächlich vorgefallen war.

«Und was ist danach geschehen?», fragte er.

Esposito wartete einige Sekunden, bis er mit stockender Stimme weitersprach.

«Es kam, wie es kommen musste. Eines Tages kam ihnen der alte Bernauer auf die Schliche. Und von diesem Tag an war Bühler bereits ein toter Mann. Ich denke bis heute fast jeden Tag an den regnerischen Morgen, als Martin zu Giuseppe und mir sagte, dass Bernauer ihn allein zu dem abgesperrten Hang zur Vermessung geschickt hatte. Bühler ahnte, dass dabei etwas nicht stimmte, und er hatte ein ungutes Gefühl. Auch uns war sofort klar, dass da etwas faul war. Deshalb haben wir ihn auch davor gewarnt, diesen Auftrag auszuführen. Aber Bühler wollte nicht auf uns hören. Sie müssen wissen, dass ihm Bernauer damals eine unglaublich hohe Summe dafür bezahlt hat. Er sagte uns, dass er das Geld dringend brauche, um sich endlich ins Ausland absetzen zu können. Wie sich herausstellte, war es eine Falle.»

Esposito schnippte die Zigarette aus dem Fenster und zündete sich sogleich eine neue an.

«Haben Sie der Polizei damals von der Affäre zwischen Bühler und Bernauers Frau erzählt?»

Er schüttelte den Kopf.

«Nein, wir wollten seine Frau da nicht auch noch mit hineinziehen. Sie hatte es damals schwer genug, nachdem Bühler tot war. Bernauer hat ihr das Leben zur Hölle gemacht. Er hat ihr nie verziehen, dass sie ihn hintergangen hat. Irgendwann hat sie das alles nicht mehr ausgehalten und sich im Keller ihres eigenen Hauses erhängt. Die Liebe zwischen ihr und Bühler hat damit ihr trauriges Ende gefunden ...»

«Sie waren damals doch bereits wieder in Neapel, wie haben Sie dann von ihrem Selbstmord erfahren?»

«Giuseppe hat mich eines Tages angerufen und es mir erzählt. Ihr Selbstmord hat ihn damals ziemlich mitgenommen. Sie war eine herzensgute Frau, und wir Arbeiter mochten sie. Als er mir am Telefon davon erzählte, war er richtig aufgelöst. Hat die ganze Zeit über geschluchzt. Ich schätze, das war ein Jahr nach Bühlers Tod.»

Jan nickte nachdenklich.

«Eine Frage lässt mich einfach nicht los. Weshalb haben Sie Ihre Aussage plötzlich widerrufen?»

«Wissen Sie, Bühler war unser Freund und wir wollten Bernauer damit auf keinen Fall davonkommen lassen. Deshalb haben wir damals vor Gericht ausgesagt, dass es Bernauer war, der Bühler an den gesperrten Baustellenabschnitt geschickt hat und dass er Bühlers Tod damit im besten Fall in Kauf nahm; wenn er nicht sogar schlimmere Absichten hatte.»

«Wurden Sie damals bedroht, damit Sie Ihre Aussagen zurückziehen?», fragte Jan. Esposito blickte ihn einen Moment lang erstaunt an, bevor er antwortete.

«Damals gab es diesen Kerl in Bernauers Firma ... Sein Name war Romano Catanzaro. Sein brutales Gesicht und seine eiskalten Augen habe ich bis heute nicht vergessen. Er stammte wie ich aus Neapel. Aber er war kein Arbeiter, sondern ein finsterer Typ, der dafür da war, Bernauers dreckige Arbeit zu erledigen. Keiner von uns wollte etwas mit ihm zu tun haben, denn er war ein rücksichtsloser und brutaler Schläger, der keine Skrupel kannte, wenn es wieder einmal darum ging, für Theodor Bernauer ein Hindernis aus dem Weg zu räumen.»

«Sie sagen, sein Name war Romano Catanzaro?»

«Jedenfalls hat er sich damals so genannt. Ich weiß nicht, ob es sein richtiger Name war.»

«Und er war es, der Sie damals dazu brachte, Ihre Aussagen gegen Theodor Bernauer zu widerrufen?»

Esposito nickte schuldbewusst.

«Eines Morgens kam er zu uns auf die Baustelle und sagte, dass er uns ein Angebot unterbreiten wolle. Sollten wir unsere Aussagen widerrufen, würde eine ansehnliche Summe auf uns warten. Mehr Geld, als wir uns erträumen könnten, ganz bestimmt mehr, als wir in zehn Jahren harter Arbeit auf Schweizer Baustellen verdienen würden. Aber wir weigerten uns, sein dreckiges Geld anzunehmen. Wir wollten, dass Bernauer seine gerechte Strafe erhielt für das, was er Bühler angetan hatte. Aber dann begann Catanzaro, unsere Familien zu bedrohen, die wir in Italien zurückgelassen hatten. Er zeigte uns Fotografien von Kindern unserer Verwandten, wie sie vor ihren Schulgebäuden herumtollten. Wir gerieten in Panik. Er wusste über uns Bescheid, er wusste, wie er uns unter Druck setzen konnte. Was hätten wir denn tun sollen? Wir mussten unsere Familien beschützen.»

«Was ist danach aus diesem Catanzaro geworden? Haben Sie ihn jemals wiedergesehen?»

Er schüttelte den Kopf.

«Nein, ich habe nie wieder etwas von ihm gehört. Aber wie ich Ihnen bereits erzählt habe, rief mich ein Jahr, nachdem ich nach Neapel zurückgekehrt war, Giuseppe an, um mir vom Selbstmord von Bernauers Frau zu erzählen. Er redete wirres Zeug, dass Bernauer der leibhaftige Teufel sei und er nicht mehr länger mit dieser Lüge leben könne, weil er sonst selbst in der Hölle enden werde. Giuseppe war schon immer ein sehr sensibler Mensch. Und deswegen litt er wohl auch mehr unter dieser Geschichte als ich. Seine Schuldgefühle haben ihn zerfressen. Er sagte mir, dass er bei der Polizei eine

Aussage machen werde, damit endlich die ganze Wahrheit über Bühlers Tod ans Licht käme. Nur so könne er endlich wieder seinen Seelenfrieden finden. Ich warnte ihn eindringlich davor und sagte ihm, dass er kurz davorstehe, einen sehr großen Fehler zu begehen. Dass man mit diesen Leuten nicht spaßen könne. Aber er ließ sich von mir nicht umstimmen. Seine Schuldgefühle waren wohl einfach zu groß.»

«Haben Sie danach nochmals mit ihm gesprochen?»

«Nein, aber einige Tage später erfuhr ich aus der Zeitung, dass er bei einem tragischen Autounfall ums Leben gekommen ist.»

Esposito lachte bitter.

«Denken Sie, dass Catanzaro hinter dem Tod Ihres Freundes steckt?»

«Ich weiß es nicht. Aber dass Giuseppe, kurz nachdem er sich dazu entschlossen hatte, eine Aussage bei der Polizei gegen Bernauer zu machen, bei einem Autounfall ums Leben kommt, ist ja wohl ein sehr großer Zufall. Ich bin überzeugt, dass Catanzaro dahintersteckt. Deshalb bin ich damals auch untergetaucht und habe mich ins Ausland abgesetzt. Aber dort habe ich es nicht lange ausgehalten.»

«Es tut mir aufrichtig leid, was Ihrem Freund zugestoßen ist. Aber wenn dieser Catanzaro noch lebt, dann müssen wir ihn finden.»

Esposito blickte ihn abweisend an.

«Meinetwegen tun Sie das. Aber lassen Sie mich dabei aus dem Spiel. Ich habe Ihnen so gut ich konnte geholfen. Ich will nicht wie Giuseppe enden. Ich habe eine Frau, Kinder und inzwischen auch schon Enkelkinder. Wenn die erfahren, dass ich mit Ihnen gesprochen habe, dann bin ich ein toter Mann. Ich wünsche Ihnen viel Glück, Herr Pratt, das tue ich wirklich. Aber lassen Sie sich hier nie wieder blicken. Ich will mit dieser Sache nichts mehr zu tun haben.»

# KAPITEL 33

Francesco Russos imposantes, aber nur spärlich eingerichtetes Büro hatte eine auffallend hohe Decke. Der Boden bestand aus quadratischen, bereits deutlich abgeschliffenen Marmorplatten. Der Raum wirkte kühl und war mit klaren Linien versehen. Er war unverkennbar ein Produkt der faschistischen Architektur der Zwanzigerjahre des letzten Jahrhunderts, die damals vor allem eines bezwecken sollte: den damaligen Besuchern die unerschütterliche Größe des italienischen Staates vor Augen zu führen. Francesco Russo saß gelassen hinter einem wuchtigen Schreibtisch. Er hatte seine Hände ineinander verschränkt und musterte seinen Gast interessiert. Dabei hatte er den Anflug eines lausbubenhaften Lächelns auf seinen Lippen.

«So nehmen Sie doch bitte Platz, Herr Pratt», sagte er jovial und stand schließlich auf, um ihm die Hand zu schütteln. Während er sprach, hallte seine sonore Stimme im Raum wider.

«Ich habe von der Signorina Jossen erfahren, dass Sie mich unbedingt treffen wollten. Darf ich mir an dieser Stelle die Bemerkung erlauben, dass sie eine außerordentlich tüchtige und sehr hartnäckige Polizistin zu sein scheint», sagte Russo anerkennend.

«Ich kann Ihnen da nur beipflichten. Sie gehört ohne Zweifel zu unseren talentiertesten Nachwuchskräften», antwortete Jan nicht ohne einen Anflug von Stolz.

«Das freut mich für Sie. Denn unglücklicherweise ist es heutzutage nicht mehr einfach, junge Talente für die Polizeiarbeit zu begeistern. Der Zeitgeist ist nicht auf unserer Seite, mein lieber Freund. Aber ich schweife ab. Darf ich fragen, was mir die Ehre Ihres Besuchs verschafft?»

«Natürlich, ich erlaube mir, gleich auf den Punkt zu kommen», antwortete er und berichtete in kurzen Worten über den Stand seiner Ermittlungen im Mordfall Kai Bernauer. Dabei ließ er auch seine Nachforschungen im Walliser Gerichtsarchiv und sein gestriges Treffen mit Esposito nicht aus. Russo hörte ihm die ganze Zeit über aufmerksam zu und machte sich hin und wieder Notizen. Als Jan seinen Bericht beendete, blickte ihn Russo nachdenklich an.

«Ich verstehe. Und nun wollen Sie also etwas über Romano Catanzaro erfahren», stellte er fest.

«So ist es. Er könnte der Schlüssel zu unserem Fall sein.»

«Was hat Ihnen Rocco Esposito sonst noch alles über diesen Catanzaro erzählt?»

«Leider nicht viel mehr, als ich Ihnen bereits gesagt habe. Außer, dass er wie Esposito aus Neapel stammt. Und dass er sich in den Siebzigerjahren in der Schweiz aufhielt, wo er angeblich für den Vater unseres Mordopfers die Drecksarbeit erledigte.»

Der Commissario blickte ihn fragend an.

«Was meinen Sie genau mit Drecksarbeit?»

Jan zuckte mit den Schultern.

«Einschüchterung von Geschäftspartnern, Drohungen gegen gewerkschaftlich organisierte Arbeiter und so weiter. Probleme, die schnell und unkompliziert aus dem Weg geräumt werden sollten.»

«Ich verstehe. Dieser Theodor Bernauer war also nicht gerade ein Bauunternehmer der zimperlichen Sorte. Aber davon gab es damals leider viele. Auch in unserem Land. Wie kommen Sie denn darauf, dass der Mord an seinem Sohn etwas mit den damaligen Geschäften seines Vaters zu haben könnte, die rund vierzig Jahre zurückliegen?»

Er dachte einen Augenblick nach, ob er Russo in seine Theorie einweihen sollte, und entschied sich schließlich dafür.

«Es ist zwar bis jetzt nur eine Vermutung von mir, die ich nicht beweisen kann. Aber was wäre, wenn Theodor Bernauer nicht nur ein etwas rücksichtsloser Bauunternehmer gewesen ist, sondern auch noch in andere Geschäfte verwickelt war?»

«Sie sprechen von illegalen Geschäften?»

«Wie gesagt, es ist bis jetzt zwar nur eine reine Spekulation, aber Kai Bernauer hat nach dem Tod seines Vaters sein Bau- und Immobiliengeschäft übernommen. Was wäre, wenn er damals nach dem Tod seines Vaters auch noch die illegalen Aktivitäten von ihm übernommen hätte? Das würde seine Ermordung in einem völlig anderen Licht erscheinen lassen.»

Russo schien einen Moment lang nachzudenken. Dann schloss er abrupt sein Notizbuch und stand auf.

«Ich danke Ihnen für Ihre Offenheit, Herr Pratt. Leider bin ich heute beschäftigt. Aber ich will sehen, was ich für Sie tun kann. Kommen Sie doch bitte morgen Nachmittag nochmals in mein Büro. Ich bin sicher, dass ich dann mehr Zeit für Sie haben werde. Sagen wir um vier Uhr?»

Er blickte Russo einen Moment lang irritiert an. Warf der Commissario ihn gerade aus seinem Büro?

«Ich werde pünktlich hier sein.»

Etwas in ihm sagte ihm, dass Russo den Namen Romano Catanzaro nicht zum ersten Mal gehört hatte.

«Wir sehen uns morgen Nachmittag, Herr Commissario», verabschiedete er sich und ging.

Als er am nächsten Morgen aufwachte, drehte er sich schwerfällig zur Seite, bevor er schlaftrunken auf seine Uhr blickte. Es war kurz nach halb zehn Uhr morgens. Er hatte also über zwölf Stunden geschlafen. Er konnte sich nicht daran erinnern, wann er das letzte Mal so lange im Bett geblieben war. Die Morgensonne schien durch das Fenster in sein Gesicht und von der Piazza her drang der Lärm des Straßenverkehrs in sein Zimmer. Schon lange hatte er sich nicht mehr so entspannt und ausgeruht gefühlt. Nachdem er sich frisch gemacht hatte, verließ er gut gelaunt sein Zimmer und ging nach unten.

«Guten Morgen, Signor Pratt. Ich hoffe, Sie hatten eine angenehme Nacht», begrüßte ihn Matteo und blickte dabei wie gewohnt in sein Buch. Jan fragte sich, wie er es nur fertigbrachte, die Gäste zu erkennen, ohne dabei seinen Blick zu heben. Aber das würde wohl Matteos Geheimnis bleiben.

«Danke, alles bestens», antwortete er und blickte sich suchend um.

«Wenn Sie den Frühstücksraum suchen, der befindet sich im Untergeschoss», klärte ihn Matteo auf.

«Danke. Aber ich möchte eigentlich nur eine Tasse Kaffee. Ich hab's nämlich nicht so mit Frühstück.»

«Dann haben wir etwas gemeinsam», entgegnete Matteo und stand auf. Er ging hinter die Bar, wo er ihm wortlos eine Tasse Espresso machte und diese auf die Theke stellte. «Geht aufs Haus», sagte er und ging zur Rezeption zurück, wo er sofort wieder damit begann, in seinem Buch zu lesen. Das musste wohl ein verdammt spannendes Buch sein.

«Ich lerne für meine Abschlussprüfung an der Universität, falls Sie sich gerade fragen, warum ich immer in diesen Schmöker vertieft bin», sagte Matteo plötzlich. Es war unglaublich. Der Kerl konnte auch noch Gedanken lesen.

«Na dann wünsche ich Ihnen viel Glück bei der Prüfung», antwortete Jan anerkennend und verließ das Hotel.

Die nächsten Stunden verbrachte er damit, ziellos durch die engen Gassen von Neapels Altstadt zu schlendern. Er hatte diese Stadt sofort in sein Herz geschlossen. Das Mittagessen nahm er in einem kleinen Restaurant ein, das sich damit brüstete, einst den amerikanischen Präsidenten Bill Clinton als Gast bewirtet zu haben. Danach besuchte er das archäologische Nationalmuseum, in dem eine der bedeutendsten archäologischen Sammlungen der Welt untergebracht war. Als er fasziniert durch die Hallen des alten Gebäudes schritt, wünschte er sich auf einmal, Emily und Léonie könnten bei ihm sein. Doch schon bald rief ihn wieder die Pflicht. Pünktlich um vier Uhr nachmittags befand er sich in Russos Büro.

«Mein lieber Kollege Pratt. Es ist schön, Sie wiederzusehen», begrüßte ihn der Commissario. «Setzen Sie sich doch bitte. Ich hoffe, Sie hatten einen angenehmen Tag in Neapel.»

«Das hatte ich, danke der Nachfrage.»

«Das freut mich. Aber ich will Sie nicht länger auf die Folter spannen. Ich habe gute Nachrichten. Dieser Romano Catanzaro, über den wir uns gestern unterhalten haben, ist bei uns kein Unbekannter. Er steht seit vielen Jahren auf der Fahndungsliste der italienischen Polizei.»

Er blickte den Commissario schmunzelnd an.

«Bei allem Respekt, es war mir schon gestern klar, dass Catanzaro für Sie ein Begriff ist.»

Russo lachte und hob dabei entwaffnend seine Arme.

«Ich sehe, dass man Ihnen so schnell nichts vormachen kann, Herr Pratt. Was hat mich verraten? Das abrupte Ende unserer Unterhaltung? Ich möchte Sie um Verzeihung bitten, der Grund für meine gestrige Zurückhaltung ist banal. Bevor ich Sie über Catanzaro in Kenntnis setzen konnte, brauchte ich eine Autorisierung von meinen Vorgesetzten in Rom.»

«Ihre Behörde pflegt einen äußerst hierarchischen Dienstweg. Finden Sie nicht auch?»

«Manchmal sind die Dinge in unserem Land eben etwas komplizierter als anderswo», sagte er entschuldigend. «Aber ich kann Sie beruhigen. Rom hat mir heute Morgen grünes Licht gegeben und mir die Kompetenz für eine volle Kooperation mit Ihnen erteilt.»

Das waren die Neuigkeiten, auf die Jan gehofft hatte.

«Dann bin ich gespannt, was Sie mir über ihn erzählen können.»

# KAPITEL 34

«Romano Catanzaro trat im Alter von zwanzig Jahren das erste Mal in unseren Akten in Erscheinung. Nachdem er in Rom an einer unbewilligten Protestkundgebung gegen den Putsch des Militärs in Chile teilgenommen hatte, die in einer wilden Straßenschlacht mit den örtlichen Ordnungskräften endete, wurde er von der Polizei in Gewahrsam genommen. Er verbrachte daraufhin zwei Nächte in Untersuchungshaft und wurde dann wieder freigelassen, ohne dass es zu einer Anklage gegen ihn kam. Noch im selben Jahr begann er sein Studium an der Universität von Neapel, wo er als ein unauffälliger, aber strebsamer Student galt. Dennoch wurde die Polizei bald erneut auf ihn aufmerksam, denn er schloss sich der linken Studentengruppe des Anarchisten Franco Bertolini an, der zu diesem Zeitpunkt bereits von der Polizei observiert wurde. Als im Frühjahr vierundsiebzig bei einer Demonstration gegen den neofaschistischen Terror in der norditalienischen Stadt Brescia eine Bombe acht Menschen tötete und über hundert verletzte, darunter auch Bertolinis jüngeren Bruder, beschloss die Gruppe, in den Untergrund zu gehen. Sie wollten den in ihren Augen unvermeidlichen bewaffneten Kampf gegen die Staatsmacht aufnehmen. Seit dem Tod seines Bruders hasste Bertolini das politische System Italiens kompromisslos. Er beschuldigte die Regierung, zusammen mit dem Militär und dem Geheimdienst einen Pakt mit faschistischen Kreisen eingegangen zu sein, um eine proletarische Revolution zu unterdrücken. Sein Plan war, das in seinen Augen völlig korrumpierte System Italiens von innen zu zerstören und einen Volksaufstand auszulösen. Um seine Idee zu finanzieren, schreckte er nicht davor zurück, ein temporäres

Zweckbündnis mit der lokalen Mafia einzugehen. Wie sagt man doch so schön? Der Zweck heiligt die Mittel.»

Jan blickte Russo entgeistert an.

«Möchtegernrevolutionäre, die sich mit kriminellen Banden verbünden? Davon habe ich noch nie gehört. Das klingt verrückt.»

«Verrückt vielleicht. Aber Italien war zur Zeit der Bleiernen Jahre ein zutiefst gespaltenes Land. Die politischen Lager standen sich unerbittlich gegenüber. Es herrschte eine Spirale von linker und rechter Gewalt in unserem Land, die sich immer stärker hochschaukelte und Italien in seinen Grundfesten erschütterte. Bertolini war ein Idealist und Träumer. Aber er war auch ein äußerst charismatischer Anführer, der seine kleine Gruppe von jungen Studenten für eine Revolution begeistern konnte, die in Wahrheit außer ein paar Einzelnen niemand wollte.»

«Und wie ist die Sache weitergegangen?»

«Anfangs liefen die Dinge wie vorgesehen. Mit dem Geld, das sie aus der Zusammenarbeit mit der Mafia verdienten, beschaffte Bertolini der Gruppe Waffen und Sprengstoff. Sein Plan schien aufzugehen. Doch nach einigen Monaten fand er heraus, dass Catanzaro Geld aus den kriminellen Machenschaften in seine eigene Tasche gesteckt hatte. Bertolini war darüber natürlich empört. Er stellte Catanzaro zur Rede und drohte ihm, ihn aus der Gruppe auszuschließen. Aber er und seine Getreuen machten einen großen Fehler, als sie die Macht des Geldes unterschätzten. Kurz darauf fand man nämlich nicht nur die Leiche von Bertolini, sondern auch die seiner engsten Weggefährten auf einer Müllhalde außerhalb Neapels. Sie waren an den Händen gefesselt mit Genickschüssen hingerichtet worden. Der Rest der Gruppe hatte sich Catanzaro angeschlossen. Die Polizei bekam einige Tage nach dem Fund der Leichen den anonymen Hinweis, dass er hinter dieser Tat steckte. Aber so genau interessierte das die Polizei damals nicht. Der Terrorismus forderte zu dieser Zeit unzählige Todesopfer und erschütterte die noch junge Demokratie. Niemand wollte ernsthaft wissen, wer Bertolini und seine Anhänger auf dem Gewissen hatte. Für die Staatsmacht bedeutete ihr Tod ein Problem weniger, um das man sich kümmern musste. Der Fall wurde deshalb schnell abgeschlossen und als eine interne Abrechnung innerhalb einer Gruppe von gewaltbereiten Anarchisten abgetan.»

«Und was geschah danach mit Catanzaro?»

«Er wurde mit seinen Leuten ein Teil der kriminellen Bande. Und in dem, was er tat, war er wohl gut. Er stieg schnell in der Hierarchie der Organisation auf. Aus einem idealistischen Revolutionär war schlussendlich ein brutaler und erbarmungsloser Krimineller geworden.»

Jan nickte und dachte darüber nach, was er gerade gehört hatte. Von Russo hatte er mehr über diesen Catanzaro erfahren, als ihm in Wahrheit lieb war. Er war zweifellos ein Mann, den man nicht unterschätzen sollte und der vermutlich nicht eine Sekunde lang davor zurückschreckte, unliebsame Zeugen für immer aus dem Weg zu räumen.

«Aber die Geschichte ist noch nicht zu Ende», wurde er vom Commissario aus seinen Gedanken gerissen. «Anfang 1977 hat ein von der italienischen Polizei eingeschleuster V-Mann unsere Ermittler darüber informiert, dass Catanzaro von der Organisation in die Schweiz geschickt wurde.»

Er horchte auf.

«Und war damals bekannt, weshalb er dorthin geschickt wurde?»

Russo lächelte vielsagend. «Nun, Sie haben doch gestern selbst Ihren Verdacht über Theodor Bernauers Verwicklung in kriminelle Aktivitäten ins Spiel gebracht.»

«Aber dabei dachte ich doch nicht gleich an die Mafia!»

«Es ist ein offenes Geheimnis, dass das italienische Verbrechersyndikat bereits in den Siebzigerjahren damit angefangen hat, seinen Gewinn aus verschiedensten kriminellen Aktivitäten im Ausland zu investieren. Darunter auch in der Schweiz. Dabei gingen sie äußerst diskret vor und bevorzugten legale und unauffällige Unternehmungen für ihre Investitionen, die sie aus dem Hintergrund kontrollieren konnten und mit denen sie den wahren Ursprung des Geldes verschleiern konnten.»

«Sie meinen Unternehmungen wie zum Beispiel ... eine Baufirma?»

Russo nickte. «Bauunternehmungen, Restaurants, Reisebüros, Wechselstuben, Immobilienfirmen, was immer Sie sich vorstellen können. Sie dürfen nicht vergessen, dass es sich um immense Summen handelte, die jedes Jahr durch Drogenhandel, Schutzgelderpressung und andere kriminelle Delikte verdient wurden.»

«Also glauben Sie, dass Romano Catanzaro der Mittelsmann einer neapolitanischen Verbrecherorganisation war, zuständig dafür, mithilfe von Theodor Bernauers Baufirma kriminelle Gelder legal in der Schweiz zu investieren?»

«Ich kenne die Details nicht. Aber meiner Meinung nach scheint das eine plausible Möglichkeit zu sein», antwortete Russo diplomatisch. Offenbar wollte er sich nicht mit Spekulationen aus dem Fenster lehnen.

«Haben Sie denn eine konkrete Idee, wo sich Romano Catanzaro zurzeit aufhalten könnte? Er muss inzwischen doch bereits fast siebzig Jahre alt sein.»

Russo schüttelte entschieden den Kopf und blickte ihn mit einem bedauernden Ausdruck an.

«Wir vermuteten damals, dass Catanzaro hinter dem angeblichen Unfalltod von Giuseppe de Santo steckte. Aber als wir damals mit Esposito sprechen wollten, verweigerte dieser die Aussage. Dann bekam er es scheinbar mit der Angst zu tun und tauchte unter. Catanzaro befand sich zu diesem Zeitpunkt bereits gar nicht mehr in Neapel.»

Jan dachte an die angsterfüllten Augen Espositos, als er den Namen Catanzaro erwähnt hatte.

«Einige Jahre später, nachdem Catanzaro wieder nach Neapel zurückgekehrt war, verschwand auch er plötzlich von der Bildfläche. In dieser Zeit kam es innerhalb seiner Organisation zu einem Machtkampf um die Führungsgewalt. Wir sind davon ausgegangen, dass er wahrscheinlich einer internen Säuberungswelle zum Opfer gefallen ist oder sich ins Ausland abgesetzt hat, denn wir haben danach nie wieder etwas von ihm gehört.» Er hob seine Augenbrauen. «Bis Sie gestern plötzlich hier aufgetaucht sind und sich nach ihm erkundigten.»

Jan war für einen Moment lang sprachlos und fragte sich ernsthaft, wo er hier hineingeraten war. Er konnte sich durchaus vorstellen, dass Theodor Bernauer ein korrupter Bauunternehmer gewesen war, bei alledem, was er über ihn gehört hat. Aber war er ebenfalls ein Mann gewesen, der mit der Mafia zusammenarbeitete? Das war doch verrückt. Im Moment schien sich alles in seinem Kopf zu drehen.

«Ich habe noch eine letzte Frage, bevor ich gehe. Haben Sie vielleicht eine Fotografie von Romano Catanzaro?»

«Ich habe mir ehrlich gesagt schon gedacht, dass Sie danach fragen werden», antwortete der Commissario und setzte wieder sein schelmisches Schmunzeln auf. Er öffnete seine Schublade und nahm daraus eine unscharfe Schwarzweißfotografie, die er ihm aushändigte. Jan musterte das Foto aufmerksam. Es zeigte einen etwa vierzigjährigen Mann mit schulterlangen, dunklen Haaren und einem pockennarbigen Gesicht, der mit zwei anderen Männern aus einer schwarzen Limousine ausstieg. Das Bild war vermutlich mit einer Weitwinkelkamera aus größerer Entfernung geschossen worden. Das war also der Mann, nach dem er suchte. Romano Catanzaro hatte stechende Augen und einen finsteren Blick, sein Erscheinungsbild strahlte etwas Bedrohliches aus. Er gehörte zu der Sorte von Menschen, denen man nur ungern nachts in einem dunklen Park über den Weg lief.

«Die Aufnahme wurde anfangs der Neunzigerjahre in Neapel aufgenommen, kurz bevor er von der Bildfläche verschwand. Es handelt sich dabei um eine Kopie. Sie können das Foto also gerne behalten. Betrachten Sie es als ein Geschenk der italienischen Regierung», sagte Russo mit dem Anflug eines Lächelns im Gesicht. Der Mann hatte eindeutig Humor. Jan steckte das Foto ein und stand auf.

«Ich danke Ihnen aufrichtig, Signor Commissario. Sie haben mir wirklich sehr geholfen.»

«Ich wünsche Ihnen viel Glück bei Ihrem Fall, Herr Pratt. Mehr kann ich im Moment leider nicht für Sie tun. Außer vielleicht, Ihnen noch einen guten Rat mit auf den Weg zu geben, und diesen sollten Sie sich wirklich zu Herzen nehmen: Passen Sie gut auf sich auf, wenn Sie in dieses Wespennest stechen. Mit diesen Leuten ist nicht zu spaßen. Sie gehen – ohne mit der Wimper zu zucken – über Leichen. Und das meine ich nicht sinnbildlich, sondern wortwörtlich. Denken Sie daran, dass sie inzwischen über mehr Einfluss und Macht verfügen, als Sie sich überhaupt vorstellen können. Auch in Ihrem Land. Machen Sie sich nichts vor ... Ich weiß, wovon ich spreche.»

Er steckte die Fotografie ein und schüttelte Russo die Hand.

«Ich werde Ihren Ratschlag nicht missachten», sagte er und verabschiedete sich.

# KAPITEL 35

«Ich kann einfach noch immer nicht verstehen, weshalb du Léonie bei meinem Vater wohnen lässt», schnaubte Jan und blickte Emily vorwurfsvoll an. Sie war bereits auf dem Sprung zur Arbeit und knöpfte hastig ihre Uniformjacke zu. Während seiner Tirade rollte sie entnervt mit den Augen.

«Das habe ich dir doch schon hundertmal erklärt. Und ich würde es noch ein weiteres Mal tun, wenn du in der Lage dazu wärst, mir zuzuhören. Ich habe es Léonie nur unter der Bedingung erlaubt, dass sie nicht länger als eine Woche bei ihm wohnen bleibt. Das ist doch kein großes Ding. Ich weiß gar nicht, weshalb du deswegen einen solchen Aufstand machst. Deine Tochter ist nun mal kein Kind mehr, Jan. Wann wirst auch du das endlich begreifen?» Er konnte den wachsenden Ärger auf ihrem Gesicht sehen. Aber das war ihm in diesem Moment egal.

«Darf ich dich daran erinnern, dass sie gerade mal siebzehn Jahre alt ist?», antwortete er.

«Genau. Und mit siebzehn Jahren ist man fast erwachsen, Jan.»

«Ich kenne meine Tochter. Léonie ist noch weit davon entfernt, erwachsen zu sein», protestierte er und bemerkte, wie seine Stimme mit jedem einzelnen Wort schriller geworden war. Er wusste, dass sie kurz davorstanden, ihre Meinungsverschiedenheit zu einem wüsten Streit eskalieren zu lassen. Emily presste ihre Lippen zusammen und blickte ihn erbost an. Sie atmete tief durch.

«Weißt du was? Manchmal habe ich das Gefühl, dass du einfach ein alter, engstirniger Mann geworden bist, der nicht loslassen kann», warf sie ihm an den Kopf. «Aber was soll's. Du wirst es sowieso nie kapieren. Also höre ich auf, meine

Zeit zu verschwenden, und beende unsere Diskussion. Ich muss jetzt sowieso los, ich bin schon viel zu spät dran.»

«Ach, und das ist jetzt wohl auch noch meine Schuld», entgegnete er gereizt, als es unverhofft an der Tür klingelte. Emily machte auf. Valérie stand im Flur und spähte sichtlich verlegen in die Wohnung. Sie schien in Gedanken abzuwägen, ob sie bleiben oder doch besser wieder gehen sollte. Sie konnte ihren Streit nur unschwer überhört haben.

«Hallo, Emily», sagte sie unsicher.

«Guten Morgen, Valérie. Komm nur herein», begrüßte Emily sie für seinen Geschmack etwas zu überschwänglich und gab ihr zur Begrüßung auch noch zwei Küsschen auf die Wangen.

«Ich wollte nicht stören. Wenn ihr wollt, kann ich gerne etwas später wiederkommen.»

«Aber ich bitte dich. Du störst doch nicht. Wenn du möchtest, kannst du meinen Ehemann direkt mitnehmen. Aber ich muss dich vorwarnen: Er ist heute unausstehlich.»

Sie war richtig in Fahrt gekommen, dachte er verärgert und seufzte innerlich auf. Valérie versuchte, so etwas wie ein Lächeln zustande zu bringen, und wusste offensichtlich nicht recht, was sie darauf antworten sollte. Ihr irritierter Blick wechselte zwischen ihm und Emily hin und her. Am liebsten hätte sie sich wohl gerade in Luft aufgelöst. Er konnte es ihr nicht verübeln.

«Ich muss jetzt los und euch heroischen Hüter des Gesetzes allein lassen», beendete Emily schließlich die unangenehme Situation. «Ach, und Jan?»

«Was?»

«Vergiss bitte nicht, dass ich heute Abend erst spät zurück sein werde. Im Kühlschrank ist eine Pizza zum Aufwärmen.»

«Geht in Ordnung», knurrte er. «Und pass bitte auf dich auf», fügte er an, denn auf einmal hatte er ein schlechtes Gewissen. Er wusste auch nicht, wie Emily es jedes Mal hinbekam, dass am Ende eines Streits immer er derjenige war, der sich schuldig fühlte.

«Ja, mache ich, keine Sorge. Und während ich weg bin, denk doch bitte nochmals in aller Ruhe darüber nach, was ich dir über Léonie gesagt habe.»

Mit diesen Worten verschwand Emily im Treppenhaus.

«Jaja, das werde ich», antwortete er widerwillig, aber da konnte sie ihn bereits nicht mehr hören. Als Emily gegangen war, machte er für sich und Valérie Kaffee und setzte sich zu ihr an den Küchentisch. Sie musterte ihn fragend.

«Ehekrach?», fragte sie schließlich.

Er zuckte mit den Schultern und nahm einen Schluck von seinem Kaffee.

«Nicht wirklich. Wir hatten nur eine kleine Meinungsverschiedenheit bezüglich der Erziehung unserer Tochter. Das Übliche halt», klärte er sie auf.

«Verstehe. Geht mich ja auch nichts an. Aber nun erzähl schon. Wie war deine Reise nach Neapel?»

«Also ich kann dir sagen, dass ich absolut begeistert bin. Neapel ist einfach eine großartige Stadt», antwortete er grinsend. Sie verzog genervt ihr Gesicht.

«Du weißt genau, was ich meine. Also erzähl schon endlich», sagte sie verärgert und schubste ihn mit dem Ellenbogen an. Er berichtete ihr von seinem Treffen mit Rocco Esposito und dem Commissario. Sie hörte ihm die ganze Zeit über aufmerksam zu. Als er mit seinem Bericht fertig war, gab er ihr das Foto, das er von Russo erhalten hatte. Sie blicke es lange an.

«Wer ist das?»

«Das ist ein altes Foto von Romano Catanzaro.»

Sie versuchte ihre Gedanken zu ordnen, bevor sie zu sprechen begann.

«Also noch mal von vorn, damit ich das richtig verstehe. Dieser Catanzaro soll also für eine neapolitanische Verbrecherorganisation gearbeitet haben. In den Siebzigerjahren ist er in die Schweiz gekommen, wo er die Herkunft von kriminellen Geldern aus dem Drogenhandel und anderen schmutzigen Geschäften durch Investitionen in legale Firmen verschleiern sollte. Außerdem ist anzunehmen, dass der Aufstieg von Theodor Bernauers Baufirma in den Siebzigerjahren mit dem plötzlichen Erscheinen von Romano Catanzaro zu tun hatte.»

Von der Straße erklang die schrille Sirene eines Krankenwagens. Jan stand hastig auf und schloss das Fenster. Dann wandte er sich wieder an Valérie.

«Das war die Kurzform. Aber es entspricht ziemlich genau dem, was ich glaube. Natürlich kann ich es noch nicht beweisen, trotzdem bin ich felsenfest davon überzeugt, dass Theodor Bernauer damals von Romano Catanzaro für das kriminelle Netz dieser Organisation angeworben wurde.»

Sie stieß einen leisen Pfiff aus.

«Das klingt alles ziemlich abenteuerlich. Ich kann mir wirklich nicht vorstellen, dass in all den Jahren niemand von unseren Leuten etwas davon bemerkt haben soll. Wir sprechen hier immerhin von organisierter Kriminalität, Jan. Die können doch nicht einfach mir nichts, dir nichts jahrzehntelang riesige Summen investieren, ohne dass dabei die Polizei oder sonst eine unserer Behörden davon Wind bekommen hätte.»

Er konnte ihren Zweifel gut verstehen, schließlich hatte er vor zwei Tagen noch genauso gedacht. Aber er hatte Russos Worte nicht vergessen.

«Das dachte ich zuerst auch. Aber leider bin ich mir dessen inzwischen nicht mehr so sicher. Diese Leute sind äußerst gerissen und gehen sehr subtil vor. Aber das Schlimmste daran ist, dass ich glaube, dass diese Geschäfte sogar heute noch weiterlaufen.»

Sie blickte ihn fassungslos an.

«Du meinst …? Aber Theodor Bernauer ist doch schon lange tot.»

«Das stimmt natürlich. Aber als Theodor Bernauer starb, hat Kai Bernauer die Geschäfte seines Vaters übernommen. Weshalb sollte er damals nicht auch noch gleich dessen alte Kontakte übernommen haben?»

«Mit den alten Kontakten meinst du die Verbindung zu diesem Catanzaro und seinen Hintermännern? Ich weiß nicht. Das erscheint mir doch sehr unwahrscheinlich. Catanzaro müsste inzwischen doch bestimmt schon weit über sechzig Jahre alt sein. Ein ziemlich stolzes Alter für einen Gangster. Findest du nicht? Aber auch wenn du mit deiner Theorie recht haben solltest … Was hat das alles mit unserem Fall zu tun?»

«Das weiß ich auch noch nicht. Vielleicht gab es wachsende Rivalitäten zwischen Bernauer und dieser Organisation. Oder Kai Bernauer wollte aus den illegalen Geschäften aussteigen. Es kann viele Gründe gegeben haben. Und im Moment ist es nun mal die einzige heiße Spur, die wir haben.»

Sie blickte ihn mit einem schiefen Lächeln im Gesicht an und schüttelte den Kopf.

«Du meinst wohl, wenn wir unseren Hauptverdächtigen Nico Bühler außer Acht lassen, der noch immer ein triftiges Motiv für den Mord an Kai Bernauer und kein Alibi für die Mordnacht hat. Ich meine, falls du das bereits vergessen haben solltest.»

Er verdrehte die Augen.

«Nico steckt nicht hinter dem Mord an Kai Bernauer, davon bin ich fest überzeugt. Aber ich möchte dich um etwas bitten: Überprüfe unsere Datenbank; vielleicht haben wir ja doch etwas über Catanzaro in unseren Archiven. Wenn er wirklich der ist, für den ich ihn halte, dann kann ich mir nicht vorstellen, dass er in der Schweiz keine Spuren hinterlassen hat.»

«Wie du willst, Jan. Aber wenn du meine Meinung hören willst, dann verschwenden wir hier nur ein weiteres Mal unsere Ressourcen. Ich habe es dir schon vorhin gesagt: Du solltest dich langsam damit abfinden, dass Nico Bühler der Mörder von Kai Bernauer sein könnte. Auch wenn das für dich offenbar noch immer nicht einfach ist.»

Er konnte ihre Sichtweise verstehen, aber im Gegensatz zu ihm kannte sie Nico nicht. Sein Instinkt sagte ihm, dass sie sich endlich auf der richtigen Spur befanden.

«Ich werde nicht aufgeben, bevor ich nicht jeden einzelnen Stein umgedreht und jede einzelne Spur in diesem Fall verfolgt habe, Valérie.»

Sie verschränkte ihre Arme vor der Brust und blickte ihn grimmig an.

«Wie du meinst. Ich werde für dich unsere Datenbank überprüfen. Und falls tatsächlich eine Akte über Catanzaro existiert, dann werde ich sie finden. Das verspreche ich dir. Aber ich warne dich: Wenn ich nichts finden werde, dann ist für mich endgültig Schluss damit, dich bei deinen heimlichen Ermittlungen zu unterstützen», sagte sie entschlossen und verließ die Wohnung. Jan blieb noch einen Augenblick sitzen, ehe auch er vom Küchentisch aufstand.

Zum Abendessen hatte er sich Emilys Pizza aufgewärmt und sich danach aufs Sofa geschmissen. Lustlos zappte er durch das Fernsehprogramm, dem er kaum Beachtung schenkte. Seine Gedanken kreisten schon den ganzen Abend über um Catanzaro und den Fall. Er durfte sich nichts vormachen. Es war ein sehr dünner Strohhalm, an den er sich gerade klammerte.

Denn auch wenn er Catanzaro aufspüren konnte, hieß das noch lange nicht, dass er tatsächlich etwas mit dem Tod von Kai Bernauer zu tun hatte. Bis jetzt stützte sich seine Theorie in Wahrheit lediglich auf sein Bauchgefühl. Er fragte sich, ob Valérie nicht doch recht hatte und er sich etwas vormachte. Falls dem so war, dann würde Nico für eine sehr lange Zeit ins Gefängnis wandern.

Sein Blick wanderte durch die Wohnung und blieb an dem gerahmten Bild auf der Kommode hängen. Er lächelte, denn er konnte sich noch gut daran erinnern, wie sie das Foto damals in Südfrankreich mit dem Selbstauslöser aufgenommen hatten. Es war, als ob es erst gestern gewesen wäre. Ihre ersten Ferien als junge Familie, Léonie war damals noch ein Kleinkind gewesen. Sie blickten so glücklich und unbeschwert in die Kamera. Unverhofft kam Jan der heutige Streit mit Emily in den Sinn. Er dachte darüber nach, was sie ihm gesagt hatte, und fragte sich, ob sie mit ihrem Vorwurf nicht recht hatte. Vielleicht hatte er tatsächlich noch nicht akzeptieren können, dass Léonie erwachsen wurde. Er blickte seufzend auf die Uhr. Es war kurz nach acht. Beherzt schaltete er den Fernseher aus, warf die Fernbedienung aufs Sofa und verließ die Wohnung.

Léonie öffnete die Tür und blickte ihn erschrocken an. Sie hatte offensichtlich nicht mit seinem Überraschungsbesuch gerechnet.

«Darf ich reinkommen?», fragte er sanft und lächelte sie an.

«Wer ist an der Tür?», hörte er seinen Vater aus der Küche rufen.

«Papa ist da», antwortete sie unsicher. Er kam mit einem Geschirrtuch in der Hand aus der Küche und blickte ihn erstaunt an.

«Jan? Was machst du denn hier?»

«Ich wollte euch nur mal einen Besuch abstatten. Ich habe noch ein paar Tage frei und wollte sehen, wie es euch beiden geht.»

Sein Vater wischte sich die Hände am Geschirrtuch ab.

«Ich weiß gar nicht mehr, wann du das letzte Mal bei mir zu Hause warst. Aber egal, dein Besuch ist eine schöne Überraschung. Und nun komm schon endlich herein. Du kannst doch nicht den ganzen Abend über vor der Tür stehen bleiben, was sollen denn die Leute denken? Und schau mich jetzt bloß nicht so entgeistert an. Ich mache uns eine Tasse Kaffee», sagte sein Vater und verschwand in der Küche. Er ging ins Wohnzimmer und setzte sich neben Léonie, die auf dem alten Sofa Platz genommen hatte. Eine Weile saßen sie schweigend nebeneinander. Aus der Küche hörte er die Kaffeemaschine rattern.

«Ist Mama wieder unterwegs?», fragte Léonie schließlich.

«Ja, sie ist heute nach Helsinki geflogen und kommt erst spätabends nach Hause.»

«Schade. Ich hätte sie jetzt gerne hier bei uns. Ich vermisse euch.»

In diesem Moment kam sein Vater mit zwei dampfenden Kaffeetassen ins Wohnzimmer.

«Heiß und schwarz, so wie ein richtiger Kaffee sein sollte. So sagst du es doch immer, stimmt's?»

«Genau so, wie ich ihn liebe», antwortete er und blickte seine Tochter an. In diesem Moment wurde er von Liebe durchströmt. Wenngleich er wusste, dass er immer ihr Vater bleiben würde, war ihm ebenfalls bewusst, dass der Tag, an dem sie ihr Leben in die eigene Hand nehmen würde, nicht mehr fern war. Und dann würden die unzähligen Freuden, Sorgen und schlaflosen Nächte, die er als Vater mit ihr geteilt hatte, nur noch eine langsam verblassende Erinnerung an eine vergangene Zeit sein. Und obwohl es ihm noch immer schwerfiel, das zu akzeptieren, spürte er in diesem Moment zum ersten Mal, dass es sich richtig anfühlte.

Léonie legte unerwartet ihre Hand auf die seine.

« Danke, dass du da bist, Papa », sagte sie und lächelte.

## KAPITEL 36

Valérie blickte ihn mit dunklen Augenringen an. Ihre Haare hatte sie achtlos zu einem Pferdeschwanz zusammengebunden. Man konnte ihr ansehen, dass sie diese Nacht nicht viel geschlafen hatte.

« Alles in Ordnung mit dir ?», fragte er vorsichtig.

Wie auf Kommando begann sie wild mit ihren Händen zu gestikulieren.

« Es ist nicht zu glauben ! Dieser Mistkerl Bernd hat mich gestern den ganzen Tag über mit seinen sinnlosen Anweisungen auf Trab gehalten. Der Kerl tötet mir noch meinen letzten Nerv. Ich konnte mich deswegen erst um unseren Fall kümmern, als er endlich weg war. Und da war es bereits nach neun Uhr !»

« Hast du die letzte Nacht überhaupt schlafen können ?»

« Jaja, habe ich », murrte sie und setzte sich neben ihn an den Schreibtisch. Ein vielsagendes Lächeln erschien auf ihrem Gesicht. « Aber nun kommt die gute Nachricht. Meine Nachtschicht hat sich gelohnt.» Sie lehnte sich vor und blickte kurz auf ihre Notizen, bevor sie mit ihrem Bericht begann. « Romano Catanzaro hatte sich tatsächlich in den Siebzigerjahren – mit einem Arbeitsvertrag von Theodor Bernauers Bauunternehmen in der Tasche – offiziell in der Schweiz angemeldet. Angeblich war er bei Bernauers Firma als Vorarbeiter angestellt. Aber ich zweifle ernsthaft daran, dass dies seine tatsächliche Tätigkeit war. Denn es dauerte nicht sehr lange, bis er bei uns zum ersten Mal aktenkundig wurde.»

« Und was heißt das konkret ?»

« Es gab zwei Anzeigen wegen Nötigung. Die erste kam von einem Gewerkschafter, der gegen die schlechten Arbeitsbedingungen in Bernauers Firma vorgegangen war. Die zweite wurde von einem Geschäftspartner von Bernauer erstattet, mit dem er sich damals offenbar überworfen hatte. Aber das ist noch nicht alles. Ein damals prominenter Umweltschützer, der gegen ein umstrittenes Bauprojekt von Bernauer im Wallis Einsprache erheben wollte, erstattete eine Anzeige wegen Körperverletzung. So ging es noch eine Weile weiter. Alle Anzeigen verliefen jedoch ins Leere. Sie wurden ausnahmslos wieder zurückgezogen, noch bevor es überhaupt zu einer Anklage gegen Catanzaro kommen konnte.»

Das erstaunte ihn nicht. Er dachte an das Foto von Catanzaro, das in Neapel aufgenommen worden war. Der Typ konnte sicher überzeugend sein.

«Vermutlich wurde dasselbe Vorgehen angewandt wie bei unseren beiden italienischen Arbeitern. Entweder man ließ sich kaufen oder man wurde von Catanzaro eingeschüchtert und bedroht. Und wie wir von Esposito erfahren haben, machte er dabei offenbar selbst vor den Familien seiner Opfer nicht halt.»

Sie nickte zustimmend.

«Das scheint tatsächlich sein bevorzugtes Vorgehen gewesen zu sein. Und offenbar war er damit sehr erfolgreich, denn danach wurde es ruhig um ihn. Jedenfalls habe ich danach keine weiteren Akteneinträge mehr gefunden. Bis auf eine Ausnahme. Es gibt da etwas, das dich interessieren dürfte», sagte sie und hielt ihm triumphierend ein Foto hin. «Dieses Polizeifoto hier zeigt Catanzaro. Es wurde vor rund zehn Jahren auf einer Polizeiwache in Winterthur aufgenommen, wo er wegen Trunkenheit und Lärmbelästigung eine Nacht in der Ausnüchterungshaft verbrachte.»

Er blickte auf die Aufnahme. Das zweiteilige Polizeifoto war gestochen scharf. Auf dem ersten wurde Catanzaro von vorn aufgenommen. Er erkannte ihn sofort wieder. Seine

Haare waren zwar inzwischen vollständig ergraut und er hatte tiefe Falten und Furchen im Gesicht, aber er hatte noch immer denselben finsteren Blick wie auf der alten Aufnahme aus Neapel. Die zweite Aufnahme zeigte ihn von der Seite. An seiner rechten Schläfe konnte er eine dünne, lange Narbe erkennen. Am linken, unteren Rand des Fotos war neben seinem Namen der Ort und das Datum der Aufnahme aufgeführt. Bei der Adresse stand der Vermerk *Ausland.* Jan dachte angestrengt nach. Endlich hatten sie ein aktuelles Bild von Catanzaro. Und auf einmal kam ihm eine Idee.

«Wärst du so gut und würdest mir eine Kopie von diesem Foto machen?», fragte er beiläufig. Doch sie kannte ihn zu gut.

«Klar, das geht in Ordnung. Aber darf ich dich vorher fragen, was du damit im Schilde führst? Und versuch bitte nicht, mich anzulügen. Ich lasse mich nämlich nicht gern für dumm verkaufen.»

Er hätte es besser wissen müssen, dachte er seufzend. Er konnte ihr nichts vormachen.

«Also gut. Du hast mich erwischt», gab er sich geschlagen. «Als ich die Aufnahme angeschaut habe, kam mir tatsächlich eine Idee. Was hältst du davon, wenn wir dieses Foto Sophie Bernauer zeigen? Falls Catanzaro tatsächlich für Kai Bernauer gearbeitet hat, dann könnte ich mir vorstellen, dass sie sich das eine oder andere Mal über den Weg gelaufen sind. Jedenfalls bin ich auf ihre Reaktion gespannt, wenn wir sie mit dem Foto konfrontieren. Falls ich mit meiner Theorie recht habe, dann wird sie das gehörig aufschrecken. Ein Versuch ist es jedenfalls wert, finde ich.»

Sie schüttelte verärgert den Kopf.

«Wie oft muss ich dir das noch erklären, Jan? Das ist jetzt Bernds Fall und nicht deiner. Du bist dafür nicht mehr zuständig. Ende der Durchsage. Auch wenn das offenbar nicht in deinen Dickschädel gehen will.»

«Ich weiß gar nicht, wieso du dich so aufregst, Valérie. Ich habe ja nicht vor, meinen Besuch bei Sophie Bernauer an die große Glocke zu hängen. Niemand wird davon erfahren. Außerdem kann ich hier doch nicht einfach tatenlos rumsitzen und zusehen, wie Nico langsam vor die Hunde geht.»

«Mein guter Jan. Manchmal habe ich wirklich das Gefühl, dass du der sturste Polizist dieser Stadt bist», sagte sie mit einer Mischung aus Zynismus und Resignation.

«Dann sind wir ja schon zu zweit», entgegnete er scherzend. Doch sie schien das alles andere als witzig zu finden.

«Mach dich nur darüber lustig. Ich weiß, dass du denkst, dass du Bäumlers Anweisung nicht ernst nehmen musst. Aber eines Tages wirst du tatsächlich noch auf der Straße landen. Und dann wirst du für den Rest deines Lebens als unterbezahlter Privatdetektiv untreuen Ehepartnern hinterherschnüffeln.»

«Klingt doch gar nicht mal so schlecht», entgegnete er grinsend, was sie nur noch mehr in Rage zu bringen schien.

«Das ist überhaupt nicht komisch. Vielleicht unterschätzt du unseren Polizeichef, aber ich tue es nicht. Er ist nicht umsonst bis in diese Position aufgestiegen. Wenn du ihm deine Dienstmarke abgeben musst, dann denk also bitte an Folgendes: Ich habe dich gewarnt.»

## KAPITEL 37

Als sie zum Haus kamen, war Sophie Bernauer gerade dabei, in ihren Geländewagen einzusteigen. Valérie parkte das Polizeiauto kurz entschlossen quer über dem Weg und blockierte die Ausfahrt. Sophie Bernauer blickte verwirrt in ihre Richtung. Als sie sie schließlich erkannte, nahm ihre Miene einen feindseligen Ausdruck an. Sie stieg in ihr Fahrzeug und wartete. Nach einer Weile ließ sie das Seitenfenster herunter und winkte Jan zu sich. Er stieg aus und ging zu ihr. Zuvor hatte er Valérie nahegelegt, im Auto auf ihn zu warten. Er wollte sie nicht noch weiter in diese Sache hineinziehen, falls Sophie Bernauer sich bei Bäumler beschweren sollte. Sie hatte schon mehr als genug für ihn getan.

«Soweit ich informiert worden bin, hat Sie Ihr Vorgesetzter angewiesen, mich nicht mehr länger zu belästigen. Wollen Sie also so gut sein und die Einfahrt frei machen?»

«Es tut mir aufrichtig leid, dass ich Sie nochmals behellige, Frau Bernauer. Ich werde Sie bestimmt nicht lange aufhalten, das verspreche ich Ihnen», sagte er und streckte ihr zur Begrüßung die Hand entgegen, die sie jedoch mit eisigem Blick ignorierte.

«Na schön. So wie ich Sie kenne, geben Sie ja sowieso keine Ruhe, bevor ich nicht mit Ihnen gesprochen habe.» Sie öffnete die Wagentür und stieg aus. «Also sagen Sie mir jetzt bitte, was Sie von mir wollen, damit wir diese für uns beide unangenehme Situation so schnell wie möglich hinter uns bringen können.»

«Danke, Frau Bernauer. Ich weiß das wirklich sehr zu schätzen», sagte er und holte die Aufnahme von Catanzaro aus seiner Jackentasche. «Ich möchte Ihnen gerne ein Foto zeigen. Wir haben Hinweise gefunden, dass es möglicherweise eine Verbindung zwischen diesem Mann hier und Ihrem Ehemann gegeben haben könnte. Haben Sie ihn schon einmal gesehen?», fragte Jan und gab ihr das Foto. Sie nahm es zögerlich entgegen, warf einen flüchtigen Blick darauf und gab es ihm schließlich wieder zurück.

«Es tut mir leid, Herr Pratt. Aber ich habe den Mann auf dem Foto noch nie zuvor gesehen. Wer soll das sein?», fragte sie unbeeindruckt. Jan entging das nervöse Aufflackern in ihren Augen nicht.

«Der Mann heißt Romano Catanzaro. Er hat vor langer Zeit für den Vater Ihres Mannes gearbeitet. Und ich muss leider sagen, dass es sich bei ihm um keinen sehr angenehmen Zeitgenossen handelt. Seine Aufgabe bestand wohl darin, für Theodor Bernauer die schmutzigen Aufträge zu erledigen.»

Sie runzelte die Stirn.

«Ich verstehe Sie nicht ganz. Was genau wollen Sie damit sagen?»

«Dieser Catanzaro war Mitglied einer äußerst gefährlichen ausländischen Verbrecherorganisation. Er hat jeden, der Ihrem Schwiegervater bei seinen Geschäften in die Quere kam, erbarmungslos aus dem Weg geräumt. Ich will jetzt nicht ins Detail gehen. Aber Catanzaro war ein Mann ohne Skrupel», erklärte er ihr.

«Davon weiß ich nun wirklich nichts. Außerdem hatte Kai bis zum Tod seines Vaters sowieso nichts mit dessen Geschäften zu tun. Sie müssen wissen, dass Kai und sein Vater kein gutes Verhältnis zueinander hatten. Kai hat mir einmal erzählt, dass dies auch der Grund dafür war, weshalb er bereits in jungen Jahren ins Ausland gezogen ist.»

Während Sophie Bernauer sprach, musterte Jan sie eindringlich. Als sein Blick ihre Hände erreichte, konnte er erkennen, wie sie zitterten. Das Foto von Catanzaro hatte sie ganz offensichtlich aus der Ruhe gebracht, auch wenn sie es zu verstecken versuchte.

«Wir ermitteln in verschiedene Richtungen, Frau Bernauer. Daher möchte ich Sie noch einmal fragen: Sind Sie ganz sicher, dass Sie den Mann auf dem Foto noch nie zuvor gesehen haben? Schauen Sie es sich bitte nochmals genau an. Und lassen Sie sich dabei ruhig etwas Zeit.»

Sie warf widerwillig einen kurzen Blick auf das Foto und schüttelte erneut den Kopf.

«Es tut mir leid. Wie ich Ihnen bereits gesagt habe, kann ich leider nicht weiterhelfen. Ich kenne diesen Mann nicht.»

Sie griff nervös nach der Autotür, als wolle sie endlich aus dieser Situation fliehen.

Jan glaubte ihr kein Wort. So langsam verließ ihn seine Geduld, er hatte genug von den Lügen. Es musste endlich etwas passieren.

«Wissen Sie, was ich denke, Frau Bernauer? Ich denke, dass Sie mich anlügen.»

Jans Stimme war plötzlich scharf geworden, seine Hände verformten sich zu Fäusten, und er ging einen bedrohlichen Schritt auf sie zu. Sophie Bernauer lief rot an und schnappte nach Luft.

«Sie, Sie ... Was erlauben Sie sich eigentlich?»

Valérie hatte das Unheil aus der Ferne erkannt und eilte aus dem Wagen. Sie packte Jan unsanft am Arm und versuchte, ihn von ihr wegzuziehen. Als ihr das nicht gelang, stellte sie sich zwischen ihn und Sophie Bernauer.

«Bitte entschuldigen Sie meinen Kollegen, Frau Bernauer. Er meint es nicht so. Wir sind im Moment leider alle etwas überarbeitet», entschuldigte sie sich.

Sophie Bernauer warf ihnen einen vernichtenden Blick zu.

«Das werden Sie noch bereuen. Ich werde diesen Vorfall Ihrem Vorgesetzten melden. Darauf können Sie sich verlassen», rief sie.

«Ja, natürlich. Das ist auch Ihr gutes Recht. Nun komm schon, Jan. Wir gehen jetzt besser», herrschte sie ihren Kollegen an und schob ihn unsanft auf den Beifahrersitz ihres Dienstwagens. Dann fuhr sie los. Als sie aus der Ausfahrt fuhren, blickte sie ihn wutentbrannt an.

«Was sollte das da gerade eben? Hast du völlig den Verstand verloren? Du weißt hoffentlich, wie diese Sache für dich ausgehen wird. Ich habe dich gewarnt. Aber du wolltest ja wieder einmal nicht auf mich hören.»

«Ach, hör doch auf. Du hast doch auch bemerkt, dass sie mich angelogen hat», rechtfertigte er sich.

«Ich habe gar nichts bemerkt, außer, dass du sie eine Lügnerin genannt hast», wischte sie seine Rechtfertigung wütend beiseite.

«Und wenn schon. Ich bin mir hundertprozentig sicher, dass sie auf dem Foto Catanzaro erkannt hat. Hast du nicht gesehen, wie nervös sie auf einmal wurde, nachdem ich ihr die Aufnahme gezeigt hatte? Ihre Hände haben regelrecht gezittert.»

Sie schlug ihre Hand auf das Lenkrad.

«Weißt du eigentlich, wie du dich anhörst? Ihr Mann wurde vor einigen Wochen erschossen. Diese Frau ist doch völlig am Ende mit ihren Nerven. Und dann kommst auch noch du und bezichtigst sie ohne jegliche Beweise als Lügnerin.»

«Komm mir doch jetzt nicht mit dieser Mitleidsnummer. Diese Frau spielt uns seit Wochen doch nur Theater vor.»

# KAPITEL 38

Jan saß schweigend neben Valérie auf dem Stoffsofa und nahm widerwillig einen Bissen von dem trockenen Keks, während Valérie brav an ihrer Tasse Tee schlürfte. Laura Kirchner saß ihnen gegenüber und hatte ihre Hände tief in ihrem Schoß vergraben. Sie hatte einen desinteressierten, ausdruckslosen Blick, der durch sie hindurchzugehen schien.

«Die Kekse habe ich selbst gebacken», sagte sie schließlich mit leiser Stimme und versuchte dabei vergeblich, ein Lächeln zustande zu bringen.

«Die sind echt lecker», erwiderte er, und Valérie nickte eifrig.

«Es ist nett von Ihnen, dass Sie das sagen. Aber ich weiß selbst, dass ich nicht backen kann. Das konnte ich noch nie.»

Jan blickte sie peinlich berührt an. In der Tat zerbröselte der Keks in seinem Mund zu Staub. Er sehnte sich nach Wasser.

«Ich tue das nur, um mich auf andere Gedanken zu bringen», fügte sie an. Er legte den Rest des Kekses auf den Tisch zurück und nahm einen großen Schluck Kaffee.

«Seit dem Tag, an dem Kai ermordet wurde, schaffe ich es einfach nicht mehr, zu arbeiten. Und nun verbringe ich einen Tag nach dem anderen damit, wieder und wieder darüber nachzudenken, warum das alles geschehen ist», sagte sie niedergeschlagen. «Denken Sie, dieser Kerl, den Sie verhaftet haben, hat Kai ermordet?»

«Das können wir noch nicht sagen, Frau Kirchner», antwortete Valérie vorsorglich, bevor Jan darauf antworten konnte. Dann nahm sie das Polizeifoto von Catanzaro hervor und legte es vor Laura Kirchner auf den Couchtisch.

«Ich möchte Sie bitten, dass Sie sich dieses Foto hier genau ansehen. Vielleicht können Sie sich daran erinnern, ob Sie diesen Mann schon einmal gesehen haben.»

Sie nahm zögernd das Bild in die Hand und musterte es genau. Dabei schien sie angestrengt nachzudenken. Schließlich legte sie es wieder zurück und räusperte sich.

«Ich kann mir Gesichter sehr gut merken. Das war schon immer so.»

«Wollen Sie damit etwa sagen, dass Sie den Mann auf dem Bild schon einmal gesehen haben?», fragte Valérie.

Sie nickte bestimmt. «Ja, ich kenne diesen Mann. Er hat Kai in den letzten Monaten vor seinem Tod mehrmals in seinem Büro besucht. Aber ich weiß bis heute nicht, um was es bei diesen abendlichen Treffen ging. Kai war immer sehr diskret, wenn er sich mit ihm traf. Er wollte vermeiden, dass einer unserer Angestellten dem Mann über den Weg lief. Selbst mir gegenüber wurde er außergewöhnlich zurückhaltend, wenn er bei ihm auftauchte.»

«Was meinen Sie genau mit zurückhaltend?»

«Ich war normalerweise immer bei Kais Sitzungen dabei, um die Gespräche zu protokollieren. Kai wollte das so. Egal wie delikat die Angelegenheit auch war. Er vertraute mir voll und ganz. Aber wenn dieser Typ hier auftauchte, wimmelte er mich sofort mit einer fadenscheinigen Begründung ab», sagte sie und schenkte Valérie aus der Kanne Tee nach. Dann strich sie sich nachdenklich ihren Rock glatt.

«Fanden Sie das denn nicht etwas merkwürdig?», fragte Jan.

«Natürlich fand ich das merkwürdig. Aber insgeheim war ich auch ein wenig froh darüber. Ich fand diesen Kerl wirklich furchteinflößend. Er hatte wirre Augen, und ich wurde das Gefühl nicht los, dass auch Kai Angst vor ihm hatte. Auch wenn er es natürlich zu verbergen versuchte.»

«Und Sie haben nicht einmal eine Vermutung, um was es bei diesen Treffen gegangen sein könnte?»

Sie schüttelte entschieden den Kopf.

«Nein, wie ich schon sagte, wollte Kai mich bei diesen Treffen nicht dabeihaben. Und auch nach den Zusammenkünften hat er kein einziges Wort darüber verloren.»

Valérie machte sich Notizen und warf Jan einen vielsagenden Blick zu. Auch sie wusste nun, dass sie auf der richtigen Spur waren.

«Haben Sie außer Catanzaro und Bernauer denn sonst noch jemanden bei diesen Zusammenkünften gesehen?»

Sie dachte einen Moment lang nach. Dann schien ihr auf einmal etwas einzufallen.

«Natürlich! Jetzt, da Sie mich danach fragen, kommt es mir auf einmal wieder in den Sinn. Sophie Bernauer war beim letzten dieser Treffen dabei. Sie und auch noch ein weiterer Mann, den ich aber noch nie zuvor gesehen habe. Ich hatte den Eindruck, dass er zu Catanzaro gehörte. Komisch, dass mir das erst jetzt wieder einfällt. Wie konnte ich das alles nur vergessen?»

Jan lehnte sich aufgeregt vor und hätte um ein Haar seinen Kaffee verschüttet, der vor ihm auf dem Tisch stand.

«Sie wollen also sagen, dass Sophie Bernauer dabei war, als sich Catanzaro und noch ein weiterer Mann mit Kai Bernauer in dessen Büro getroffen haben? Sind Sie sich dessen auch ganz sicher?», fragte Valérie. Und auch sie konnte ihre Aufregung nun kaum verbergen.

«Ja, natürlich. Das habe ich doch gerade gesagt. Aber ich weiß auch nicht, warum mir das erst jetzt wieder in den Sinn gekommen ist», sagte sie und brach auf einmal in Tränen aus. «Es tut mir leid.»

Valérie stand auf und legte ihren Arm tröstend um ihre Schultern.

«Machen Sie sich deshalb bitte keine Vorwürfe. Sie lagen zwei Wochen lang mit einem schweren Nervenzusammenbruch in der Klinik. Der Vorfall hat bei Ihnen eine Teilamnesie ausgelöst», versuchte sie Laura Kirchner zu trösten. Diese blickte sie mit wässrigen Augen an und nickte schwach.

«Ich weiß. Das hat mir die Ärztin auch gesagt. Sie meinte, dass meine Erinnerung durch den Schock noch Monate danach Lücken aufweisen kann. Aber ich habe ihr das nicht geglaubt.»

Sie nahm ein Taschentuch hervor und trocknete sich die Augen.

«Frau Kirchner, das ist jetzt ganz wichtig. Und lassen Sie sich ruhig Zeit, bevor Sie uns antworten. Wissen Sie vielleicht noch, wann genau dieses Treffen stattgefunden hat?», fragte Jan.

Sie dachte lange nach, und er befürchtete schon, dass sie gleich verneinen würde. Doch dann gab sie ihnen zu seiner Überraschung eine präzise Antwort.

«Das war ziemlich genau eine Woche vor Kais Tod.»

«War Sophie Bernauer öfters im Büro ihres Mannes anzutreffen?», fragte Valérie.

«Nein, eigentlich so gut wie nie. Ich weiß noch, dass ich mich an diesem Tag gefragt habe, weshalb sie überhaupt im Büro aufgekreuzt ist. Sie hatte sich doch auch sonst nie darum geschert, was Kai den ganzen Tag über machte. Ich konnte ihr ansehen, dass sie auch zu diesem Treffen nur widerwillig gekommen war. Aber wie ich bereits gesagt habe, ich habe nicht die geringste Ahnung, worum es dabei ging.»

Jan blickte Valérie vielsagend an.

«Können Sie vielleicht den anderen Mann beschreiben?»

«Ich habe ihn leider nur kurz gesehen, und er hat mich auch kaum angesehen. Er trug einen etwas altmodischen, breitkrempigen Hut. Ich würde ihn auf ein mittleres Alter schätzen. Er war gut gekleidet und wirkte stark von sich eingenommen. Sein Gesicht habe ich nur von der Seite gesehen. Aber soweit ich das beurteilen kann, würde ich es als durchschnittlich und austauschbar beschreiben. Ich bin mir aber sicher, dass ich ihn sofort wiedererkennen würde, wenn er mir nochmals über den Weg laufen würde. Das ist alles, was ich Ihnen dazu sagen kann.»

«Vielen Dank, Frau Kirchner. Sie haben uns wirklich weitergeholfen. Und passen Sie bitte auf sich auf», sagte Jan. Dann verabschiedeten sie sich von ihr.

# KAPITEL 39

Bäumler hantierte nervös an seiner Zigarre herum. Dann hob er den Kopf und blickte Jan mit besorgter Miene an. Die Situation, mit dem dieser ihn gerade konfrontiert hatte, schien ihm nicht sonderlich zu behagen.

«Und du bist dir absolut sicher, dass Sophie Bernauer dich angelogen hat, als du ihr das Foto von diesem Catanzaro gezeigt hast?», fragte er und zündete seine Zigarre an. Jan nickte bestimmt.

«Aber natürlich bin ich das. Schließlich hat mir Laura Kirchner heute Nachmittag bestätigt, dass Sophie Bernauer am letzten Treffen von Catanzaro und Kai Bernauer in dessen Büro teilgenommen hat. Außerdem hat sie erwähnt, dass noch ein weiterer, ihr unbekannter Mann anwesend war, der wahrscheinlich zu Catanzaro gehörte. Nicht einmal eine Stunde zuvor hat mir Sophie Bernauer hoch und heilig versichert, Catanzaro noch nie in ihrem Leben gesehen zu haben.»

Bäumler seufzte.

«Hast du denn schon einmal in Betracht gezogen, dass sie ihn auf dem Foto vielleicht schlicht und einfach nicht wiedererkannt hat? Immerhin ist die Aufnahme rund zehn Jahre alt. Möglicherweise hat er sich seit dieser Zeit stark verändert.»

Jan schüttelte verärgert den Kopf.

«Ich bitte dich, Franz. In nur zehn Jahren soll er sich derart verändert haben, dass er nicht mehr wiederzuerkennen ist? Das glaubst du ja wohl selbst nicht. Du hättest ihr Gesicht sehen sollen, als ich ihr das Polizeifoto gezeigt habe. Sie sah in diesem Moment aus, als hätte sie ein Gespenst gesehen. Entschuldige meine Direktheit, aber deine Theorie ist Blödsinn», sagte er aufgebracht. Bäumler schaute ihn tadelnd an. Aber das war ihm egal.

«Alle Indizien weisen darauf hin, dass das Bauunternehmen Bernauer in kriminelle Aktivitäten verwickelt war. Auch wenn wir das nach Bernauers Tod vielleicht nicht mehr beweisen können. Wir können aber mit Sicherheit davon ausgehen, dass Sophie Bernauer darüber Bescheid wusste. Bekannt war ihr vermutlich auch, dass ihr Mann eine Affäre mit Laura Kirchner hatte. Und du weißt genauso gut wie ich, dass Eifersucht eines der häufigsten Motive für Mord ist. Vielleicht hatte sie irgendwann einfach genug von seiner ständigen Untreue und hat ihn deswegen im Affekt erschossen. Denk daran, dass sie für die Tatnacht kein Alibi hat.»

Bäumler hörte ihm schweigend zu und dachte nach. Schließlich nahm er einen Zug von seiner Zigarre und traf eine Entscheidung.

«Also gut, Jan. Zuerst einmal muss ich dir sagen, dass ich es nicht sonderlich schätze, wenn du meine Anweisungen unablässig ignorierst. Das kann ich nicht weiter dulden. Nichtsdestotrotz spricht für dich, dass du den richtigen Riecher gehabt hast. Deswegen werde ich noch ein letztes Mal von einer Strafe absehen. Ab heute bist du wieder an Bord, was die Ermittlung im Mordfall Kai Bernauer angeht. Aber die Leitung der Sonderkommission wird weiterhin bei Bernd bleiben. Und bevor du jetzt gleich wieder anfängst, auf mich einzureden, sage ich dir nur so viel: Das sind meine Bedingungen, und die sind nicht verhandelbar. Akzeptiere sie oder lass es sein. Das liegt ganz bei dir.»

«Wie du meinst», antwortete er. Er wusste, dass er nicht in der Position war, Bedingungen zu stellen.

«Was Sophie Bernauer anbelangt, denke ich, dass sie uns einiges zu erklären hat. Jan, ich will, dass du sie vorlädst und sie bei der Befragung etwas unter Druck setzt. Ich bin mal gespannt, wie sie darauf reagieren wird. So wie ich sie einschätze, wird sie nicht lange durchhalten, falls sie wirklich etwas mit dem Mord an ihrem Mann zu tun haben sollte.»

Jan hielt das für alles andere als eine gute Idee und schüttelte entschieden den Kopf.

«Ich bin nicht sicher, ob wir damit etwas erreichen werden. Sophie Bernauer ist gerissen. Wir sollten sie keinesfalls unterschätzen. Sobald wir sie mit Laura Kirchners Aussagen konfrontieren, wird sie alles abstreiten, und ihre Anwälte werden Laura Kirchners mentale Verfassung infrage stellen. Dann wird ihr Wort gegen dasjenige von Laura Kirchner stehen, einer Frau, die einen Nervenzusammenbruch erlitten hat, nachweislich unter einer Teilamnesie leidet und zudem auch noch mehrere Wochen in einer psychiatrischen Klinik verbrachte. Was denkst du also, wem man eher glauben wird? Das können wir einfach nicht riskieren. Jedenfalls *noch* nicht. Ich habe da nämlich eine andere Idee.»

«Was schlägst du also vor, was wir als Nächstes tun sollen?»

«Sophie Bernauer ist nach dem Tod ihres Mannes die einzige Inhaberin der Firma. Deshalb können wir davon ausgehen, dass sie zumindest mit den leitenden Angestellten hin und wieder Kontakt hat. Was wäre, wenn wir in der Firma die Information durchsickern ließen, die Polizei wisse über ihr geheimes Treffen mit Catanzaro und dem Unbekannten im Büro von Kai Bernauer Bescheid? Ich kann mir vorstellen, dass sie das gehörig aufschrecken wird, vielleicht sogar in Panik versetzt. Wir behalten sie unterdessen im Auge. Durch den immensen Druck, unter dem sie steht, unterläuft ihr vielleicht ein Fehler. Und dann schlagen wir zu.»

«Das ist ja schön und gut. Aber was ist, wenn ihr kein Fehler unterläuft?», fragte Bäumler. Er schien von seiner Idee nicht sonderlich überzeugt zu sein. Jan wollte gerade antworten, als plötzlich die Tür aufgerissen wurde und Valérie hektisch in Bäumlers Büro stürmte. Sie blickten sie beide entgeistert an.

«Was soll denn das ...», begann Bäumler. Doch noch bevor er seinen Satz beenden konnte, wurde er von ihr brüsk unterbrochen.

«Wir haben von einem unserer Informanten einen Tipp bekommen. Catanzaro soll sich angeblich unter falschem Namen in der Brauerstraße eine Wohnung gemietet haben. Wir müssen sofort los. Sobald er Wind von der Sache bekommt, wird er sich ins Ausland absetzen. Und dann werden wir ihn nie mehr in die Hände kriegen.»

Jan schnellte hoch. «Hast du das Einsatzkommando schon informiert?»

«Natürlich. In fünf Minuten kann es losgehen.»

Sie stürmten zusammen aus dem Büro und ließen einen sprachlosen Bäumler zurück.

# KAPITEL 40

Die Tür ging krachend auf, als die Kollegen vom Einsatzkommando sie mit einem massiven Rammbock einschlugen. Sofort stürmten die bewaffneten Männer in die Wohnung. Dort sicherten sie einen Raum nach dem anderen. Währenddessen warteten Jan und Valérie mit gezückten Waffen im Treppenhaus. Sie horchten. Doch nichts geschah, und in der Wohnung blieb es verdächtig ruhig. Er hatte bei der Sache trotzdem kein gutes Gefühl. Nach einer Weile kam Hans Helbling, der Leiter des Einsatzkommandos, aus der Wohnung und zog resigniert seinen Helm aus.

«Die Wohnung ist gesichert. Ihr könnt nun hereinkommen. Aber ich muss euch leider enttäuschen. Der Kerl hat sich bereits vom Acker gemacht. Ich gehe davon aus, dass er kurz vor unserem Eintreffen Wind von der Sache bekommen hat. Wahrscheinlich ist er uns nur um Haaresbreite entwischt.»

«Und wie kommst du darauf?»

«Na ja. Geh doch mal in die Küche, dort steht nämlich eine noch dampfend heiße Tasse Kaffee. Also kann es wohl kaum länger als zehn Minuten her sein, seit er die Wohnung verlassen hat. Könnt ihr euch das vorstellen? Der arme Kerl hatte nicht einmal mehr genügend Zeit, in Ruhe seinen Kaffee zu trinken»

Jan nickte kaum merklich. Ihm war in diesem Moment nicht zum Scherzen zumute. «Das scheint mir eine plausible Erklärung zu sein», entgegnete er.

«Wie auch immer. Ich gehe mal davon aus, dass meine Jungs hier nicht mehr gebraucht werden, Jan. Wenn du also nichts dagegen hast, würden wir uns gerne wieder verziehen und den Kollegen von der Spurensicherung Platz machen.»

«Natürlich, Hans. Und vielen Dank für deinen Einsatz.»

«Nichts zu danken. War ja leider ein Schlag ins Wasser», antwortete er und gab seinen Männern die Anweisung, von hier aufzubrechen.

Während sie sich zurückzogen, stand Jan schweigend in der Küche und blickte sich um. Entweder hatte Catanzaro jemand gewarnt, oder er war gerissener, als er angenommen hatte. Jan ging ins Schlafzimmer. Die Jalousien waren heruntergezogen. Er zündete das Licht an und blickte auf den schäbigen Holzschrank, dessen Schubladen weit aufgerissen waren. Abgesehen von dem billigen Mobiliar war das Zimmer komplett leer. Er ging durch den Rest der Wohnung. Es gab keinen Zweifel. Catanzaro hatte genügend Zeit gehabt, gründlich hinter sich aufzuräumen. Hier gab es für sie wohl nichts mehr zu finden.

Plötzlich hörte er eine bekannte Stimme hinter sich. «Da haben wir aber Pech gehabt, was? Wirklich schade, dass uns dieser verfluchte Catanzaro durch die Lappen gegangen ist. Der Kerl muss wohl über einen sechsten Sinn verfügen.»

Jan drehte sich um und blickte in das grinsende Gesicht von Bernd Haase. Sofort konnte er spüren, wie sein Blutdruck in die Höhe schoss. Valérie stand betreten neben Bernd.

«Bäumler hat mich darüber informiert, dass du wieder in unserem Ermittlungsteam bist. Willkommen zurück, mein alter Freund. Ich muss sagen, das war wirklich eine reife Leistung von dir, wie du Sophie Bernauer ausgetrickst hast. Nach dem Debakel mit deinem alten Schulfreund Nico Bühler hatte ich dich ehrlich gesagt schon abgeschrieben. Hatte nicht mehr damit gerechnet, dass du nochmals an den Ermittlungen beteiligt sein würdest. Aber mir soll es recht sein. Ich kann jede Hilfe gebrauchen, die ich bekommen kann.»

Bernd trat in die Küche hinein. Er rümpfte seine Nase.

« Was für ein verdammtes Drecksloch das hier ist. Ich will mir gar nicht vorstellen, wie dieser Catanzaro hier hauste.» Er musterte angewidert das ungewaschene Geschirr im Spülbecken. « Habt ihr schon irgendwas gefunden, das uns weiterbringen könnte ?», fragte er betont beiläufig. Jan wusste sofort Bescheid, wovon Bernd sprach.

« Du willst wohl wissen, ob wir das Aufnahmeband der Überwachungskamera aus Bernauers Büro gefunden haben.»

Bernd lächelte ihn vielsagend an.

« Richtig. Und? Hast du das Band ?»

« Bis jetzt noch nicht. Ich glaube ehrlich gesagt auch nicht, dass wir hier fündig werden. So wie die Wohnung aussieht, hat Catanzaro ganze Arbeit geleistet, um keine Spuren zu hinterlassen. Der Mann ist ein Profi.»

« Verstehe. Wahrscheinlich hast du recht. Aber ich will trotzdem, dass diese verlotterte Bude von oben bis unten auf den Kopf gestellt wird. Jeder macht Fehler, selbst ein Profi. Und falls das Band doch noch auftauchen sollte, will ich es als Erster erfahren. Sind wir uns da einig, Jan ?»

« Natürlich, Bernd.»

« Sehr gut. Und erstatte mir bitte Bericht, sobald ihr hier fertig seid.»

Bernd war ganz in seinem Element. Er kommandierte seinen Kollegen wie ein preußischer Junker herum.

« Klar doch », antwortete Jan und schluckte seinen Ärger herunter. Hoffentlich würde sein Blutdruck das aushalten.

« Und was tun wir als Nächstes, Bernd ?», fragte nun Valérie.

« Na, was wohl? Wir werden Catanzaro zur Fahndung ausschreiben und unsere Grenzwachen informieren. Falls der Kerl versuchen sollte, das Land zu verlassen, was ich als sehr wahrscheinlich betrachte, wird es nur eine Frage der Zeit sein, bis er uns ins Netz geht.»

# KAPITEL 41

Jans Telefon klingelte seit geraumer Zeit und strapazierte seine überspannten Nerven. Als er schließlich den Telefonhörer abhob, erklang eine näselnde Stimme.

«Hier spricht Heinrich von Sternenberg.»

Er verdrehte die Augen und bereute augenblicklich, den Anruf entgegengenommen zu haben. Dieser aufgeblasene Kerl hatte ihm gerade noch gefehlt. Seine Laune war sowieso schon auf dem Tiefpunkt, seit heute früh die einzige Kaffeemaschine im Haus, die einen einigermaßen genießbaren Kaffee hervorbrachte, ihren Geist aufgegeben hatte. Als er sich daraufhin an die Vertriebsfirma gewandt hatte, teilte diese ihm zu seinem Entsetzen mit, eine bürotaugliche Ersatzmaschine könne frühestens übermorgen geliefert werden. Valérie hatte daraufhin eine Dose mit wasserlöslichem Kaffeepulver in die Küche gebracht, was seiner Meinung nach schon fast an ein Kapitalverbrechen grenzte. Und als wäre das nicht schon genug gewesen, hatte sie ihm ganz beiläufig gesteckt, seine Tochter Léonie mit einem jungen Typen angetroffen zu haben, der, wie sich herausstellte, ihr neuer Freund war. Ja, ganz richtig, ihr *Freund.* Bei ihm schrillten alle Alarmglocken. Dass er auf Valérie einen netten Eindruck gemacht hatte, war ihm dabei herzlich egal. Und nun rief auch noch dieser aufgeblasene Anwalt bei ihm an. Der Tag wurde mit jeder Minute schlimmer.

«Herr Pratt, können Sie mich hören?», erklang es aus dem Telefon.

«Ja, entschuldigen Sie bitte. Ich war gerade abgelenkt. Was kann ich für Sie tun?»

«Es tut mir leid, wenn ich gleich mit der Tür ins Haus falle, aber ich wollte Sie fragen, ob Sie es sich wohl kurzfristig einrichten könnten, mich heute Morgen zu treffen.»

Das war wohl das Letzte, worauf er heute erpicht war.

«Heute Morgen? Das passt mir leider gar nicht. Mein Terminkalender ist zurzeit recht voll, wissen Sie. Am besten sagen Sie mir am Telefon, worum es geht.»

«Ehrlich gesagt wäre ich Ihnen dankbar, wenn wir mein Anliegen persönlich und diskret unter vier Augen besprechen könnten ...»

Er seufzte genervt. Der Kerl gab so schnell nicht auf. Aber das war eigentlich zu erwarten gewesen, schließlich war er nicht ohne Grund Anwalt geworden.

«Na gut, wenn es unbedingt sein muss. Wir können uns in einer halben Stunde an der Bar des Restaurants Helvetia treffen», sagte er. Wenigstens würde er dort endlich einen anständigen Kaffee bekommen, ging es ihm durch den Kopf, und seine Laune verbesserte sich augenblicklich.

«Aber wie ich Ihnen bereits gesagt habe, bin ich ziemlich beschäftigt. Ich werde also nicht sehr lange Zeit für Sie haben», fügte er an.

«Vielen Dank für Ihr Entgegenkommen, Herr Pratt. Ich kann Ihnen versichern, dass ich mich kurz halten und Sie bestimmt nicht lange aufhalten werde», sagte von Sternenberg und legte auf.

Um zehn Uhr verließ Jan sein Büro und ging zum Lokal, das ganz in der Nähe des Hauptquartiers der Kantonspolizei lag. Sofort enddeckte er von Sternenberg, der allein an einem Tisch saß und gelangweilt an einer Tasse Tee nippte. Als der Anwalt ihn sah, stand er auf und begrüßte ihn mit einem professionellen Lächeln.

«Mein lieber Herr Pratt. Ich muss mich nochmals in aller Form bei Ihnen entschuldigen, dass ich Sie um ein derart kurzfristiges Treffen gebeten habe. Das ist sonst nicht meine Art. Aber mein Mandant, den Sie ja persönlich gut kennen, liegt mir nun mal sehr am Herzen.»

«Natürlich. Das verstehe ich.» Affektiert wie eh und je, stellte Jan fest. «Wie geht es Nico?», fragte er schließlich und setzte sich zu ihm an den Tisch.

«Ich komme gleich auf Nico zu sprechen. Aber kann ich Ihnen zuerst etwas bestellen? Einen Kaffee vielleicht?»

Wenn er nicht bald mit dieser schmierigen Nummer aufhörte, würde er schnurstracks wieder aus diesem verfluchten Lokal hinausmarschieren. Er ignorierte das Angebot des Anwalts. «Für mich einen doppelten Espresso», rief er stattdessen dem Kellner zu, der hinter der Theke beschäftigt war und seine Bestellung mit einem wortlosen Nicken quittierte.

«Sehr schön. Und nun zu Ihrer Frage», begann von Sternenberg. «Wenn man einmal von der Tatsache absieht, dass Nico Bühler noch immer damit fertigwerden muss, mit einer potenziellen Mordanklage konfrontiert zu werden und in Untersuchungshaft zu sitzen, dann geht es ihm den Umständen entsprechend gut. Ich würde sagen, dass er sich mit seiner gegenwärtigen Situation fürs Erste abgefunden hat.»

Er nickte. Natürlich war es für Nico nicht einfach. Die Untersuchungshaft hatte schon hartgesottenere Kerle als ihn weichgeklopft.

Der Kellner brachte den Espresso und stellte eine Schale mit Erdnüssen auf den Tisch. Jan nahm sich eine Handvoll und steckte sie sich in den Mund.

«Also, Herr von Sternenberg. Wollen Sie mich nun darin einweihen, weshalb Sie mich sprechen wollten?», fragte er ihn mit vollem Mund.

«Natürlich, Herr Pratt. Ich habe nicht vergessen, wie knapp Ihre Zeit bemessen ist. Immerhin müssen Sie einen Mörder fassen», sagte von Sternenberg mit einem angedeuteten Lächeln auf den Lippen, von dem er nicht genau sagen konnte, ob es freundlich oder abschätzig gemeint war. Er tippte auf die zweite Variante.

«Ich bitte darum», sagte er und blickte demonstrativ auf seine Uhr.

«Also gut. Aus Quellen, die ich Ihnen aus verständlichen Gründen nicht nennen kann, habe ich erfahren, dass die Polizei nach einem gewissen Romano Catanzaro fahndet. Da Sie wieder in die Ermittlungen einbezogen wurden, gehe ich davon aus, dass Sie den Verdacht haben, er könnte etwas mit dem Mord an Kai Bernauer zu tun haben. Stimmt das?»

Jan blickte sein Gegenüber erstaunt an. Woher wusste der Kerl über Catanzaro Bescheid? Die Sache wurde innerhalb der Polizei streng vertraulich behandelt.

«Sie scheinen ja wirklich eine Menge zu wissen, Herr von Sternenberg. Darf ich Sie fragen, von wem Sie das gehört haben?»

Von Sternenberg hob mit einem breiten Lächeln entwaffnend seine Arme in die Höhe. «Ich bitte Sie. Sie wissen doch, Herr Pratt, so etwas fällt unter das Anwaltsgeheimnis. Niemals würde ich eine meiner Quellen preisgeben. Nicht einmal unter Folter», sagte er und lachte dabei lautstark über seinen eigenen Scherz. «Also stimmt meine Information, dass Sie nach Catanzaro fahnden?» Jan zuckte mit den Schultern und schüttelte dann seinen Kopf.

«Ich kann das weder dementieren noch bestätigen. Das wissen Sie doch genauso gut wie ich», entgegnete er spitz und nahm einen Schluck von seinem Espresso. Er schmeckte einfach perfekt. Von Sternenbergs Miene entspannte sich.

«Ich kann Sie beruhigen. Nichts liegt mir ferner, als mich in Ihre Ermittlungen einzumischen, Herr Pratt.»

Er war aalglatt. Und dieses Gespräch ging eindeutig in eine Richtung, die ihm nicht gefiel.

«Das hoffe ich. Denn sonst könnte es auch für Sie unangenehme Konsequenzen haben. Aber nun sagen Sie mir schon endlich, weshalb Sie sich unbedingt mit mir treffen wollten.»

«Nun, lassen Sie mich das folgendermaßen erklären: Wir beide wissen doch ganz genau, dass die juristische Ausgangslage für Nico Bühler im Moment ... sagen wir mal alles andere als sehr vielversprechend ist. Deshalb wäre es für meine Verteidigungsstrategie entscheidend, wenn ich Kenntnis davon hätte, sollte es im Mordfall Bernauer einen weiteren Verdächtigen geben.»

Jan glaubte ihm kein Wort.

«Es tut mir leid. Wie gesagt, ich kann Ihnen dazu leider nichts verraten. Auch wenn es um Nico geht, unterstehe ich noch immer dem Amtsgeheimnis.»

«Ich verstehe», antwortete von Sternenberg kalt und blickte ihn lange an. Aber diesmal blieb sein arrogantes Lächeln aus. Er legte das Geld für die Rechnung auf den Tisch und stand auf. Dann zog er sich seinen Mantel über. «In dem Fall möchte ich nicht weiter Ihre kostbare Zeit verschwenden, Herr Pratt», sagte er und verließ, ohne ein weiteres Wort zu verlieren, das Lokal.

Jan tippte mit zittrigen Händen einen Namen in den Zentralcomputer ein. Falls dieser Kerl sich in der Vergangenheit etwas zuschulden kommen lassen hatte, was ihn nicht überraschen würde, dann würde er es in den nächsten Sekunden herausfinden. Er wollte gerade die Eingabetaste drücken, als Valérie in sein Büro eintrat. Ausgerechnet jetzt, dachte er entnervt und fühlte sich ertappt.

«Was machst du denn schon so früh hier? Hast du nicht gesagt, du würdest später ins Büro kommen?», fragte er sie.

«Nein, ich sagte, dass ich am Donnerstag etwas später kommen werde, weil ich einen Arzttermin habe. Und heute ist Mittwoch.»

«Natürlich, wie dumm von mir ...»

Valérie setzte sich auf seinen Schreibtisch und blickte auf den Bildschirm.

«Suchst du nach einem neuen Verdächtigen?»

«Sozusagen», antwortete er kurz angebunden und hoffte, dass sie es darauf beruhen lassen würde. Zu seinem Entsetzen beugte sie sich jedoch vor, um besser erkennen zu kennen, was er eingetippt hatte, und blickte ihn dann erstaunt an.

«Diesen Namen kenne ich doch.»

Er seufzte. Auch das noch. Das hätte nicht passieren dürfen.

«Kannst du mich vielleicht *ein Mal* in Ruhe meine Arbeit machen lassen?», fragte er verärgert.

«Das ist doch der Name von Léonies Freund», stellte sie fest und lachte schallend auf.

«Hast du denn wirklich nichts anderes zu tun, als mir ständig auf den Wecker zu gehen?», protestierte er. Aber sie ließ sich nicht beirren.

«Du willst mir jetzt doch nicht allen Ernstes erzählen, dass du den Namen des Freundes deiner Tochter von unserer Verbrecherdatenbank überprüfen lässt?»

Er räusperte sich peinlich berührt. Vielleicht hätte er mit der Suche doch besser bis zum Feierabend gewartet, wie er es ursprünglich geplant hatte. Aber nun war es zu spät, sich darüber den Kopf zu zerbrechen.

«Erstens geht dich das überhaupt nichts an. Und zweitens tue ich nichts anderes, als routinemäßige Nachforschungen über einen Typen zu betreiben, der um einiges älter ist als meine Tochter und sich offenbar regelmäßig hinter meinem

Rücken mit ihr trifft. Jeder anständige Kerl hätte sich doch längst bei mir vorgestellt.»

Nun konnte Valérie nichts mehr halten, sie prustete ohne Hemmungen los.

«Meinst du das jetzt wirklich ernst oder bist du gerade dabei, mich zu verarschen?», fragte sie, nachdem sie sich von ihrem Lachanfall erholt hatte und sich eine Träne aus dem Auge wischte.

«Ach, hör doch auf», entgegnete er düpiert und drückte die Eingabetaste. Sie würde schon sehen, dass er nicht auf den Kopf gefallen war.

«Sag mal, Jan, in welchem Jahrhundert lebst du eigentlich?», meinte sie und wollte gerade sein Büro verlassen, als ein Signal aus dem Computer erklang. Die Suche in der Datenbank war abgeschlossen. Er beugte sich aufgeregt vor und blickte auf den Bildschirm. War das möglich? Kein Treffer!

«Ich habe es dir ja gesagt», seufzte Valérie und ging zur Tür.

«Mag ja sein. Aber das heißt trotzdem nicht, dass ich dem Kerl über den Weg traue.»

«Du kannst es wohl einfach nicht lassen ...»

«Valérie?»

«Was ist?»

«Nun ja. Also ... Ich kann doch wohl davon ausgehen, dass die Sache hier unter uns bleibt?»

«Klar doch», lachte sie und verschwand.

# KAPITEL 42

Es gab Tage, die gemächlich begannen und im Verlauf ereignislos vor sich hin plätscherten, um dann – vollkommen unverhofft – eine interessante Wendung zu nehmen. Und heute war einer dieser Tage.

Nachdem Jan stundenlang am Schreibtisch gesessen und Protokolle geschrieben hatte, erreichte ihn ein Anruf von Sophie Bernauer, die ihn zu seinem Erstaunen um ein persönliches Gespräch bat. Auf seine Frage, worum es ging, teilte sie ihm lediglich mit, dass sie eine wichtige Aussage zu machen habe und ihn deshalb sehen wolle. Mehr konnte er ihr am Telefon nicht abringen.

Als er sie schließlich wie vereinbart in einem der Besucherzimmer antraf, hatte er den Eindruck, dass sie etwas zu belasten schien und sie nicht recht wusste, wie sie beginnen sollte. Also lehnte er sich räuspernd vor.

«Hier sind wir also, Frau Bernauer. Sie haben mir am Telefon gesagt, dass Sie eine Aussage machen möchten?»

Sie nickte und strich sich eine herunterhängende Haarsträhne aus dem Gesicht.

«Ja, das will ich.»

«Ich bin ganz Ohr.»

«Das ist nun sehr schwierig für mich, Herr Pratt. Aber ich denke, es ist an der Zeit, Ihnen reinen Wein einzuschenken. Wissen Sie noch, wie ich Ihnen damals bei unserem ersten Treffen in meinem Haus gesagt habe, dass ich am Abend, an dem Kai ermordet wurde, allein zu Hause gewesen bin? Nun, da habe ich nicht ganz die Wahrheit gesagt ...»

«Wollen Sie mir etwa gerade mitteilen, dass Sie in der Mordnacht gar nicht zu Hause waren?», fragte er, woraufhin sie den Kopf schüttelte.

«Doch, ich war zu Hause. Aber ich war … nicht allein, wenn Sie wissen, was ich meine.»

Er blickte sie überrascht an.

«Wissen Sie, die Ehe mit Kai war nicht immer einfach. Er trieb sich in den Nächten oft in zwielichtigen Lokalen umher. Dabei war er nicht selten in Begleitung von sehr jungen Damen. Und als dann auch noch die Geschichte mit seiner Assistentin dazukam …»

«Sie wussten also über seine Affären Bescheid?»

«Natürlich wusste ich davon. Anfangs bildete ich mir noch ein, das wäre nur eine Phase, die wieder vorübergehen würde. Aber das tat es nicht», sagte sie. Sie nahm einen Schluck Wasser und stellte das Glas sachte vor sich auf den Tisch. Ihr Blick war einige Sekunden starr auf das durchsichtige Getränk gerichtet.

«Frau Bernauer?»

«Tut mir leid, Herr Pratt, ich schien für einen Augenblick in Gedanken versunken zu sein.»

«Ich weiß, dass das hier nicht einfach für Sie ist, Frau Bernauer.»

Sie schüttelte energisch den Kopf.

«Nein, das wissen Sie *nicht*», fauchte sie und sah ihn mit funkelnden Augen verärgert an. Dann senkte sie resigniert die Stimme. «Bitte entschuldigen Sie.»

Er winkte ab.

«Ist schon gut. Fahren Sie doch bitte fort.»

«Ich fühlte mich allein und im Stich gelassen. Doch dann habe ich vor einem halben Jahr diesen Mann kennengelernt …. Wir haben uns ineinander vierliebt. Erst haben wir versucht, dagegen anzukämpfen, doch schließlich haben wir gemerkt, dass es sinnlos ist, und sind eine heimliche Beziehung miteinander eingegangen.»

«Sie verstehen sicher, dass ich mich frage, weshalb Sie mir das gerade heute erzählen. Seit dem Mord an Ihrem Mann hätten Sie genügend Zeit dafür gehabt. Warum also ausgerechnet jetzt?»

Sie zuckte mit den Achseln.

«Ich weiß es nicht, Herr Pratt. Vielleicht, weil ich mich geschämt habe und nun doch das Bedürfnis überhandnahm, reinen Tisch zu machen und die ganze Wahrheit zu erzählen. Egal, was Sie von mir denken mögen.»

Er wischte ihre Bemerkung mit einer Handbewegung weg.

«Machen Sie sich keine Gedanken darüber, was ich denke. Ich bin weder Richter noch Priester, Frau Bernauer. Alles, was nichts mit meinem Fall zu tun hat, interessiert mich nicht. Aber hat Ihr … Gefährte auch einen Namen?» Gefährte? Hatte er gerade eben ihren Liebhaber Gefährte genannt? Er seufzte innerlich auf. War ihm nichts Klügeres in den Sinn gekommen als dieses idiotische Wort?

Sie hob ihre Augenbrauen. Für einen Augenblick schien sie gar zu schmunzeln.

«Spielt der Name denn wirklich eine Rolle?», fragte sie.

«Nun, ich sage es mal so: Wenn er bezeugen kann, dass Sie die besagte Nacht tatsächlich mit ihm verbracht haben, dann haben Sie ein wasserdichtes Alibi. Aber ich denke, dass Sie das bereits wissen», antwortete er, doch sie ignorierte die versteckte Unterstellung.

«Ich verstehe. Nun gut. Es gibt eigentlich auch keinen Grund, ein Geheimnis daraus zu machen. Sein Name ist Heinrich von Sternenberg.»

Er starrte sie wie vom Blitz getroffen an. Hatte er gerade richtig gehört? Der schmierige Anwalt von Nico mutierte bei Nacht zum Göttergatten von Frau Bernauer?

«Heinrich von Sternenberg? Sie sprechen doch nicht etwa von dem bekannten Anwalt?»

«Das tue ich.»

Er schüttelte ungläubig den Kopf. Dann lehnte er sich zurück und musterte sie nachdenklich. Er glaubte ihr kein Wort. Sophie Bernauer und Heinrich von Sternenberg mussten ein falsches Spiel mit ihm spielen. Falls er ihr Alibi tatsächlich bestätigen sollte, dann hatte sie sich mithilfe des Anwalts soeben aus dem Kreis der Verdächtigten verabschiedet. Das war ein raffinierter Schachzug, das musste er ihnen lassen. Im Moment gab es jedoch nichts, was er dagegen tun konnte. Er faltete gedankenversunken die Hände vor dem Gesicht und seufzte. Dann stand er auf.

«Ich danke Ihnen für Ihre Aussage, Frau Bernauer. Ich kann Ihnen versichern, dass ich die Angelegenheit mit der angebrachten Diskretion behandeln werde.»

# KAPITEL 43

«Nun regen Sie sich bitte nicht künstlich auf, Herr Pratt», meinte von Sternenberg mit gelassener Stimme und blickte ihn mit einer Mischung aus Arroganz und Gleichgültigkeit an. «Vielleicht hätte ich Frau Bernauer tatsächlich schon früher dazu drängen sollen, Ihnen reinen Wein einzuschenken, was ihr Alibi betrifft. Aber mir waren leider die Hände gebunden. Da ich seit einigen Wochen auch noch ihr Rechtsvertreter bin, unterstehe ich der Schweigepflicht. Sie kennen die Gesetzte ja. Außerdem war das Alibi meiner Meinung nach für Ihren Fall sowieso nicht relevant. Mir war von Anfang an klar, dass sie mit dem Mord an ihrem Mann nichts zu tun haben konnte, weil sie, wie Sie jetzt auch wissen, die besagte Nacht mit mir zusammen war. Anfänglich wollte sie wohl nicht meinen Namen in die Sache hineinziehen, das war alles. Machen Sie jetzt bloß keine Staatsaffäre daraus. Sonst verbrennen Sie sich am Ende nur Ihre eigenen Finger.»

Jan blickte in das erstaunlich emotionslose Gesicht des Anwalts, während dieser sprach. Dann entgegnete er: «Ich ziehe in Zweifel, dass Frau Bernauers Alibi stimmt. Falschaussagen scheinen im Moment schließlich in Mode zu sein. Sie können sich sicher noch daran erinnern, wie Nicos Freundin anfänglich ebenfalls behauptet hatte, dass sie in der Mordnacht mit ihm zusammen war. Wie wir inzwischen wissen, ist die Arme schnell von ihrer Aussage abgerückt, nachdem die Polizei sie mit ihrer Lüge konfrontiert hatte. Und ich will jetzt mal ganz ehrlich zu Ihnen sein: Ich weiß nicht, was Sie im Schilde führen, aber ich glaube Ihnen kein einziges Wort, was Ihre angebliche Beziehung zu Sophie Bernauer betrifft.»

«Nun kommen Sie schon, Herr Pratt. Sie sind wirklich ein sehr guter Polizist, aber machen Sie sich bitte nicht lächerlich. Sie haben nichts gegen mich oder Sophie Bernauer in der Hand. Und das wissen wir beide doch ganz genau.»

Sosehr es Jan auch ärgerte, er hatte leider recht. Die Polizei hatte keinerlei Beweise dafür, dass Sophie Bernauers Alibi, geschweige denn ihre Beziehung zu von Sternenberg ein Schwindel waren.

«Und wenn wir uns schon so schön miteinander unterhalten, dann möchte ich gleich noch die Gelegenheit nutzen und Ihnen mitteilen, dass ich heute zur Entscheidung gekommen bin, mein Mandat im Fall Nico Bühler niederzulegen.»

Jan staunte nicht schlecht. Das hatte gerade noch gefehlt.

«Ernsthaft? Ausgerechnet jetzt wollen Sie Nico fallen lassen?»

Von Sternenberg lächelte ihn mit verschränkten Armen an.

«Wenn Sie es unbedingt so ausdrücken wollen, Herr Pratt, dann meinetwegen. Ich bin nun mal zur Überzeugung gelangt, dass Nico Bühler bei einem anderen Anwalt besser aufgehoben wäre.»

Jan konnte sich noch gut an das selbstgefällige Gerede des Anwalts erinnern, als dieser ihm weismachen wollte, er sähe es als seine moralische Pflicht an, Nico Bühler zu vertreten. Er hatte von Anfang an geahnt, dass mit diesem Typen etwas nicht stimmte.

Von Sternenberg stand auf und zog sich seinen Mantel an.

«Einfach so, Herr von Sternenberg? Sie legen die Verteidigung von Nico nieder und machen sich mit ihrem Designermantel elegant aus dem Staub, als würde Sie die ganze Geschichte auf einmal nichts mehr angehen?»

«Ich gratuliere Ihnen, Herr Pratt. Das war eine treffliche Beschreibung dessen, was ich gerade beschlossen habe», erwiderte er und ging.

In der Nacht waren die Temperaturen weit unter den Gefrierpunkt gefallen, es hatte heftig geschneit. Jan blickte durch das Fenster auf die dicken Flocken, die vom Himmel fielen. Dann zog er den Vorhang wieder zu und legte sich gähnend ins warme Bett zurück. Er drehte sich zur Seite und blickte auf Emily, die noch immer schlief. Ihr Brustkorb hob und senkte sich mit jedem Atemzug. Er wischte ihr liebevoll eine Haarsträhne aus dem Gesicht und dachte an das bevorstehende Weihnachtsfest und die freien Tage, die er mit seiner Familie zusammen verbringen würde. Als der Wecker klingelte, wurde er jäh aus seinen Gedanken gerissen. Es war kurz nach sechs Uhr morgens. Emily hatte heute ihren freien Tag. Im Gegensatz zu ihm. Gern würde er den ganzen Tag mit ihr im Bett verbringen. Er fragte sich, wie lange es wohl her war, seit sie das zum letzten Mal getan hatten. Das musste irgendwann vor Léonies Geburt gewesen sein. Vorsichtig zog Jan die Bettdecke über ihre nackten Schultern. Mit schlaftrunken blinzelnden Augen blickte sie ihn an.

«Guten Morgen», sagte sie mit heiserer Stimme und schmiegte sich sanft an seinen Körper. «Wie lange bist du denn schon wach?»

«Keine Ahnung, vielleicht zehn Minuten», log er. Aus dem Gang erklang das Geräusch der Spülung, eine Tür wurde lautstark zugeschlagen. Léonie war also auch bereits aufgestanden.

«Ich sehe mal nach ihr», meinte Emily und streckte sich kurz. Dann stieg sie aus dem Bett. Er hatte noch nie begriffen, wie sie es schaffte, so schnell wach zu werden. Er hielt sie kurz an der Hand zurück.

«Ich warte hier auf dich», sagte er und zwinkerte ihr verschwörerisch zu. Sie blickte ihn erstaunt an.

«Musst du denn heute nicht zur Arbeit?»

«Doch, aber ich fühle mich gerade nicht sehr gut. Vielleicht leide ich ja unter einer spontanen Grippe, so was soll hin und wieder vorkommen. Und in dem Fall ist es ungemein wichtig, mindestens einen Tag im Bett zu verbringen.»

Sie schüttelte lachend ihren Kopf.

«Du hast doch in den letzten zwanzig Jahren noch keinen einzigen Arbeitstag verpasst. Das würdest du sicher auch jetzt nicht durchziehen», sagte sie. Noch bevor er protestieren konnte, streckte auch schon Léonie ihren Kopf durch den Türspalt.

«Mama, machst du mir heute kein Frühstück? Ich bin schon viel zu spät dran», reklamierte sie empört.

«Ich komme gleich, mein Schatz», antworte Emily und zog sich ihren Morgenrock über. «Ich bin gleich zurück. Und bleib mir ja dort, wo du gerade bist. Hast du mich verstanden?»

«Keine Sorge», sagte Jan und richtete sich auf. Er blickte ihr nach, wie sie in der Küche verschwand. Ein Lächeln huschte über sein Gesicht. Dann stieg er aus dem Bett und blätterte durch seine alte Schallplattensammlung, die er in seiner Kommode aufbewahrte. So viele Jahre waren schon vergangen. Jede einzelne dieser Platten war mit einer speziellen Erinnerung verbunden. Vorsichtig nahm er eine von ihnen hervor und legte sie auf den Plattenteller. *Anita Bakers Sweet Love* erklang kratzend aus den Lautsprechern. Zufrieden ging er ins Bett zurück.

Als Emily kurz darauf ins Schlafzimmer zurückkam, ließ sie schmunzelnd ihren Morgenrock zu Boden fallen. Sie sah noch immer absolut umwerfend aus und schaffte es mit Leichtigkeit, ihn aus der Ruhe zu bringen.

«Nun komm schon endlich zu mir», forderte er und zog sie zu sich ins Bett. Sie schrie lachend auf. Dieser winterliche Morgen fing vielversprechend an.

Es war gegen zehn Uhr morgens, als Jans Mobiltelefon auf seinem Nachttisch zu klingeln begann. Emily legte ihre Hand auf seine Schultern und küsste sanft seine Lippen.

«Lass es doch einfach weiterklingeln», flüsterte sie ihm zu. Natürlich hatte sie recht. Aber alte Gewohnheiten legte man nun mal nicht so schnell ab. Er konnte nicht anders. Er schielte auf das Telefon und sah, dass es Valérie war, die ihn zu erreichen versuchte. Und er wusste, dass sie das ganz sicher nicht ohne triftigen Grund tat.

«Es tut mir leid, Emily. Aber ich muss da einfach rangehen.»

Sie zog einen nicht ganz ernst gemeinten Schmollmund.

«Du musst dich nicht entschuldigen. Ich verstehe das. Immerhin bin ich schon fast mein halbes Leben mit einem Polizisten verheiratet. Also geh schon endlich ran», sagte sie und küsste ihn erneut. Dann rollte sie sich zusammen und zog die Decke über sich. Er drückte das Handy an sein Ohr und sprach mit gedämpfter Stimme.

«Was ist denn los, Valérie? Es ist gerade ungünstig ...»

«Wo zum Teufel steckst du denn schon die ganze Zeit?», hörte er sie am anderen Ende fluchen.

«Ähm ... Ich bin zu Hause. Ich fühle mich heute nicht so gut. Ich glaube, ich bekomme eine Grippe.»

«Was? Das ist doch wohl nicht dein Ernst?»

«Nun sag schon endlich, was los ist, Valérie», entgegnete er und ignorierte ihren versteckten Vorwurf.

«Wir haben Catanzaro gefunden.»

Er schnellte hoch.

«Ihr habt *was?* Ist Catanzaro in Gewahrsam?»

«Sozusagen. Wir sind gerade in einem Waldstück an der Straße zwischen Schlieren und Uitikon. Am besten kommst du so schnell wie möglich vorbei und machst dir selbst ein

Bild von der Lage. Ich schicke dir die Koordinaten auf dein Telefon.»

«Na gut. Ich mache mich gleich auf den Weg. Ich bin in einer halben Stunde bei euch», antwortete er und legte auf. Er blickte Emily an. «Es tut mir wirklich leid. Ich werde das wiedergutmachen, das verspreche ich dir.»

«Das will ich doch auch hoffen», antwortete sie mit einem versöhnlichen Lächeln auf den Lippen.

# KAPITEL 44

Er ging hinter Valérie den schmalen Pfad entlang, der durch den winterlichen Wald führte. Immer wieder rutschten sie auf der glatten Oberfläche aus. Es war bitterkalt. Valérie trug dünne Schuhe und fluchte den ganzen Weg über vor sich hin. Nach einer Weile gelangten sie zu einer schmalen und abgelegenen Waldlichtung. Jan drehte sich noch einmal um und blickte auf den verschlungenen Weg zurück, den sie gerade entlanggegangen waren. Eines war sicher: Niemand wäre zufällig hierhergekommen.

Gelbe Absperrbänder umringten die schneebedeckte Lichtung und flatterten im Wind. Am Ort herrschte bereits reger Betrieb. Die Spurensicherung hatte ein Zelt aufgespannt und verrichtete ihre Arbeit. Mehrere Polizisten standen frierend außerhalb der Absperrung herum, tranken dampfenden Kaffee aus Thermoskannen und beobachteten das Geschehen. Jemand gab ein unpassendes Lachen von sich, das aber sofort wieder erstarb, als Jan und Valérie die Szenerie betraten.

«Ein Forstarbeiter hat heute in der Frühe die Leiche gefunden, als er Holz schlagen wollte. Die Fingerabdrücke der Leiche wurden bereits abgeglichen. Es gibt keinen Zweifel: Es handelt sich um den von uns gesuchten Romano Catanzaro. Er wurde erschossen», berichtete Valérie.

An diesem abgelegenen Ort hatte seine Flucht also ihr blutiges Ende genommen, dachte Jan, der daraufhin fragte: «Ist das hier der Tatort?»

«Aufgrund der Abgeschiedenheit dieses Gebiets ging die Spurensicherung anfänglich davon aus, dass der Mörder die Leiche hier lediglich abgelegt hat. Aber inzwischen wurde zweifelsfrei festgestellt, dass wir uns am Tatort befinden.»

Er fragte sich, was Catanzaro an diesem abgelegenen Ort zu suchen hatte. Wahrscheinlich wollte er sich hier mit jemandem im Geheimen treffen. Aber warum ausgerechnet an dieser Waldlichtung?

«Haben wir einen Anhaltspunkt, wie lange er schon tot ist?», fragte er.

«Die Kollegen schätzen, dass er bereits seit einer Woche hier liegt. Aber mit absoluter Sicherheit können sie das nicht mehr feststellen. Er wurde übrigens aus nächster Nähe getötet.»

«Genau wie Kai Bernauer», stellte er fest.

«Ja. Nur mit dem Unterschied, dass der Mörder diesmal nicht gleich das ganze Magazin geleert hat, sondern sich mit einem gezielten Kopfschuss begnügte. Aber es gibt noch ein interessantes Detail: Catanzaro trug einen Revolver bei sich, der dasselbe seltene Kaliber hat wie die Waffe, mit der Kai Bernauer erschossen wurde. Wir lassen sie gerade überprüfen. Vielleicht handelt es sich um die Tatwaffe.»

«Wann werden wir das Ergebnis haben?», fragte er und stellte fest, dass seine Hände inzwischen vor Kälte zitterten.

«Spätestens in zwei Tagen.»

Einer der Polizisten drückte ihnen zwei Becher Kaffee in die Hände, die sie dankend annahmen. Er schielte neidisch auf die warmen Winterjacken und die gepolsterten Stiefel der Kollegen und spielte mit dem Gedanken, zum Wagen zurückzukehren und sich dort aufzuwärmen, als einer der Kollegen von der Spurensicherung zu ihnen kam.

«Wir haben vorhin etwas gefunden, mit dem wir leider nicht viel anfangen können. Aber vielleicht ist das Ding für euch interessant. Ich glaube nicht, dass es zufällig hier gelandet ist», sagte er und hielt ein Aufnahmeband in die Höhe. Sofort beschleunigte sich Jans Puls.

« Das Band befand sich neben der Leiche in einem morschen Baumstrunk. Jemand muss es dort versteckt haben. Wir haben es nur durch Zufall gefunden. Aber ich glaube nicht, dass darauf noch etwas zu retten ist. Die Feuchtigkeit hat dem Ding ziemlich zugesetzt », fügte er hinzu.

Valérie und Jan zogen sich Schutzhandschuhe über. Dann griff Jan nach dem Band und musterte es.

« Hm ... Das könnte tatsächlich zum Aufnahmegerät in Bernauers Büro passen », stellte er fest und reichte Valérie das Band. Sie begutachtete es kurz und gab es dann dem Kollegen der Spurensicherung zurück.

« Das wäre gut möglich. Was denkst du, könnt ihr vielleicht doch noch etwas davon retten ? »

« Wie gesagt, macht euch lieber nicht zu große Hoffnungen. Das Ding war mehrere Tage lang Eis und Schnee ausgesetzt. Aber wir werden unser Bestes geben », sagte er und steckte das Band in eine Plastiktüte.

# KAPITEL 45

Er hatte den Kragen hochgeschlagen und seine Hände tief in seinen Manteltaschen vergraben. Er wartete nun schon über eine halbe Stunde vor dem Untersuchungsgefängnis auf Nico. Als dieser endlich aus dem Gebäude kam, stellte Jan mit Bedauern fest, dass sein Freund schlecht aussah. Sein Gesicht wirkte eingefallen, sein Blick flackerte nervös umher und er hatte abgenommen. Die letzten Wochen hatten ihm sichtlich zugesetzt. Aber nun war er frei, und das war das Einzige, das zählte.

Jan winkte ihm zu. Nico hatte sich eine alte Sporttasche über die Schulter geworfen und blickte ihn erstaunt an. Dann lächelte er.

« Was machst du denn hier ? Ich habe ehrlich gesagt nicht damit gerechnet, dass du kommen würdest », sagte er und legte seine Tasche auf den Boden. Er gab ihm eine kurze Umarmung.

« Es tut mir leid, dass ich während der Haft so ein Mistkerl zu dir war. Ich weiß, was ich dir schulde, mein Freund », sagte Nico und blickte ihn eindringlich an.

« Ich bin froh, dass du es geschafft hast. Und du schuldest mir gar nichts. Es waren die Kollegen von der Spurensicherung und nicht ich, die nachweisen konnten, dass Catanzaros Revolver diejenige Waffe war, mit der Kai Bernauer erschossen wurde. Du solltest also lieber ihnen danken », sagte Jan.

Nico legte freundschaftlich seinen Arm um seine Schultern.

« Ich habe ehrlich gesagt nicht mehr daran geglaubt, hier noch lebendig herauszukommen. Im Gefängnis stand ich kurz davor, endgültig vor die Hunde zu gehen. Danke, dass du mich nicht hängen gelassen hast, Jan. Das meine ich wirklich ernst.»

«Du hättest dasselbe für mich getan», antwortete er.

«Wisst ihr eigentlich schon, wer diesen Catanzaro erschossen hat?»

«Nein. Und ich fürchte, dass das für immer ein Rätsel bleiben wird. Vielleicht war es eine interne Abrechnung unter Kriminellen. Jedenfalls denkt das unser Polizeichef.»

Nico winkte ab.

«Na ja, ist doch eigentlich auch egal, wer es war. Wenn du mich fragst, haben sowohl die Familie Bernauer als auch dieser Catanzaro das bekommen, was sie verdient haben. Vielleicht war es ganz einfach Karma», meinte Nico grinsend. Jan wusste nicht, was er darauf erwidern sollte. Plötzlich kam ihm eine Idee.

«Weißt du was? Wieso kommst du nicht mit deiner Freundin über die Weihnachtstage zu uns zum Essen vorbei? Emily und ich würden uns darüber freuen.»

Nicos Blick verfinsterte sich.

«Daraus wird wohl leider nichts. Kurz nachdem ich verhaftet wurde, hat sich Jasmine nämlich vom Acker gemacht. Wollte wohl nicht mit einem Knasti zusammen sein. Ich habe gehört, dass sie sich bereits einen anderen Kerl geangelt hat.»

«Es tut mir leid, das zu hören», antwortete Jan und bereute augenblicklich, das Thema angeschnitten zu haben. Doch Nico zuckte nur gleichgültig mit den Schultern.

«Ach was. Das ist doch schon längst Schnee von gestern. Du glaubst doch nicht ernsthaft, dass ich mich wegen so etwas unterkriegen lasse. Ich komme schon klar. Außerdem ging mir die Kleine sowieso schon länger auf den Wecker, das kannst du mir glauben. Aber weißt du was? Lass uns doch mal um der guten alten Zeiten willen zusammen ein paar Bierchen kippen.»

«Das wäre schön, Nico.»

«Gut. Tja, dann mach ich mich mal auf den Weg, mein alter Freund. Ich melde mich bei dir, darauf kannst du dich verlassen. Aber zuerst habe ich einiges nachzuholen. Bald ist Weihnachten. Ich glaube, heute werde ich mich das erste Mal seit langer Zeit wieder so richtig volllaufen lassen.» Nico hob grinsend seine Tasche auf. «Wir sehen uns, Jan», verabschiedete er sich und ging, ohne sich noch einmal umzudrehen.

«Mach's gut, Nico», erwiderte er. Aber Nico konnte ihn schon nicht mehr hören. Er blickte ihm nachdenklich nach, wie er mit schnellen Schritten Richtung Innenstadt ging. Und in diesem Moment wusste er, dass er ihn wohl nie mehr wiedersehen würde.

# KAPITEL 46

In der ersten Woche des neuen Jahres hatte der beißende Nordwind eine klirrende Kälte ins Land gebracht. Die Temperaturen waren weit unter null Grad gefallen. Er konnte sich nicht daran erinnern, wann es in Zürich das letzte Mal derart kalt gewesen war.

Nach den langen Feiertagen hatte sich Jan am ersten Arbeitstag recht unmotiviert ins Büro begeben. Dabei wäre ihm auf dem Weg zu seiner Dienststelle beinahe sein Gesicht eingefroren. Das war nun wirklich kein vielversprechender Start ins neue Jahr, wie er fand. Als er dann auch noch eine Sitzung mit Franz Bäumler bezüglich des neuen Finanzbudgets seiner Abteilung hinter sich bringen musste, sank seine Motivation auf ein bedenklich tiefes Niveau. Schließlich war er weder Buchhalter noch Finanzplaner, sondern Polizist!

Nachdem die Besprechung endlich beendet war, begegnete ihm auf dem Flur Valérie.

« Und? Wie war deine Sitzung?», fragte sie.

« Furchtbar. Ich wäre um ein Haar eingenickt.»

« Dabei hätte ich liebend gern Bäumlers Gesicht gesehen», antwortete sie grinsend. « Übrigens: Vorhin war ein gewisser Klaus Scherer hier im Büro. Ich habe ihn noch nie zuvor gesehen. Kennst du ihn?», fragte sie.

Er blickte sie erstaunt an.

« Selbstverständlich kenne ich ihn. Klaus Scherer arbeitet bei der Fedpol in Bern. Ich habe vor einigen Jahren mit ihm zusammen an einem Fall gearbeitet. Wieso fragst du?»

« Nun, als du vorhin bei Bäumler im Büro warst, hat er nach dir gefragt. Und er klang dabei ehrlich gesagt ziemlich aufgeregt.»

« Und hat er gesagt, worum es geht?»

Jan ahnte bereits jetzt, dass es sich um eine dringende Angelegenheit handeln musste. Er hatte Scherer in all den Jahren nicht ein einziges Mal aufgeregt erlebt. Im Gegenteil: Er war immer die Ruhe selbst gewesen und gehörte zu der Sorte von Menschen, die in hektischen Momenten stets gelassen blieben.

Valérie schüttelte entschieden den Kopf.

«Nein. Er meinte nur, dass er dich dringend sprechen müsse. Und dass es etwas mit dem Mordfall Kai Bernauer zu tun habe. Aber mehr wollte er mir nicht sagen. Er wartet gerade in einem unserer Besprechungszimmer auf dich.»

«Der Mordfall Bernauer ist doch offiziell abgeschlossen, Valérie. Catanzaro hat Kai Bernauer erschossen und kam danach bei einer internen Abrechnung ums Leben. So lautet unsere Version. Hast du ihm das denn nicht gesagt?»

«Natürlich habe ich das. Aber er meinte nur, dass Fedpol etwas herausgefunden habe, das vielleicht alles ändern könnte.»

Jan fragte sich, was zum Teufel hier los war. Nach schier endlosen Ermittlungen hatten er und seine Kollegen endlich das Kapitel Bernauer schließen und Nicos Unschuld beweisen können. Die Vorstellung, dass sie etwas übersehen haben könnten, ließ ihn unruhig werden. Mit einer Handbewegung wies er Valérie an, ihm zu folgen.

Nachdem sie sich herzlich begrüßt hatten, setzten sie sich an den kahlen Besuchertisch. Klaus Scherer lehnte sich entspannt zurück. Er hatte stahlblaue Augen, die jedem, der mit ihm zu tun hatte, das Gefühl vermittelte, dass er durch einen hindurchsehen konnte. Eine Eigenschaft, die für einen Polizisten ein nicht zu unterschätzender Vorteil war. Er trug ein klassisches Tweedjackett und hatte die ersten beiden Knöpfe seines Hemds aufgeknöpft. Sein eleganter, aber diskreter Kleidungsstil verlieh ihm die Aura eines englischen Landadligen. Vor ihm lag eine ungeöffnete Akte. Scherer blickte Valérie forschend an, ein angedeutetes Lächeln erschien auf seinem Gesicht. Schließlich wandte er sich an Jan und das Lächeln auf seinem Gesicht erstarb.

«Gut, ich will nicht länger als nötig eure Zeit verschwenden. Ich komme gleich zur Sache», begann er und tippte mit den Fingern auf die Akte vor ihm. «Vor einigen Monaten erhielten wir von einer anonymen Quelle den Tipp, dass wir die Bücher der Firma Bernauer etwas genauer unter die Lupe nehmen sollten. Da ihr aber sicher wisst, dass unsere Behörde chronisch überlastet ist, haben wir nur eine oberflächliche Prüfung vorgenommen. Dabei ist nichts Auffälliges herausgekommen. Also haben wir die Sache auf sich beruhen lassen und gingen davon aus, dass der Hinweis von einem missgünstigen Konkurrenten kam, der dem Unternehmen Bernauer schaden wollte. Als der Firmeninhaber Kai Bernauer ermordet wurde, änderte sich jedoch so einiges. Kai Bernauer hatte nämlich keine nahen Verwandten, wodurch seine Frau zur alleinigen Erbin wurde. Nun, da sie die Firma verkaufen möchte, ließ ein potenzieller Käufer, ein bekanntes internationales Unternehmen, die Geschäftsbücher von einer auf Firmenübernahmen spezialisierten Consultingfirma prüfen. Und diese hat einige Unregelmäßigkeiten gefunden, wie wir in Erfahrung bringen konnten. Also haben auch wir die Geschäftsbücher nochmals genau unter die Lupe genommen.» Er öffnete die Akte, die vor ihm auf dem Tisch lag. «Bernauer hat in den letzten Jahren ein undurchsichtiges Finanzkonstrukt mit unzähligen Offshore-Gesellschaften aufgebaut. Unsere Beamten haben sich nur mit großer Mühe einen ersten Überblick verschaffen können. Ich möchte jetzt nicht ins Detail gehen, und es ist wichtig, dass dieses Gespräch vorläufig noch unter uns bleibt. Aber unser Ermittlungsleiter hat mir gegenüber den Verdacht geäußert, dass Bernauer über sein verschachteltes Konstrukt in den letzten Jahren immense Geldsummen aus unbekannten ausländischen Quellen in unzählige Bauprojekte in der Schweiz investiert hat. Dabei ist er derart geschickt vorgegangen, dass es unseren Beamten nicht einmal ansatzweise gelungen ist, den Ursprung dieser Gelder zu eruieren. Am Ende führte jede neue Spur, die wir verfolgten, ins Leere. Das ist ein Werk absoluter Profis, das kannst du mir glauben.»

«Also hat Kai Bernauer tatsächlich Millionenbeträge aus dunklen Quellen in legale Schweizer Bauprojekte geschleust», folgerte Jan. Er hatte also mit seiner Vermutung von Anfang an recht gehabt.

«Davon gehe ich inzwischen aus. Und nachdem ich die Summen dieser Finanzströme gesehen habe, möchte ich euch warnen, denn das hier könnte viel größer sein, als es zu Beginn den Anschein gemacht hat. Und eins sage ich euch: Wenn sich solche Kreise bedroht fühlen, dann handeln sie erbarmungslos und schrecken vor nichts zurück.»

«Von wem genau sprichst du?», fragte er, obwohl er bereits wusste, worauf er hinauswollte. Scherer zuckte mit den Schultern, und das erste Mal, seit er ihn kannte, sah er Sorgenfalten in seinem Gesicht.

«Ich wüsste beim besten Willen nicht, wer außer einem der großen ausländischen Verbrechersyndikate über derartige Summen Geld und gleichzeitig das nötige Wissen verfügt, die Herkunft des Geldes so geschickt verschleiern zu können.»

Jan dachte an das Gespräch in Neapel mit Francesco Russo zurück. Der Commissario hatte ihn schon damals vor den Ausmaßen des Falls gewarnt.

«Aber da ist noch etwas, was euch interessieren könnte. Gestern sind meine Leute auf mehrere Zahlungen gestoßen, die über Bernauers persönliche Stiftung liefen, und die beweisen zweifelsfrei, dass er in den Wochen vor seiner Ermordung noch mehrere Millionen Dollar auf eines seiner privaten Offshore-Konten in der Karibik verschoben hat.»

«Sie denken also, dass er untertauchen wollte?», fragte Valérie.

Scherer nickte.

«Daran gibt es keinen Zweifel. Meine Leute haben auf einem der besagten Konten eine Belastung für zwei Flugtickets erster Klasse für ihn und seine Frau von Frankfurt nach Miami gefunden. Vermutlich wollten sie von Frankfurt aus fliegen, um ihre Spur zu verwischen. Ein Flug ab Zürich wäre viel zu einfach zu verfolgen gewesen. Außerdem glaube ich, dass Miami nicht das endgültige Ziel ihrer Reise war. Ich würde mal vermuten, dass er sich für sich und seine Frau eine hübsche, diskrete Insel in der Karibik für seinen Lebensabend ausgesucht hat. Wir wissen zwar nicht, weshalb er untertauchen wollte, aber eine Erklärung dafür wäre, dass er bei dem Verbrechersyndikat in Ungnade fiel und daher um sein Leben fürchtete.»

«Moment mal, habe ich das gerade richtig verstanden? Kai Bernauer hatte die Tickets für sich *und* Sophie Bernauer gebucht? Seid ihr euch da wirklich sicher?»

«So ist es. Die Buchungen der beiden Tickets laufen auf Kai und Sophie Bernauer», entgegnete er.

«Dann hat uns Sophie Bernauer also die ganze Zeit über an der Nase herumgeführt! Alles, was sie uns über ihre angeblich kaputte Ehe erzählt hat, war eine einzige Lüge. Was hat sie uns wohl sonst noch alles für Unwahrheiten aufgetischt?», fragte Jan mehr sich selbst als seine Gesprächspartner. Er dachte an Laura Kirchner, die vermutlich die Wahrheit erzählt hatte, als sie versicherte, Sophie Bernauer mit Catanzaro und einer weiteren Person in Kai Bernauers Büro gesehen zu haben.

«Denken Sie, dass Sophie Bernauer über die kriminellen Aktivitäten ihres Mannes im Bilde war?», fragte nun Valérie.

«Sophie Bernauer hat in den letzten Jahren unzählige Überweisungen über verschiedene Offshore-Gesellschaften persönlich autorisiert. Ihr könnt also nicht nur davon ausgehen, dass sie über die Machenschaften ihres Mannes im Bilde war, sondern auch, dass sie sich erheblich daran beteiligte. Sie war ihrem skrupellosen Mann mehr als ebenbürtig, das könnt ihr mir glauben.»

# KAPITEL 47

Seit dem frühen Morgen bliesen warme, orkanartige Windböen durch die Straßen der Stadt und verwandelten den winterlichen Schneefall in einen heftigen Regenschauer. Vielleicht war das ein schlechtes Omen für Sophie Bernauer, die heute Morgen von den Beamten der Zürcher Polizei verhaftet worden war. Jan stand hinter dem Fenster seines Büros und blickte auf das schmutzig braune Wasser der Sihl. Die Strömung war stark angeschwollen. Das alte, mit Regentropfen bedeckte Fenster klapperte heftig im Wind. Nach der Unterhaltung mit Scherer waren sie auf direktem Weg zu Bäumler gegangen. Der Polizeichef hatte danach keine andere Wahl mehr gehabt, als die Ermittlungen im bereits zu den Akten gelegten Mordfall Kai Bernauer wieder aufzunehmen, auch wenn es ihm sichtlich widerstrebte.

Jan zog sich sein Jackett an und griff nach seinen Unterlagen. Valérie wartete schweigend an der Tür auf ihn. Er gab ihr mit einem Kopfnicken zu verstehen, dass er bereit war.

«Lass es uns hinter uns bringen», sagte er zu ihr und klopfte ihr mit der Hand freundschaftlich auf die Schulter. Valérie lächelte ihn an und folgte ihm zum Verhörraum. Sie hatte in diesem Fall verdammt gute Arbeit geleistet, und er wusste, dass er ohne sie niemals so weit gekommen wäre. Deshalb hatte er ihr vorgeschlagen, dass sie das Verhör mit Sophie Bernauer führen sollte, was sie jedoch vehement abgelehnt hatte. Eigentlich wunderte ihn das nicht. Sie blieb lieber im Hintergrund und vermied den großen Auftritt, wann immer sie konnte. Eine Eigenschaft, in der sie sich sehr ähnelten.

Als sie in den Verhörraum traten, saß ihnen eine völlig veränderte Sophie Bernauer gegenüber. Anstatt der teuren Garderobe trug sie eine abgetragene Jeans und eine weiße Seidenbluse. Als er in ihre Augen blickte, sah er den resignierten Blick einer Kämpferin, die wusste, dass sie ihren Kampf verloren hatte. Lass dich von ihr bloß nicht um den Finger wickeln, warnte ihn seine innere Stimme.

«Ich will nicht um den heißen Brei herumreden, Frau Bernauer. Wir wissen, dass Ihr Mann einen zweistelligen Millionenbetrag auf eines seiner Offshore-Konten in der Karibik überwiesen hat. Außerdem sind wir im Bilde darüber, dass Sie zusammen mit Ihrem Mann geplant hatten, das Land zu verlassen. Sie haben uns die ganze Zeit über an der Nase herumgeführt, Frau Bernauer», sagte Jan mit ruhiger Stimme.

Sophie Bernauer machte einen abwesenden Eindruck, sie folgte den Anschuldigungen ohne jegliche Regung. Während sie an ihrem Kaffee nippte, schienen ihre Augen durch die Tischplatte hindurchzusehen. Schließlich hob sie langsam den Kopf und stellte die Kaffeetasse ab. Sie räusperte sich.

«Gut. Ich werde Ihnen alles erzählen, was ich weiß.»

Er nickte und schob das Aufnahmegerät in die Mitte des Tisches.

«Sind Sie damit einverstanden, dass wir dieses Gespräch aufnehmen? Ich muss Sie an dieser Stelle darüber aufklären, dass wir die Aufnahmen auch vor Gericht verwenden können.»

Sie nickte.

«Natürlich. Das alles spielt doch jetzt sowieso keine Rolle mehr», antwortete sie und begann stockend zu erzählen: «Als ich Ihnen sagte, ich hätte von den Machenschaften meines Mannes nicht die geringste Ahnung, habe ich gelogen. Kai hat mich von Anfang an in seine Geschäfte miteinbezogen. Aber das haben Sie vermutlich inzwischen selbst herausgefunden.»

«Das haben wir. Aber erzählen Sie bitte weiter.»

«Es ging uns eigentlich gut. Aber Kai wollte mehr. Und so begann er vor einigen Jahren, Geld aus den Offshore-Firmen in seine eigene Tasche zu lenken. Anfangs waren es nur kleinere Beträge, die wahrscheinlich niemandem aufgefallen wären. Doch er wurde immer leichtsinniger, und die Beträge, die er für uns abzweigte, immer größer.»

«Was war überhaupt der Zweck dieser Firmen?»

Sophie Bernauer lächelte schief.

«Sie sind zweifellos ein guter Polizist, Herr Pratt. Aber von Finanzgeschäften scheinen Sie nicht viel zu verstehen.»

«Dann klären Sie mich doch bitte auf.»

«Wie Sie wollen. Ich werde versuchen, Ihnen das so einfach wie möglich zu erklären», sagte sie, und der leicht spöttische Unterton war nicht zu verkennen. «Die Spezialität meines Mannes bestand darin, die wahren Besitzverhältnisse von Geldern durch Offshore-Firmen mit unzähligen Tochtergesellschaften und Querverbindungen zu verschleiern. Danach konnte er weltweit Zahlungen für fingierte Leistungen und Scheinkredite dieser Firmen vornehmen, ohne dass ein Außenstehender den Geldkreislauf innerhalb der Konstrukte nachvollziehen konnte. Ich will Sie hier nicht mit Details in Verlegenheit bringen, die Sie nicht verstehen können, Herr Pratt, aber im Endeffekt ging es schlicht und einfach darum, durch die Verschleierung kriminelles Geld in sauberes, legales Geld zu verwandeln. Und ich kann Ihnen versichern, dass mein Mann wirklich gut in dem war, was er tat.»

«Ich verstehe Ihre Ausführungen, Frau Bernauer. Aber was passierte danach mit dem Geld?», fragte Valérie.

«Ist das denn nicht offensichtlich? Der einzige Zweck des Ganzen war, dass diese Leute ihr kriminelles Geld hochoffiziell in legale Bauprojekte und Unternehmen in der Schweiz und in anderen Ländern investieren konnten, ohne dass die

Behörden auch nur die leiseste Ahnung hatten, wer wirklich dahintersteckte.»

Es war genau so, wie Steiner es ihnen gesagt hatte.

«Aber irgendwas lief schief», stellte Jan fest, woraufhin sie ihn mit einem kraftlosen Blick ansah.

«Einige Wochen vor seinem Tod wurde Kai gewarnt, es sei durchgesickert, dass er einen Teil des Geldes in seine eigene Tasche stecke. Ich weiß nicht, wer ihm damals diese Warnung zukommen ließ. Aber danach war Kai nicht mehr er selbst. Er flehte mich an, umgehend das Land mit ihm zu verlassen. Er war in Panik, denn er kannte seine Geschäftspartner gut genug, um zu wissen, dass sie ihm so etwas niemals verzeihen würden. Er vertraute mir an, dass er inzwischen genügend Geld auf einem Konto in der Karibik versteckt habe, damit wir dort ein unbeschwertes Leben führen könnten. Sie hätten uns dort niemals gefunden.»

«Hat er Ihnen erzählt, um was für Leute es sich handelte, die er um ihr Geld gebracht hatte?»

Sie schüttelte entschieden den Kopf.

«Nein, nur dass sie aus dem Ausland waren und dass die Geschäftsverbindung sehr alt war. Sie ging wohl auf seinen Vater zurück. Mehr hat er mir nicht über sie erzählt. Ich habe ihn angefleht, er solle sich bei ihnen entschuldigen und ihnen ihr Geld zurückzahlen. Aber er lachte mich nur aus und meinte, solche Leute würden keine Entschuldigung akzeptieren. In diesem Moment wusste ich, dass auch mein Leben in Gefahr war.»

Unverhofft zückte Valérie ein Foto und schob es Sophie Bernauer zu. Jan erkannte, dass es sich dabei um die Aufnahme von Catanzaro handelte.

«Mein Kollege hat Sie schon einmal gefragt. Aber ich tue es ein weiteres Mal. Kennen Sie diesen Mann?», fragte Valérie.

Sophie Bernauer nahm das Foto in die Hand und blickte es lange an. Dann legte sie es zurück und nickte unmerklich.

«Ja, ich kenne diesen Mann», antwortete sie. «Sein Name ist Romano Catanzaro. Kai sagte mir, dass er bereits für seinen Vater gearbeitet habe und dass er der Einzige sei, der uns noch retten könne. Aber er war mir von Anfang an nicht geheuer, und das habe ich Kai auch gesagt.»

Plötzlich veränderte sich etwas in ihrem Gesicht.

«Moment mal. Denken Sie etwa, dass er etwas mit dem Mord an meinem Mann zu tun haben könnte?»

«Sagen Sie es mir», entgegnete Jan trocken.

«Wie gesagt, ich habe ihm nicht vertraut. Aber ich kann mir trotzdem nicht vorstellen, dass er etwas mit Kais Tod zu tun haben könnte. Er kannte ihn schon, seit er ein Kind war.»

Valérie griff sich das Foto und steckte es ein.

«Wir haben Catanzaro vor zwei Tagen mit einer Kugel im Kopf tot in einem Waldstück außerhalb der Stadt aufgefunden.»

«Catanzaro wurde getötet? Aber warum ...? Wissen Sie, wer es gewesen ist?»

«Bis jetzt noch nicht. Offiziell gehen wir davon aus, dass es sich um eine Abrechnung unter Kriminellen handelte.»

«Offiziell? Das heißt also, dass Sie nicht daran glauben?»

«Nein, das tue ich nicht. Aber dazu später. Was ich Ihnen zuerst mitteilen muss, ist, dass Catanzaro die Waffe bei sich trug, mit der Ihr Mann erschossen wurde. Das hat unsere Ballistik zweifelsfrei festgestellt.»

«Also dann hat er Kai ...? Das ist ja furchtbar», entfuhr es ihr. Sie hielt sich ihre Hände vor das Gesicht.

«Jetzt, da Catanzaro tot ist, werden wir wohl nie erfahren, wer ihm den Auftrag erteilte, Ihren Mann zu töten. Ich könnte mir aber gut vorstellen, dass derjenige, der hinter diesem Auftrag steht, äußerst froh darüber ist, dass er nicht mehr unter uns weilt», sagte Jan, während er mit regungsloser Miene in Sophie Bernauers Augen blickte. Es war ihm bewusst, dass er sich gerade auf dünnem Eis bewegte. Sie blickte ihn derweil misstrauisch an.

«Ich fürchte, ich kann Ihnen nicht recht folgen. Sprechen Sie gerade von den Leuten, die hinter meinem Mann her waren?»

Er antwortete nicht.

«Oder wollen Sie etwa andeuten, dass ich etwas mit dem Tod von Catanzaro zu tun haben könnte?»

«Ich will hier gar nichts andeuten, Frau Bernauer. Ich sammele nur die Fakten und ziehe Schlussfolgerungen aus ihnen. Haben Sie Catanzaro dafür bezahlt, Ihren Mann aus dem Weg zu räumen? Und haben Sie danach wiederum Catanzaro als unliebsamen Mitwisser aus dem Weg geräumt?»

Sie blickte ihn ungläubig an.

«Das können Sie doch nicht ernst meinen! Das ist doch lächerlich ... Ich habe meinen Mann geliebt! Weshalb hätte ich das tun sollen?»

«Vielleicht, damit Sie nicht selbst ins Schussfeld dieser Leute gelangen? Nachdem Ihr Mann tot war, wäre es ein Einfaches gewesen, sich ins Ausland abzusetzten und mit dem Geld Ihres Mannes unterzutauchen. Aber dann haben Sie erfahren, dass wir Catanzaro auf den Fersen sind, und er wusste über Ihre Pläne Bescheid. Also durfte er nicht lebend in unsere Hände gelangen. Ihn am Leben zu lassen wäre für Sie ein zu großes Risiko gewesen, habe ich recht?»

«Sie haben ja völlig den Verstand verloren», stammelte sie und stand auf. Sie war inzwischen den Tränen nah. Valérie gab ihr ein Taschentuch, mit dem sie sich die Augen trocknete. Dann versuchte sie, ihre Haltung zurückzugewinnen. Als sie sich nach einigen Sekunden gefangen hatte, räusperte sie sich und sprach mit brüchiger Stimme: «Ich möchte, dass Sie jetzt dieses Tonband hier abstellen. Und dann will ich mit meinem Anwalt sprechen. Vorher werde ich kein einziges Wort mehr zu Ihnen sagen.»

«Wie Sie meinen», entgegnete Jan und stellte das Tonbandgerät ab. Dann hielt er ihr sein Telefon entgegen. Sie nahm eine Karte aus ihrer Tasche und wählte die Nummer. Nach wenigen Sekunden nahm von Sternenberg ihren Anruf entgegen.

«Heinrich, du musst sofort ins Hauptquartier der Kantonspolizei kommen. Wieso? Die Polizei will mir den Mord an Kai und Roman Catanzaro anhängen. Bitte komm sofort vorbei. Nein, sofort. Was? Aber ... Ich bitte dich, Heinrich. Ich brauche dich», flehte sie in den Hörer. Dann senkte sich ihre Hand. «Er hat einfach aufgelegt», sagte sie fassungslos und gab ihm das Telefon zurück.

«Ich denke, wir sind hier erst mal fertig», sagte Jan und stand auf. «Falls Sie keinen Ersatz für Heinrich von Sternenberg finden, werden wir Ihnen gerne einen Pflichtverteidiger zur Verfügung stellen. Außerdem muss ich Ihnen mitteilen, dass wir eine Untersuchungshaft für Sie beantragen werden, da in Ihrem Fall eine akute Fluchtgefahr besteht.»

Dann bedeutete er Sophie Bernauer, ihm zu folgen. Als er sie sanft an ihrem Arm fasste, zog sie diesen ruckartig zurück.

«Fassen Sie mich ja nicht an. Sie dürfen mich nicht verhaften, hören Sie? Das dürfen Sie nicht ...»

Ihre Stimme überschlug sich dermaßen, dass Sie kaum einen Satz beenden konnte. Es war nicht zu leugnen: Sophie Bernauer war psychisch am Ende. Jan fragte sich, ob es daran lag, dass von Sternenberg sie so plötzlich fallen gelassen hatte, oder weil ihr bewusst wurde, dass sie in einer Falle saß, aus der sie nicht mehr herauskam. Denn auch wenn man ihr die Morde an ihrem Mann und an Catanzaro ohne ihr Geständnis nicht nachweisen konnten, würde sie trotzdem wegen der kriminellen Geschäfte, die sie und ihr Mann gemeinsam betrieben hatten, für eine lange Zeit ins Gefängnis wandern.

«Bitte folgen Sie mir, Frau Bernauer», sagte er und ging voran. Zu dritt verließen sie den Verhörraum und liefen den Gang hinunter ins Treppenhaus. Plötzlich blieb Sophie Bernauer stehen. Jan drehte sich verwundert zu ihr um.

«Bitte gehen Sie weiter, Frau Bernauer», mahnte er sie.

«Ich gehe nicht ins Gefängnis», hörte er sie flüstern. Und dann sah er zu seinem Entsetzen eine unverkennbare Entschlossenheit in ihrem Blick. In diesem Moment wurde ihm klar, was sie vorhatte. Er stürzte so schnell er konnte zu ihr. Doch es war bereits zu spät. Sie war auf das Geländer gestiegen und schaute ihn mit wirren Augen an. Er blieb abrupt stehen.

«Machen Sie jetzt bloß keinen Unsinn, Frau Bernauer», sagte er mit ruhiger Stimme und ging vorsichtig auf sie zu. Er hob seinen Arm und hielt ihr eine Hand entgegen. «Bitte kommen Sie da runter», beschwor er sie. «Wir können über alles reden. Aber tun Sie das bitte nicht.»

Doch sie hörte ihm nicht mehr zu. Mit geschlossenen Augen ließ sie sich rücklings in die Tiefe fallen. Valérie schrie hinter ihm auf, während sein entsetzter Blick Sophie Bernauers Körper folgte, der vier Stockwerke weiter unten auf dem Steinboden aufschlug. Wie in einem Traum rannte er die Treppenstufen herunter, und Valérie tat es ihm gleich. Als er ihren reglos auf dem Boden liegenden Körper und die Blutlache sah, die sich langsam immer weiter auf dem Boden ausbreitete, blieb er stehen.

«Wir brauchen hier sofort einen Krankenwagen», schrie Valérie entsetzt. Aber an Sophie Bernauers reglosen, gebrochenen Augen erkannte Jan, dass es zu spät war. Sophie Bernauer war tot.

## KAPITEL 48

Verträumt blickte Jan auf die malerischen Abbildungen von Palmen und verführerischen weißen Sandstränden. Der Reiseprospekt war heute Morgen mit der Post gekommen. Der Gedanke, zwei Wochen lang Urlaub mit seiner Familie zu verbringen, ließ sein Herz höherschlagen. Zwei Wochen, in denen nur sie drei zusammen das unbeschwerte Inselleben genießen würden. Er legte den Katalog zur Seite und fragte sich, ob er Emily und Léonie vielleicht mit dieser Urlaubsreise überraschen sollte. Sie waren Überraschungen schon immer zugetan gewesen. Inzwischen schlenderte Valérie in sein Büro und knabberte dabei geräuschvoll an einem Gemüsestängel.

«Hast du etwa heute Morgen einem Kaninchen sein Frühstück gestohlen?», fragte er stirnrunzelnd.

«Das ist Sellerie aus dem Bioladen. Solltest du auch mal probieren. Diese Dinger sind verdammt lecker und dazu noch gesund. Das würde dir auch mal guttun.»

Er blickte sie ungläubig an.

«Nein, danke. Aber falls ich eines Tages eine Ernährungsberaterin brauche, dann lasse ich es dich wissen.»

Sie zuckte gleichgültig mit den Schultern.

«Ich finde, dass du dich durchaus etwas gesünder ernähren könntest. Und dann auch noch dieser Kaffee, den du von morgens bis abends in dich hineinschüttest», entgegnete sie belehrend. Dabei knabberte sie weiter hartnäckig an ihrem Sellerie. Er schüttelte entnervt den Kopf. So etwas hatte ihm gerade noch gefehlt.

«Was immer du sagst», seufzte er und widmete sich wieder seinem Reiseprospekt.

«Planst du eine Ferienreise?», fragte sie und schielte neugierig auf den Prospekt in seinen Händen.

«Keine Ahnung, vielleicht», antwortete er und verstaute den Katalog in seiner Schreibtischschublade.

Valérie schwieg derweil. Er konnte ihr ansehen, dass sie etwas beschäftigte.

«Du bist doch sicher nicht in mein Büro gekommen, weil du mir dein Gemüse zeigen wolltest. Was ist los, Valérie?»

«Heute findet die Beerdigung von Sophie Bernauer statt.»

«Das wusste ich nicht ...», antwortete er betreten. Sofort beschlich ihn das Gefühl von Schuld. Er hatte sich seit der Tragödie oft gefragt, ob Sophie Bernauer vielleicht heute noch am Leben wäre, wenn er das Verhör anders geführt hätte. Aber dafür war es nun zu spät. Er konnte die Uhr nicht mehr zurückdrehen. Es war seine Verantwortung gewesen, und die Schuld an ihrem Selbstmord würde er nun für immer tragen müssen.

«Was denkst du, wollen wir nicht zusammen hingehen?», fragte Valérie und riss ihn damit aus seinen Gedanken. Er schüttelte den Kopf.

«Nein, ich denke, es ist besser, wenn ich fernbleibe. Es fühlt sich einfach nicht richtig an. Außerdem möchte ich nicht, dass ein zufällig anwesender Journalist noch auf die Idee kommt, eine verrückte Story über Sophie Bernauer und den erbarmungslosen Bullen zu schreiben, der sie in den Tod getrieben hat.»

«Ist das wirklich das, was deiner Meinung nach an diesem Tag geschehen ist?»

Er zuckte mit den Schultern.

«Nun mach aber mal halblang, Jan. Lass mich dir etwas sagen: Sophie Bernauer war kein unschuldiges Opfer. Hast du schon vergessen, in welche Geschäfte sie und ihr Mann verwickelt waren? Es ist ganz sicher nicht deine Schuld, dass sie ihrem Leben lieber ein Ende setzen wollte, als die nächsten Jahre in einer Gefängniszelle dafür aufzukommen.»

Er seufzte.

«Wahrscheinlich hast du recht. Trotzdem habe ich noch immer dieses furchtbare Bild vor meinen Augen, wie sie blutüberströmt auf dem Boden des Treppenhauses liegt.»

Ein Bote der internen Post kam ins Büro und legte schweigend die heutige Morgenpost auf seinen Schreibtisch. Er nickte ihnen zur Begrüßung wortlos zu, ehe er wieder verschwand.

«Weißt du was, Jan? Lass uns doch zusammen einen Kaffee trinken gehen. Mir fällt hier nämlich die Decke auf den Kopf.»

«Das ist eine gute Idee. Aber hast du nicht eben noch gesagt, zu viel Kaffee sei ungesund?», fragte er augenzwinkernd.

«Habe ich das? Dann solltest du wohl besser nicht mehr auf mein Geschwätz hören», lachte sie.

«Ihr seid von der Polizei, stimmt's?»

Der Typ an der Bar war vielleicht Mitte zwanzig und trug einen kunstvoll getrimmten Bart. Er strahlte sie derart freudig an, dass Jan schon befürchtete, er würde ihnen gleich noch einen Gebrauchtwagen mit dazugehöriger Autoversicherung andrehen.

«Wie kommen Sie denn darauf?», fragte Valérie.

«Ich erkenne das an eurer Art. Wisst ihr, ich beobachte die Menschen immer ganz genau. Also, habe ich recht? Ihr seid doch von der Polizei, oder etwa nicht?»

«Nein, sind wir nicht. Aber Sie waren nah dran. Wir sind verdeckte Ermittler von der Steuerbehörde», sagte Jan und lehnte sich bedrohlich vor. «Und wissen Sie was? Wenn wir schon mal hier sind, dann könnten wir doch direkt auch einen Blick in Ihre Bücher werfen, was denken Sie?»

« Oh », entfuhr es dem Barista. « Tut mir leid. Manchmal quassle ich einfach zu viel. Das war schon immer meine Schwäche. Tut mir echt leid. Was darf ich euch bringen ? »

« Zwei doppelte Espressi. »

« Kommt sofort », sagte er und wirbelte im Eiltempo zur Kaffeemaschine.

Valérie blickte ihn grinsend an. « Steuerbehörde ? »

« Wie du siehst, hat die Steuerbehörde heutzutage ein deutlich größeres Abschreckungspotenzial als die Polizei. »

« Wie Sie meinen, Herr Steuerkommissar », erwiderte sie spaßend.

Kurz darauf stellte der Typ zwei Tassen Kaffee auf die Theke.

« Hier, die gehen aufs Haus », sagte er mit einem nicht mehr ganz so breiten Grinsen im Gesicht.

« Geht leider nicht. So was könnte man nämlich als einen Bestechungsversuch interpretieren », erwiderte Jan.

« Aber ich wollte doch nur ... »

Plötzlich griff er sich an den Bauch und kicherte los. « Keine Angst, mein Freund, das war bloß ein Scherz. »

Valérie schüttelte amüsiert ihren Kopf. Sie war froh, ihren Kollegen endlich mal wieder herzhaft lachen zu sehen.

Es war bereits Mittagszeit, und Valérie war dabei, einen längst fälligen Bericht in den Computer einzutippen, als plötzlich das Telefon auf Jans Schreibtisch klingelte. Er war vor zehn Minuten aufgebrochen. Ausgerechnet jetzt, dachte sie seufzend und stand auf.

« Hier spricht Valérie Jossen von der Zürcher Kantonspolizei. Wie kann ich Ihnen helfen ? »

« Hallo ? Kann ich bitte mit Herrn Kommissar Pratt sprechen ? », erklang eine leise Frauenstimme am anderen Ende der Leitung.

«Herr Pratt ist leider momentan nicht in seinem Büro», antwortete sie und blickte auf ihre Uhr. Es war kurz vor zwölf. Vor zwei Uhr würde er bestimmt nicht zurück sein.

«Am besten sagen Sie mir Ihren Namen und worum es genau geht. Vielleicht kann ich Ihnen ja weiterhelfen», schlug sie vor.

Doch es kam keine Antwort, am anderen Ende der Leitung blieb es still.

«Hallo? Sind Sie noch dran?», fragte Valérie.

Keine Reaktion. Sie wollte gerade auflegen, um sich wieder ihrem Bericht zuzuwenden, als plötzlich doch noch die Stimme erklang.

«Ich möchte nur mit Herrn Pratt sprechen», sagte sie matt.

Sie runzelte die Stirn und dachte nach. Die Stimme kam ihr bekannt vor.

«Wie gesagt, er ist im Moment leider nicht da. Aber wenn Sie wollen, kann ich ihm gerne eine Nachricht ausrichten. Möchten Sie mir nicht vielleicht Ihren Namen nennen?», fragte sie und suchte verzweifelt nach einem funktionstüchtigen Kugelschreiber auf Jans Schreibtisch. Schließlich fand sie in einer halb offenen Schublade einen angekauten Bleistift. Wie konnte man nur so einen chaotischen Arbeitsplatz haben, dachte sie verärgert.

«Oh. Das tut mir leid. Das habe ich in der ganzen Aufregung vergessen. Das ist eigentlich nicht meine Art. Mein Name ist Laura Kirchner.»

Jetzt wurde ihr klar, weshalb sie schon die ganze Zeit über das dumpfe Gefühl gehabt hatte, die Stimme zu erkennen.

«Frau Kirchner? Ich bin Valérie Jossen, Jan Pratts Partnerin. Wir haben während der Ermittlungen im Fall Bernauer schon einige Male miteinander zu tun gehabt. Vielleicht erinnern Sie sich ja noch an mich.»

Sie schien einen Augenblick lang nachzudenken, bevor sie antwortete.

«Valérie Jossen? Aber natürlich erinnere ich mich. Es tut mir leid, dass ich Sie nicht gleich erkannt habe», sagte sie sichtlich verlegen.

«Aber das macht doch nichts. Geht es Ihnen inzwischen etwas besser?» Als sie das Zögern am anderen Ende der Leitung bemerkte, bereute sie ihre Frage.

«Was soll ich sagen? Das Einzige, was ich inzwischen mit Sicherheit weiß, ist, dass sich die Welt weiterdreht und dass nun auch mein Leben weitergehen muss. Ich habe das bis jetzt noch niemandem erzählt, aber ich habe beschlossen, zu meinem Bruder nach Locarno zu ziehen. Er führt dort ein kleines Hotel. Es ist zwar noch nicht offiziell, aber ich werde dort eine Stelle als Rezeptionistin antreten. Wissen Sie, nach allem, was hier geschehen ist, will ich nur noch weg von Zürich. Nach Kais schrecklichem Tod gibt es nichts mehr, das mich noch in dieser Stadt hält», sagte sie. Es war nicht zu überhören, dass sie kurz davorstand, in Tränen auszubrechen. Valérie war überfordert mit der Situation. Schließlich hielt sie die bedrückende Stille nicht mehr länger aus und räusperte sich.

«Wenn Sie wollen, kann Herr Pratt Sie gerne nach seiner Rückkehr zurückrufen», schlug sie vor.

«Nun, eigentlich stehe ich bereits vor dem Eingang Ihres Polizeigebäudes. Wenn Sie vielleicht kurz etwas Zeit für mich hätten und es Ihnen keine Umstände machen würde, dann könnte ich ja vielleicht auch mit Ihnen sprechen. Wir kennen uns schließlich. Ich verspreche Ihnen, dass es nicht lange dauern wird.»

Valérie willigte ein. Als sie kurze Zeit später den Eingangsbereich des Polizeipräsidiums betrat, unterhielt sich Laura Kirchner gerade angeregt mit der Empfangsdame Lisbeth. Sie hatte ihren Mantel ausgezogen und über den Arm gehängt. Als sie Valérie erblickte, erschien für einen kurzen Augenblick ein erleichtertes Lächeln auf ihrem Gesicht.

«Vielen Dank, dass Sie sich für mich Zeit nehmen, Frau Jossen», sagte sie mit einem Anflug von Verlegenheit.

«Das ist doch keine Ursache», erwiderte Valérie und führte Laura Kirchner in das Besprechungszimmer im Erdgeschoss.

«Was kann ich für Sie tun?», fragte sie schließlich.

«Also ... Es geht um den Mord an Kai Bernauer», begann sie vorsichtig. So etwas in der Art hatte sie bereits befürchtet.

«Frau Kirchner, bitte verstehen Sie mich nicht falsch, aber bevor Sie weitererzählen, muss ich Ihnen leider mitteilen, dass wir den Fall endgültig abgeschlossen haben.»

Sie blickte Valérie ungläubig an.

«Endgültig abgeschlossen, sagen Sie? Aber wieso denn?»

«Wir gehen davon aus, dass Sophie Bernauer Romano Catanzaro damit beauftragt hat, ihren Mann zu erschießen. Einige Zeit später wurde er dann selbst Opfer eines Gewaltverbrechens. Es wäre gut möglich, dass Sophie Bernauer auch hinter diesem zweiten Mord steckt. Ihre genauen Beweggründe werden wir wohl nie mehr erfahren.»

Laura Kirchner blickte sie erstaunt an.

«Aber das kann nicht stimmen. Niemals hätte Sophie Bernauer ihren eigenen Mann ermorden lassen. Dessen bin ich mir sicher. Und wenn Sie mir nicht glauben, dann hören Sie wenigstens zu, was ich Ihnen jetzt zu sagen habe», sagte sie und nahm umständlich ihr Mobiltelefon aus ihrer Handtasche heraus. Mit zittrigen Fingern hantierte sie nervös auf ihrem Bildschirm herum.

«Ich war gestern Morgen auf der Beerdigung von Sophie Bernauer. Ich weiß ehrlich gesagt auch nicht, weshalb ich hingegangen bin. Irgendwie hatte ich das Gefühl, dass ich ihr das schuldig bin. Und dann habe ich ihn auf einmal gesehen. Er hat finster dreingeblickt und mit keinem von den anderen Trauergästen gesprochen. Ich vermute, dass er allein dort war. Zu meinem Glück hat er mich nicht bemerkt. Jedenfalls glaube ich das.»

Valérie blickte sie verständnislos an.

«Ich verstehe Sie nicht ganz. Wen genau haben Sie bei Sophie Bernauers Beerdigung gesehen?»

«Na, diesen unbekannten Mann, den Kai damals zusammen mit Sophie Bernauer und Romano Catanzaro in seinem Büro empfangen hat. Es war das letzte Treffen vor seinem Tod. Ich habe ihn an dem besagten Abend zum ersten Mal gesehen und nahm an, dass er zu Catanzaro gehörte. Wissen Sie das nicht mehr? Ich habe Ihnen von ihm erzählt, als Sie und Herr Pratt bei mir zu Hause waren.»

Valérie wurde sofort klar, von wem sie sprach. «Natürlich. Ich erinnere mich daran», erwiderte sie.

«Gut. Diesen Mann habe ich also gestern auf Sophie Bernauers Beerdigung gesehen.»

«Sind Sie sich auch ganz sicher?»

«Natürlich bin ich mir ganz sicher. Als ich ihn gestern sah, habe ich ihn auf Anhieb wiedererkannt. Er war es. Daran gibt es keinen Zweifel», sagte sie überzeugt. Dann trocknete sie sich mit einem Taschentuch ihre noch immer feuchten Augen. Valérie nahm einen Stift und ein Stück Papier zur Hand.

«Können Sie mir den Mann vielleicht beschreiben?»

«Natürlich kann ich das. Aber ich denke, das wird nicht nötig sein. Ich habe ihn nämlich auf der Beerdigung heimlich mit meinem Handy fotografiert.»

Sie schob ihr das Mobiltelefon entgegen. Valérie vergrößerte das Bild auf dem Bildschirm, bis der Mann in Großaufnahme zu sehen war. Sein Gesicht war klar und deutlich zu erkennen. Valérie fühlte sich wie vom Blitz getroffen. Sie erkannte den Mann auf dem Foto sofort. Das konnte doch nicht wahr sein.

«Sind Sie sich auch ganz sicher, dass dies der Mann ist, der sich kurz vor Kai Bernauers Tod zusammen mit Sophie Bernauer und Romano Catanzaro im Büro aufgehalten hat?», fragte sie.

«Das bin ich», antwortete Laura Kirchner.

Valérie konnte es nicht fassen.

# KAPITEL 49

Jan kam sichtlich schlecht gelaunt ins Büro zurück. Es war zum Verzweifeln: Seine Laufzeiten wurden immer schlechter, sosehr er sich auch anstrengte. Anfänglich hatte er es noch auf das Wetter geschoben. Dann auf eine zurückliegende Erkältung und schließlich auf seine Laufschuhe. Doch irgendwann waren selbst ihm die Entschuldigungen ausgegangen. Er musste wohl oder übel akzeptieren, dass das Alter keine Gnade kannte und auch vor ihm nicht haltmachte. Ob es ihm gefiel oder nicht.

Als er sich gerade verdrossen hinsetzen wollte, riss ihn Valérie aus seinen Gedanken, indem sie ihm wortlos eine Fotografie auf seinen Schreibtisch legte. Was sollte das denn werden? Neugierig nahm er sie in die Hand. Er erkannte den Mann darauf sofort. Nur diesen breitkrempigen Hut, den er auf dem Kopf trug, hatte er vorher noch nie an ihm gesehen. Er schaute Valérie mit lauter Fragezeichen in den Augen an.

«Diese Aufnahme wurde gestern von Laura Kirchner mit ihrem Mobiltelefon auf der Beerdigungsfeier von Sophie Bernauer aufgenommen», sagte sie aufgeregt.

«Na und?», fragte er verständnislos und gab ihr die Aufnahme zurück. Er konnte einen leichten Anflug von Ungeduld auf ihrem Gesicht erkennen.

«Du weißt, wer das ist?» Es war viel mehr eine Feststellung als eine Frage.

«Natürlich weiß ich das. Auf dem Foto hier ist klar und deutlich Heinrich von Sternenberg abgelichtet, Sophie Bernauers angeblicher Liebhaber und Nico Bühlers zeitweiliger Anwalt. Aber warum hat Laura Kirchner ihn fotografiert? Es ist doch nicht ungewöhnlich, dass er an Sophie Bernauers Beerdigung teilnimmt. Oder siehst du das vielleicht anders?»

Sie schüttelte verärgert den Kopf.

«Aber das ist doch nicht der Punkt.»

Nun verstand er überhaupt nichts mehr.

«Valérie, willst du mir nicht endlich sagen, was hier los ist?», fragte er irritiert.

«Laura Kirchner hat von Sternenberg deshalb heimlich aufgenommen, weil sie ihn als denjenigen Mann erkannt hat, der dabei war, als Sophie Bernauer und Romano Catanzaro sich mit Kai Bernauer in dessen Büro getroffen haben. Und wie du weißt, war das kurz vor seiner Ermordung.»

Seine Gedanken drehten sich wie wild in seinem Kopf umher. Wie konnte das nur möglich sein? Von Sternenberg war immerhin einer der renommiertesten Anwälte Zürichs.

«Ist sie sich auch hundertprozentig sicher?», fragte er Valérie ernst.

«Sie zweifelt nicht eine Sekunde daran, dass er es ist», erwiderte sie.

«Aber falls er Kai Bernauer tatsächlich kannte und er diese Tatsache vor uns verheimlicht hat, dann wäre es doch wahrscheinlich, dass ...»

«... von Sternenberg auch über dessen illegale Geschäfte Bescheid gewusst hat oder sogar darin verwickelt war», beendete sie seinen Satz. Er stieß einen langen, leisen Pfiff aus und lehnte sich fassungslos zurück.

«Ich kann es einfach nicht glauben. Vielleicht haben wir den Fall die ganze Zeit über aus einem völlig falschen Blickwinkel betrachtet.»

«Denkst du, dass er weiß, wer hinter dem Mord an Kai Bernauer steckt, oder dass er sogar etwas damit zu tun hat?», fragte sie.

«Ich habe keine Ahnung. Aber möglich wäre es. Bis jetzt wissen wir aber nur eines mit Sicherheit: Kai Bernauer hat Gelder seiner kriminellen Geschäftspartner gestohlen. Und mit diesen Leuten ist nicht zu spaßen. Das wusste Bernauer, deshalb wollte er auch zusammen mit seiner Frau in der Karibik untertauchen. Ich gehe davon aus, dass er im Auftrag dieser ausländischen Verbrecherorganisation umgebracht worden ist. Und höchstwahrscheinlich haben sie ihren Vertrauensmann Catanzaro damit beauftragt. Er war schließlich ein Profi und seit vielen Jahren für die Organisation tätig.»

Valérie schien sich noch nicht sicher zu sein, ob sie seiner Theorie Glauben schenken sollte oder nicht. Schließlich teilte sie ihm ihre Zweifel mit: «Du vergisst dabei, dass Catanzaro die ganze Zeit über die Aufnahmen der Überwachungskamera bei sich hatte. Das hätte er wohl kaum getan, wen er selbst darauf zu sehen gewesen wäre. Dann hätte er sie nämlich sofort vernichtet. Außerdem wurde Kai Bernauer mit sechs Schüssen getötet. Das ist doch nicht der Stil eines Profis wie Catanzaro. Wir haben es stattdessen eindeutig mit einer Übertötung zu tun. Der Täter – oder die Täterin – muss in Rage, also blind vor Wut gewesen sein. Und soviel ich weiß, hatte dafür nur Sophie Bernauer ein triftiges Motiv.»

«Du hast recht. Aber je länger ich darüber nachdenke, desto mehr bekomme ich den Eindruck, dass etwas an dieser Sache nicht stimmt. Kai und Sophie Bernauer sind tot, ebenso Catanzaro. Nur Heinrich von Sternenberg erfreut sich noch immer bester Gesundheit. Wenn er tatsächlich in die illegalen Aktivitäten von Bernauers Firma verwickelt war, wovon wir ausgehen können, dann hätten sich die Dinge für ihn doch gar nicht besser entwickeln können. Niemand ist noch am Leben, der ihn damit in Verbindung bringen könnte. Es ist fast so, als ob er hinter sich aufgeräumt hätte. Er ist ein für alle Mal aus dem Schneider. Das ist doch erstaunlich, findest du nicht? Und wir haben absolut nichts gegen ihn in der Hand.»

Sie blickte ihn nachdenklich an.

«Wenn wir doch wenigstens das Band der Überwachungskamera abspielen könnten. Dann hätten wir die Gewissheit, ob tatsächlich von Sternenberg in der Tatnacht in Bernauers Büro war.» Sie knackte in Gedanken versunken mit den Fingern und dachte nach. «Sind unsere Spezialisten ganz sicher, dass es keinen Weg gibt, die Aufnahmen zu retten?», fragte sie schließlich.

Er schüttelte verzagt den Kopf.

«Das sind sie. Sie haben alles Menschenmögliche versucht, um sie wiederherzustellen, aber es war zwecklos. Der gesamte Inhalt des Bandes wurde in dem feuchten Waldstück unwiderruflich zerstört. Wir müssen wohl oder übel die Tatsache akzeptieren, dass wir buchstäblich mit leeren Händen dastehen.»

«Hm ... Nicht so schnell. Mir käme da nämlich eine Idee. Was denkst du, kannst du uns dieses Band beschaffen?»

«Keine Ahnung. Ich denke schon. Es dürfte allerdings mehrere Tage dauern, bis wir es von der Asservatenkammer zugeschickt bekommen. Du weißt ja, wie kompliziert unsere Dienstwege manchmal sein können. Vor allem, wenn es um Beweisstücke in einem Mordfall geht.»

Sie seufzte geräuschvoll.

«Dann muss es einen anderen Weg geben», sagte sie und dachte angestrengt nach. Und auf einmal erschien ein spitzbübisches Lächeln auf ihrem Gesicht. «Das Band ist zwar unwiderruflich zerstört, Jan, aber außerhalb unserer Dienststelle weiß das noch niemand, richtig? Und auch nicht, wie das Originalband tatsächlich aussieht ...»

Jan wurde auf einmal klar, was sie im Schilde führte. Er musste zugeben, dass ihr Plan ebenso verwegen wie brillant war. Und für einen kurzen Moment fragte er sich, warum er nicht selbst auf diese Idee gekommen war. Sie würden bei dieser Sache einiges aufs Spiel setzen. Aber sie hatten sowieso nichts mehr zu verlieren, was diesen Fall anging. Es war ihre letzte Chance, den wahren Mörder von Kai Bernauer zu überführen.

# KAPITEL 50

Von Sternenberg saß mit zusammengefalteten Händen hinter seinem Schreibtisch und sah die beiden Polizisten mit regungsloser Miene an. Schließlich warf er erneut einen Blick auf das Kassettenband, das vor ihm auf dem Schreibtisch lag. Dabei machte er ein Gesicht, als ob er gerade ein ekelerregendes Insekt entdeckt hätte, das sich irrtümlich auf seinen Schreibtisch verirrt hatte. Nach einer Weile stand er auf und ging wortlos zum Fenster. Dort starrte er schweigend auf die Straße hinunter. Vermutlich ging er gerade sämtliche Optionen in seinem Kopf durch. Aber sosehr er die Fakten auch drehte und wendete, er kam immer wieder zu demselben Ergebnis: Es gab keinen Ausweg. Also kehrte er zum Schreibtisch zurück und hob das Kassettenband auf.

«Ist es auch tatsächlich das, was ich annehme?», fragte er. Seine Augen hatten sich zu schmalen Schlitzen verengt, und obwohl er darauf bedacht war, seine Fassung zu wahren, begannen seine Augenlider nervös zu flackern.

«Das ist es», antwortete Jan.

Von Sternenberg legte das Band vorsichtig auf den Schreibtisch zurück, als hätte er Angst, es könnte bei ruckartigen Bewegungen in die Luft fliegen.

«Fast wären Sie damit durchgekommen», sagte Valérie. «Aber unsere Spurensicherung hat es schließlich doch noch geschafft, die Aufnahme wiederherzustellen. Tja, die heutige Technik ist eben doch besser als ihr Ruf. Und bevor Sie noch auf dumme Gedanken kommen, sage ich Ihnen lieber gleich, dass wir die Aufnahme bereits kopiert haben.»

Von Sternenberg zog reflexartig seine Hand zurück. Dann hob er seinen Kopf und blickte sie feindselig an.

«Sie haben in Wahrheit doch nicht die geringste Ahnung, worum es bei dieser Geschichte wirklich geht, nicht wahr?» Ein hämisches Grinsen erschien auf seinem Gesicht.

«Wir wissen mehr, als Sie denken, Herr von Sternenberg. Sehen Sie es doch endlich ein. Sie haben Ihr Spiel verloren. Es ist vorbei.»

Von Sternenberg öffnete die Schublade seines Schreibtischs. Und ehe sich Jan versah, hielt er eine Waffe in seiner Hand, die er auf sie richtete. Damit hatte er nicht gerechnet. Als er in den Lauf der Pistole blickte, erkannte er auf Anhieb das Modell. Es war eine Glock, eine Waffe ohne Sicherungshebel, die verdammt schnell losgehen konnte, wie er beunruhigt feststellte.

«Sie reden für meinen Geschmack etwas zu viel, Herr Pratt», sagte er mit einem schiefen Grinsen im Gesicht. «Und jetzt stehen Sie auf, geben mir Ihre Waffen und setzen sich ganz langsam auf das Sofa», fuhr er fort, während er mit dem Kopf auf die Besuchercouch am anderen Ende des Büros zeigte. «Aber machen Sie dabei lieber keine schnellen Bewegungen. Sonst verpasse ich Ihnen mit Freude ein paar Bleikugeln.»

Sie taten wie geheißen und setzten sich entwaffnet nebeneinander auf die Couch. Als sich für einen kurzen Moment ihre Blicke kreuzten, stellte Jan einen entschlossenen Ausdruck auf Valéries Gesicht fest. Beinah glaubte er, Trotz in ihren Augen zu erkennen. Von Sternenberg öffnete eine versteckte Schranktür und nahm eine Whiskeyflasche daraus hervor. Dann schenkte er sich in aller Ruhe ein Glas ein. Was zum Teufel hatte der Kerl nur vor, fragte sich Jan. Er ahnte nichts Gutes.

«Ich würde Ihnen ja gerne auch ein Glas anbieten. Aber da Sie sich noch immer im Dienst befinden, müssen Sie wohl oder übel darauf verzichten», sagte er mit einem amüsierten

Lächeln auf den Lippen und nippte entspannt an seinem Glas. In der anderen Hand hielt er die Pistole, mit der er weiterhin auf sie zielte. «So wie sich die Dinge gerade entwickelt haben, ist meine Zeit hier wohl endgültig abgelaufen. Aber bevor Sie sich Sorgen um mich machen, kann ich Ihnen versichern, dass ich auch für diesen Fall bereits bestens vorgesorgt habe. Ich habe insgeheim damit gerechnet, dass das Ganze früher oder später so enden würde. Aber bevor wir alle in Tränen ausbrechen und uns mit einer innigen Umarmung für immer voneinander verabschieden, werde ich Ihnen noch eine Geschichte erzählen. Ich finde nämlich, dass Sie beide ein Recht darauf haben, die ganze Wahrheit zu erfahren. Fairness war mir immer wichtig. Ein kleiner Wermutstropfen ist zwar, dass Sie das, was Sie gleich von mir hören werden, nicht mehr weitererzählen können, aber sehen Sie es doch mal positiv: Wenigstens werden Sie für kurze Zeit zu den wenigen Auserwählten gehören, die wissen, wie es wirklich war», sagte er.

Von Sternenberg fühlte sich sichtlich wohl in seiner Machtposition. Jan hatte nicht den geringsten Zweifel, dass er den Zenit zum Wahnsinn längst überschritten hatte. Er verfluchte sich innerlich, dass er mit offenen Augen in eine Falle getappt war und Valérie in diese Sache hineingezogen hatte. Niemand von der Dienststelle wusste, dass sie bei von Sternenberg waren.

Er blickte vorsichtig zu Valérie, die noch immer mit stoischer Miene auf die Waffe starrte. Sie führte etwas im Schilde, das war offensichtlich. Jan hoffte, dass sie jetzt keine Dummheit begehen würde.

Und dann kam ihm auf einmal ein Einfall. Er wusste zwar, dass ihm nicht mehr viel Zeit blieb, aber einen Versuch war es wert. Er musste irgendwie mit einem Finger an sein Telefon gelangen, auf dem die Nummer seiner Dienststelle mit einer

Schnellwahlnummer gespeichert war. Wenn es ihm gelang, auf die richtige Taste zu drücken, dann würde die Nummer der Dienststelle automatisch gewählt und die Kollegen konnten ihren Standort orten. Das war ihre letzte Chance, hier noch lebend herauszukommen. Er ließ im Schneckentempo seine Hand an die Brust gleiten. Von Sternenberg ließ er dabei nicht aus den Augen. Vorsichtig tastete er sich an die Innentasche heran. Noch etwas weiter. Dann konnte er mit seinen Fingerspitzen endlich das Gehäuse seines Telefons spüren.

«Herr Pratt?», hörte er plötzlich von Sternenberg. Er zuckte erschrocken zusammen und zog sofort seine Hand zurück.

«Sie scheinen mir gerade etwas abwesend gewesen zu sein. Wollen Sie denn nicht die ganze Geschichte kennen? Wie ich schon sagte: Ich finde, dass Sie es sich in Anbetracht Ihrer Situation nun wirklich verdient haben.»

Das war verdammt knapp gewesen. Er brauchte einfach mehr Zeit. Aber die hatten sie nun mal nicht.

«Tut mir leid. Bitte fahren Sie fort», sagte er ruhig. Der Anwalt lächelte nachsichtig.

«Selbstverständlich verstehe ich, dass Sie gerade Ihr Gehirn nach einer Möglichkeit zermartern, wie Sie und Ihre überaus charmante Begleitung hier wieder lebend herauskommen. Aber ich muss Sie leider enttäuschen. Sparen Sie sich lieber Ihre Anstrengung. Sie werden dieses Büro nicht mehr lebend verlassen.»

Jan ließ von Sternenberg nicht aus den Augen, der unterdessen munter weitersprach. Dieser Narzisst genoss jede einzelne Sekunde seines Auftritts, er sonnte sich in ihrer ungeteilten Aufmerksamkeit. Und genau darin lag ihre Chance.

«Wir wissen bereits, dass Kai Bernauer jahrelang Gelder aus kriminellen Quellen in Schweizer Immobilienprojekte investierte», sagte Valérie. Offensichtlich hatte sie seinen Plan durchschaut und versuchte deshalb, von Sternenberg von Jan abzulenken. Der Anwalt lachte laut auf.

«Also, ich bitte Sie. Wollen Sie mich etwa beleidigen? Er war vielleicht mein Helferlein, aber der wahre Kopf dahinter war ich! Wissen Sie, bis zu dessen Tod war ich bereits Theodor Bernauers persönlicher Anwalt und Vertrauensmann.»

Valérie beugte sich leicht vor und räusperte sich. Währenddessen ließ Jan seine Hand behutsam in die Innentasche seiner Jacke gleiten.

«Ich habe mich immer gefragt, wie es überhaupt zu der Verbindung zwischen Familie Bernauer und der Mafia gekommen ist», meinte Valérie nun. Von Sternenberg blickte sie anerkennend an.

«Sie sind neugierig bis zum letzten Atemzug, Frau Jossen. Ich muss zugeben, dass mir das gefällt. Und dafür gebührt Ihnen mein Respekt. Ich möchte Sie gerne darüber aufklären. Angefangen hat alles, als Romano Catanzaro vor vielen Jahren auf Geheiß einer neapolitanischen Geheimorganisation in die Schweiz reiste. Sein Auftrag lautete, sich nach Möglichkeiten umzusehen, wie die rasant wachsenden Geldströme aus illegalen Aktivitäten investiert und danach reingewaschen werden konnten. Kurz nach seiner Ankunft in der Schweiz nahm er mit Theodor Bernauer Kontakt auf und verhalf ihm in der Folge dabei, einige Schwierigkeiten seines Bauunternehmens unkompliziert aus dem Weg zu räumen. Eines schönen Tages hat Theodor Bernauer herausgefunden, dass einer seiner Arbeiter, ein bereits in jungen Jahren verwitweter Straßenvermesser, eine heimliche Beziehung zu seiner Frau pflegte. Er war außer sich vor Wut und wandte sich schließlich an Catanzaro. Dieser hat sich der Sache angenommen und den armen Kerl im Auftrag von Theodor Bernauer beseitigt. Alle, selbst die Polizei, waren anfänglich überzeugt, dass es sich bei seinem Tod um einen tragischen Arbeitsunfall handeln musste. Nachdem Theodor Bernauer überraschenderweise doch noch der fahrlässigen Tötung angeklagt wurde, schüchterte Catanzaro zwei wichtige Zeugen so lange ein, bis sie ihre Aussagen zurückzogen und die Anklage daraufhin in sich zusammenbrach. Das war der Beginn der Verbindung zwischen Bernauer und dem Verbrechersyndikat, das mithilfe von Bernauers Bauunternehmen einen störungsfreien Weg gefunden hatte, unerkannt ihre Gelder reinzuwaschen. Und Theodor Bernauer stieg infolgedessen schon bald zu einem der erfolgreichsten Bauunternehmer des Landes auf.»

Also hatten sie die ganze Zeit recht gehabt. Catanzaro hatte damals tatsächlich Nicos Vater für Theodor Bernauer aus dem Weg geräumt. Leider würde Nico nie mehr erfahren, wer damals wirklich hinter dem Mord an seinem Vater steckte.

«Als der alte Bernauer wusste, dass es mit ihm bald zu Ende gehen würde, weihte er mich über diese Verbindung ein. Er bat mich darum, sie nach seinem Tod zusammen mit seinem Sohn Kai weiterzuführen. Er wusste, dass sein Sohn es ohne mich nicht schaffen würde. Natürlich habe ich sofort zugesagt.»

Endlich hatte er die richtige Taste gefunden und drückte langsam den Knopf. Dann wartete er ab, während von Sternenberg unbeirrt mit seinem Auftritt fortfuhr. Er betete im Stillen, dass jemand auf der Dienststelle den Anruf entgegennehmen würde.

«In den ersten Jahren lief auch alles gut. Aber dann hat der Idiot plötzlich angefangen, Geld auf seine eigenen Konten abzuzweigen. Als ich ihm schließlich auf die Schliche gekommen bin, geriet er in Panik. Er wusste, was ihm blühte. Er versicherte mir, dass er das Geld wieder auftreiben und bis zum letzten Rappen zurückzahlen würde. Aber das war gelogen. Hinter meinem Rücken plante er bereits, sich zusammen mit seiner Frau in die Karibik abzusetzen und sich dort ein schönes Leben zu machen. Das konnte ich auf keinen Fall zulassen. Wie hätte ich diesen Leuten bitte erklären sollen, dass sie ihr Geld nie wiedersehen würden? Alles, was Kai in seinem Leben erreichte, hatte er mir zu verdanken. Mir allein! Und wie hat er es mir gedankt? Er hinterging mich! Ich hatte doch gar keine andere Wahl mehr, als ihn zu töten. Ich sage Ihnen, dieser Feigling hat in jener Nacht regelrecht um sein Leben gebettelt. Auf allen vieren winselte er wie ein Hund. Es war erbärmlich. Fast hätte ich es tatsächlich nicht übers Herz gebracht, ihn zu erschießen. Aber dann habe ich daran gedacht, wie er mich hintergangen hat. Wie er mich den Wölfen zum Fraß vorwerfen wollte. Es musste sein; er oder ich, verstehen Sie? Ich habe auf ihn geschossen und dabei das ganze Magazin geleert. Und ich muss zu meiner Schande gestehen, dass ich danach Hals über Kopf aus der Villa gestürzt bin.»

Solange von Sternenberg am Sprechen war, würde er sie nicht töten. Also musste er dafür sorgen, dass das Gespräch weiterging, und hoffen, dass endlich jemand seinen Anruf abnahm.

«Aber eines verstehe ich nicht. Wie ist Catanzaro überhaupt an dieses Band gekommen?», fragte Jan, um mehr Zeit zu gewinnen.

«Eine gute Frage. Er muss wohl kurz nach meiner Flucht aus Bernauers Büro in das Gebäude eingedrungen sein. Ich glaube inzwischen, dass er mich schon länger auf dem Kieker hatte. Er wollte wohl sichergehen, dass ich nicht mit Bernauer unter einer Decke steckte. Und dann hat er wohl das Band an sich genommen.»

Er leerte das Glas in einem Zug und schenkte sich noch mal nach. Dann fuhr er fort: «Catanzaro hatte mich danach in der Hand. Er drohte mir, das Band an die Polizei zu schicken, sollte das Geld nicht wieder auftauchen. Aber Sophie

Bernauer war die einzige Person, die wusste, wo das gestohlene Geld war, und das sagte ich ihm auch. Also suchte er sie auf und gab ihr achtundvierzig Stunden Zeit, es wiederzubeschaffen. Sie hatte große Angst. Sie dachte, dass er sie sowieso töten würde, auch wenn sie das Geld zurückgab. Und damit hatte sie wahrscheinlich recht. Also habe ich die Gelegenheit beim Schopfe gepackt und ihr versprochen, dass ich die Sache für sie regeln würde. Sie sollte mit Catanzaro ein Treffen vereinbaren und ihn in eine Falle locken. Aber dann sind Sie mir in die Quere gekommen. Ich befürchtete, dass sie Sophie Bernauer verhaften könnten und meinen Plan zunichtemachen würden. Also habe ich die Geschichte über unsere angebliche Affäre erfunden und ihr damit ein Alibi verschafft», sagte er und lachte. «Sie hätten Catanzaros Gesicht sehen sollen, als er in dem Waldstück mich anstelle von Sophie Bernauer antraf. Er hat sofort gemerkt, dass er in eine Falle gelockt wurde. Aber es war zu spät. Ich habe den Drecksack abgeknallt. Danach habe ich ihm die Tatwaffe untergeschoben. Aber es gab da noch ein allerletztes Problem: Er hatte das Band nicht bei sich. Es war das einzige Beweismittel, das mich noch mit Kai Bernauers Tod in Verbindung bringen konnte. Ich dachte damals, dass es mit Catanzaros Tod für immer verschollen sei. Aber ich habe mich offensichtlich getäuscht», sagte er und warf einen kurzen Blick auf das Kassettenband, das auf seinem Schreibtisch lag. «Aber das spielt nun keine Rolle mehr. Weil nämlich außer Ihnen beiden und mir jeder tot ist, der die Wahrheit kennt. Und Sie werden es auch niemandem mehr erzählen können, fürchte ich.»

Von Sternenberg kam langsam auf sie zu. Dabei fuchtelte er unkontrolliert mit der Glock herum. Er ging um das Sofa herum und blieb hinter ihnen stehen. Es gab keinen Zweifel. Er war kurz davor, die letzten Zeugen aus dem Weg zu räumen.

# KAPITEL 51

Eine entfernte, kaum wahrnehmbare Stimme erklang plötzlich. Sie kam aus Jans Telefon, das in seiner Jacke steckte. Jemand hatte endlich seinen Anruf entgegengenommen.

«Hallo, hier ist die Zürcher Kantonspolizei. Hallo? Wer ist da?», meldete sich die Stimme fortwährend. Er hatte sie sofort erkannt. Es war Lisbeth vom Empfang.

Von Sternenberg reagierte blitzschnell. Er bückte sich vor und griff hinterrücks in Jans Tasche. Währenddessen hielt er die Pistole an seinen Kopf. Nachdem er das Telefon herausgezogen hatte, schmiss er es fluchend auf den Boden und trat kraftvoll darauf. Es zerschellte, und die Stimme verschwand.

«Das war ein netter Versuch, Herr Pratt. Ehrlich gesagt wäre ich fast sogar enttäuscht gewesen, wenn Sie einfach aufgegeben hätten. Aber es ist zu spät», sagte er und positionierte sich direkt vor ihnen.

Jan sackte in sich zusammen. Das war ihre letzte Chance gewesen. Von Sternenberg stand nun zwei Schritte vor ihnen und zielte auf sie. Es war unmöglich, ihn aus ihrer Position heraus mit einem Überraschungsangriff zu überwältigen. Von Sternenberg war entschlossen genug, sie endgültig aus dem Weg zu räumen.

Valérie saß noch immer regungslos neben ihm und starrte auf die Glock. Auf einmal schrillte das Telefon auf von Sternenbergs Schreibtisch. Und für einen kurzen Augenblick war er abgelenkt. Valérie schoss blitzschnell hoch und stürzte sich mit einer Wucht auf von Sternenberg, die Jan nicht für möglich gehalten hätte. Als der Anwalt nach hinten stürzte, löste sich ein Schuss aus seiner Waffe, und er spürte plötzlich einen stechenden Schmerz in seinem linken Oberarm. Der Anwalt schrie auf und ließ die Waffe auf den Boden fallen. Valérie schlug auf ihn ein. Jan ignorierte seinen Schmerz und griff nach der Waffe auf dem Boden. Als er die Pistole zu fassen bekam, richtete er sie auf den verdutzten von Sternenberg.

« Wenn Sie sich auch nur einen Millimeter bewegen, werde ich Sie erschießen » zischte er und zielte auf seine Brust. Valérie drehte von Sternenberg auf den Bauch und legte ihm Handschellen an.

« Ruf die Kollegen an », sagte er zu ihr, als sie wieder aufgestanden war.

« Jan, dein Arm blutet ja! Du wurdest angeschossen. Du solltest die Waffe besser mir geben und dich hinsetzen. Ich werde einen Krankenwagen rufen. »

« Das wird nicht nötig sein. Das ist doch nur ein harmloser Streifschuss. »

« Du solltest das nicht auf die leichte Schulter nehmen », sagte sie und rief die Dienststelle an. Neben Verstärkung forderte sie auch einen Krankenwagen. Dann setzte sie sich neben ihn und ließ den auf dem Boden liegenden von Sternenberg nicht eine Sekunde lang aus den Augen.

« Valérie ? »

« Ja ? »

« Das war gute Arbeit. Diesmal war es verdammt knapp. Wenn du nicht gewesen wärst, dann hätte er uns erledigt. »

Jan stand stöhnend auf und zog von Sternenberg mit seinem unverletzten Arm grob auf die Beine. Er griff nach dem Band, das noch immer auf dem Schreibtisch lag, und grinste den Anwalt an, was dieser umgehend mit einem verächtlichen Blick quittierte.

« Etwas wollte ich Sie schon die ganze Zeit fragen, Herr von Sternenberg. Mögen Sie eigentlich Kindergeschichten ? »

Er blickte ihn sichtlich verwirrt an.

« Was ... ? »

«Also mein Geschmack ist das nicht. Und meine Tochter ist inzwischen auch schon zu alt dafür. Aber wenn Sie auf dieses Zeug stehen, kann ich Ihnen das Kassettenband gerne ins Gefängnis schicken lassen. Sie werden dort dafür die nächsten Jahre bestimmt viel Zeit haben.»

Von Sternenberg schüttelte ungläubig den Kopf, als er realisierte, was soeben geschehen war.

«Das ... das ist gar nicht das Aufnahmeband?», fragte er.

«Nein, ist es nicht. Das war lediglich ein kleiner Taschenspielertrick, den sich meine geniale Kollegin Valérie Jossen ausgedacht hat. Catanzaro hatte das Band vor dem Treffen in einem Baumstrunk versteckt. Offensichtlich traute er aus gutem Grund weder Sophie Bernauer noch Ihnen über den Weg. Leider wurde der Inhalt des Aufnahmebands durch die tagelange Feuchtigkeit zerstört. Also mussten wir bluffen.»

Einen Moment lang schien von Sternenberg angestrengt nachzudenken. Als er endlich Jans Worte begriff, verlor er seine Fassung und versuchte sich trotz gefesselter Arme auf ihn zu stürzten.

«Sie verdammter Dreckskerl haben mich reingelegt. Sie ... mieser, kleiner Bulle. Ich bringe Sie um!»

Er blickte den vor Wut schäumenden Anwalt gelassen an.

«Komisch, das höre ich nicht zum ersten Mal.»

In der Zwischenzeit stürmten die Kollegen von der Polizei in die Anwaltskanzlei. Verdutzt erfassten sie die Szene, die sich ihnen gerade bot. Bernd Haase war bewaffnet und trug eine kugelsichere Weste.

«Was ist denn hier los?», fragte er.

«Erzähle ich dir, wenn wir in der Dienststelle zurück sind.»

Bernds Blick fiel auf Jans Wunde.

«Ist alles in Ordnung mit dir? Du blutest!»

«Nur ein Streifschuss, Bernd. Mach dir keine Gedanken. Mir geht es gut.»

Als die Sanitäter hereinkamen, gab Bernd ihnen ein Zeichen.

«Hierher. Wir haben einen verletzten Polizisten», rief er ihnen zu. Dann steckte er seine Waffe in das Holster zurück und ging zu Valérie. «Ich weiß zwar nicht, was sich hier abgespielt hat, aber ich werde das Gefühl nicht los, dass ihr beide verdammt viel Glück hattet.»

# KAPITEL 52

Die Hintermänner des Verbrechersyndikats, für die von Sternenberg gearbeitet hatte, blieben auch nach seiner Verhaftung im Dunkeln. Selbst die Kollegen von der Fedpol schafften es nicht, ihre Fährte aufzunehmen. Gekonnt hatten sie alle bestehenden Verbindungen gekappt und waren auf Tauchstation gegangen. Von Sternenberg weigerte sich zudem, Informationen preiszugeben. Er wusste wohl, dass sie mit Verrätern kurzen Prozess machten. Und ihr Arm reichte weit. Es war nicht auszuschließen, dass auch im Gefängnis Mittelsmänner für sie arbeiteten.

Jan und Valérie wussten, dass dies nur ein kleiner Sieg in einem nie endenden Krieg war. Das Geld, das Kai Bernauer gestohlen und letztlich drei Menschen das Leben gekostet hatte, blieb verschwunden. Die Fedpol vermutete, dass die Organisation es inzwischen wieder in ihren Besitz gebracht hatte.

Kurz nach von Sternenbergs Verhaftung wurde Franz Bäumler ins Zürcher Stadthaus eingeladen, wo ihm die Justizdirektorin persönlich eine Auszeichnung für seine langjährigen und erfolgreichen Dienste als Polizeichef überreichte. Jan hatte ihn in all den Jahren, in denen er ihn kannte, noch nie so glücklich gesehen. Umso erstaunter war er, als Bäumler zwei Tage später seinen Rücktritt bekannt gab. Noch am selben Tag hatte er ihn in sein Büro gerufen, um ihm seine Entscheidung persönlich mitzuteilen.

«Bist du dir auch ganz sicher, dass du aufhören willst, Franz?», fragte er ihn. Bäumler blickte ihn nachsichtig lächelnd an.

«Für mich ist die Zeit hier abgelaufen. Ich bin schon viel zu lange dabei. Die Welt hat sich geändert, und für mich gibt es langsam, aber sicher keinen Platz mehr. Ich will ganz ehrlich zu dir sein. Ohne dich und Valérie hätten wir diesen Fall niemals gelöst. Ich war die ganze Zeit über auf dem Holzweg. Ich bin wohl einfach zu alt geworden. Nein, einen besseren Zeitpunkt für meinen Rücktritt wird es nicht mehr geben. Ich werde euch alle zwar vermissen, aber meine Entscheidung steht fest.»

Jan wusste nichts darauf zu erwidern. Stattdessen fragte er: « Hast du denn schon Pläne ?»

« Pläne ? Keine Ahnung. Wer weiß, vielleicht werde ich anfangen Bienen zu züchten, oder ich kaufe ein Boot und segele mit meiner Frau durch die Welt », antwortete er grinsend.

« Aber du hast doch nicht die geringste Ahnung vom Segeln », erwiderte Jan. Sofort erklang Bäumlers schallendes Lachen.

« Da hast du mich aber glatt erwischt. Vergiss das mit dem Segeln. Wer weiß, vielleicht schreibe ich ja auch ein Buch, wenn ich im Ruhestand bin. Bei der Zürcher Polizei habe ich in den letzten Jahrzehnten jedenfalls genug erlebt, um gleich ein Dutzend davon zu füllen. Aber da ist noch etwas anderes, was ich mir dir besprechen möchte. Betrachte es bitte als meine persönliche Anweisung als Polizeichef.»

« Und das wäre ?»

« Ich möchte, dass du dir drei Wochen Urlaub nimmst. Und bevor du wieder anfängst zu protestieren, solltest du wissen, dass meine Entscheidung nicht verhandelbar ist.»

« Aber Franz, du weißt doch, dass ... »

Bäumler hob die Hand und gab ihm zu verstehen, dass es zwecklos war.

« Du bist ein verdammt guter Polizist, Jan. Aber ich habe das Gefühl, dass du in letzter Zeit vergessen hast, dass du auch ein Privatleben hast. Mein Entschluss steht fest. Ab sofort befindest du dich hochoffiziell im Familienurlaub.»

# KAPITEL 53

Eine dicke Nebelschicht hatte sich über das Land gelegt, als Valérie den Wagen vor die Abflughalle des Züricher Flughafens fuhr. Es war Léonie, die vorgeschlagen hatte, dass Jans Vater doch mit ihnen in die Ferien fliegen könne. Natürlich war er damit einverstanden gewesen, er hatte sich sogar auf ihre gemeinsame Zeit zu viert gefreut. Wenigstens bis zu dem Zeitpunkt, als sein Vater starrköpfig auf den Platz vorn neben Valérie bestanden hatte und er nun in seinem eigenen Auto eingequetscht zwischen Emily und Léonie auf der Rückbank saß.

«Alle aussteigen, wir sind da», rief Valérie fröhlich und parkte das Fahrzeug auf einem freien Parkplatz.

«Danke, dass du extra freigenommen hast, um uns zum Flughafen zu fahren», sagte Emily.

«Das ist doch keine Ursache. Das mache ich gerne für euch», erwiderte sie und stieg aus. «Bist du dir auch ganz sicher, dass du mir während des Urlaubs dein Auto überlassen willst?», fragte sie Jan, während dieser den Kofferraum öffnete und das Gepäck auslud.

«Aber natürlich bin ich das, Valérie. Das ist doch das Geringste, was ich für dich tun kann», antwortete er und wuchtete einen schweren Koffer aus dem Wagen. «Sagt mal, was habt ihr bloß alles eingepackt? Damit könnte man locker zwei Monate durch die Welt reisen. Mir war gar nicht bewusst, dass wir so überdimensionierte Koffer haben», beschwerte er sich und stellte das Gepäck keuchend auf den Gehsteig.

«Ach, komm schon, Papa. Mama und ich haben wirklich nur das Nötigste für unseren Urlaub eingepackt», antwortete Léonie.

« *Das* soll nur das Nötigste sein? Das ist doch wohl nicht dein Ernst.»

«Habe ich euch eigentlich schon einmal erzählt, wie es war, als wir das erste Mal nach Italien in den Urlaub gefahren sind? Jan war damals gerade mal fünf Jahre alt. Léonie, dein Papa hat sage und schreibe eine Stunde lang geheult, bis seine Mama schließlich darin eingewilligt hat, eine ganze Tasche nur mit seinen Lieblingsspielsachen zu packen», erzählte Jans Vater grinsend.

«Stimmt das wirklich, Papa? Eine Tasche nur für deine Spielsachen?», lachte Léonie.

«Das ist doch überhaupt nicht wahr. An so etwas könnte ich mich ja wohl erinnern. Und nun geht schon mal vor. Ich will nur noch kurz etwas mit Valérie besprechen.»

«Aber beeile dich, Papa, wir sind schon spät dran», rief Léonie, während sie gemeinsam mit den anderen auf das Terminal zusteuerte.

Jan blickte ihnen zufrieden nach. Es war das erste Mal, dass sie zusammen mit seinem Vater ihren Urlaub verbrachten. Und auch wenn er es niemals zugeben würde, freute er sich riesig darüber.

«Danke für alles, Valérie», sagte er. «Aber eines wollte ich dich noch fragen, bevor ich für drei Wochen von der Bildfläche verschwinde.»

«Und das wäre?»

«Wo zum Teufel hast du nur so zu kämpfen gelernt? Du hast dich ohne zu zögern auf von Sternenberg gestürzt und ihm todesmutig die Waffe aus seiner Hand geschlagen. Er hätte dich dabei erschießen können.»

Sie blickte ihn augenzwinkernd an.

«Hat er aber nicht. Zudem ist das eine lange Geschichte, die ich dir lieber ein andermal erzählen werde. Außer du möchtest den Flug nach Teneriffa verpassen.»

«Wie du meinst. Dann freue ich mich, nach meinem Urlaub mehr darüber zu erfahren», sagte er.

Valérie legte ihre Hand auf seine Schulter.

«Ihr habt euch diesen Urlaub wirklich verdient. Und nun geh schon endlich, Jan. Langsam wird mir das hier nämlich echt zu gefühlsduselig.»

Er lachte. «Dann werde ich mich mal auf den Weg machen. Mach's gut. Und danke für alles», sagte er und ging. Nach einigen Schritten drehte er sich noch mal zu ihr um.

«Valérie?»

«Was?»

«Denk daran, auf die Stadt aufzupassen, während ich weg bin. Ich verlasse mich auf dich.»

# KAPITEL 54

Bernd Haase verließ das Polizeipräsidium und stieg auf der Höhe der alten Laufrennbahn Sihlhölzli den steilen Abhang zur Sihl hinunter. Hier konnte ihn niemand sehen, und er würde ungestört telefonieren können. Das Wetter war an diesem Nachmittag ungewöhnlich kalt und regnerisch, und während er zum Ufer hinunterstieg, wäre er in der steilen Böschung um ein Haar auf dem nassen Gras ausgerutscht. Als er schließlich unten war, befand er sich wie erwartet allein am Flussufer. Er blickte sich vorsichtig um. Als er sich vergewissert hatte, dass er tatsächlich ungestört war, wählte er die gespeicherte Nummer. Genau genommen war es die einzige Nummer, die auf diesem Mobiltelefon gespeichert war. Sie hatten es ihm gestern in einem Paket zukommen lassen. So wie sie es angekündigt hatten. Er drückte das Telefon an sein Ohr. Dann erklang eine sonore Stimme. Der ausländische Akzent war nicht zu überhören. «Haben Sie Neuigkeiten für uns?», fragte sie.

Bernd Haase schluckte leer und fragte sich inständig, ob es nicht doch ein Fehler gewesen war, sich mit ihnen in Verbindung zu setzen. Aber er hatte keine andere Wahl. Sie hatten ihn in der Hand. Sie hatten so lange im Dreck herumgewühlt, bis sie etwas gefunden hatten, womit sie ihn erpressen konnten. Es war ihnen nicht einmal schwergefallen, denn Gott weiß, er war in seinem Leben kein Heiliger gewesen.

«Von Sternenberg ist tot. Er hat sich heute Nachmittag in seiner Zelle erhängt.»

Einen Augenblick lang war es am anderen Ende der Leitung still.

«Er hat uns viele Jahre gute Dienste geleistet. Aber mit seiner Verhaftung ist er für uns leider nutzlos geworden», sagte die Stimme.

«Und wie geht es jetzt weiter? Was wollen Sie eigentlich von mir?», fragte Bernd.

«Behalten Sie Jan Pratt im Auge. Das ist alles, was wir vorerst von Ihnen verlangen. Wir werden uns zu gegebener Zeit wieder bei Ihnen melden.»

Bevor Bernd etwas erwidern konnte, wurde am anderen Ende der Leitung aufgelegt. Unsicher ließ er seine Hand sinken, in der er mit zittrigen Fingern das Telefon hielt. In seinem Kopf rumorte es. Fast fünf Minuten lang stand er regungslos am Flussufer und überlegte, was er nun tun sollte. Dann traf er eine Entscheidung. Er warf das Gerät in den Fluss und kehrte zur Dienststelle zurück.

## Ebenfalls bei Zytglogge erschienen

Thomas Blubacher
**Ausgespielt**
Kriminalroman
ISBN 978-3-7296-5167-8

Münchenstein, 1938: Im Atelier der Tonfilm Frobenius liegt ein Schauspieler tot auf dem Boden. Das Requisitenmesser, mit dem seine Kollegin auf ihn eingestochen hat, wurde ausgetauscht. Die Studenten Max und Simon, die sich als Statisten ausgegeben und so in die Dreharbeiten eingeschlichen haben, verlassen fluchtartig das Studiogelände. Ausgerechnet Simon hat das Messer vor der Szene aus der Garderobe geholt, wo die Schauspielerin es vergessen hatte. Als vor den Nationalsozialisten aus Deutschland geflohener Emigrant darf er keinesfalls ins Visier der Polizei geraten. Dennoch wird er identifiziert und zur Fahndung ausgeschrieben. Um seinen Freund zu schützen, will Max den wahren Täter finden. Mit seinem Debütroman legt der bekannte Sachbuchautor Thomas Blubacher einen spannenden Kriminalroman vor, der gleichzeitig ein stimmungsvolles Porträt des Basler Kulturlebens der späten 1930er-Jahre ist.

## Ebenfalls bei Zytglogge erschienen

Andrea Gutgsell
**Tod im Eiskanal**
Kriminalroman
ISBN 978-3-7296-5151-7

Nach seiner Freistellung bei der Zürcher Stadtpolizei hat Kommissar Gubler die Stelle als Sonderermittler bei der Kantonspolizei Graubünden angenommen. Als er an einem kalten Januarmorgen an die Bobbahn in St. Moritz gerufen wird und mit Chefermittler Jenal den Tod eines Weinhändlers aus Zürich untersuchen soll, zeigt sich schnell, dass es sich nicht um einen Unfall handelt. Erneut wird Gubler mit der Engadiner Verschwiegenheit konfrontiert: Wortkarge Aussagen von Zeugen, die alle nichts oder nichts Genaues gesehen haben wollen, treiben ihn fast zur Verzweiflung. Und dass sein ehemaliger Arbeitskollege und Schulfreund Marco Pol ebenfalls zu den Verdächtigen zählt, macht die Sache noch komplizierter.

# Ebenfalls bei Zytglogge erschienen

Sandra Pfändler
**Tod am Rhein**
Kriminalroman
ISBN 978-3-7296-5148-7

Im Nordosten der Schweiz, am rechten Ufer des Hochrheins, liegt das malerische Kleinod Stein am Rhein. Hier lebt und ermittelt der eigenwillige Oberleutnant Alberto Brambilla von der Schaffhauser Polizei. Gewaltdelikte sind sein Spezialgebiet, Intuition ist sein Ratgeber, stilvoller Genuss sein Lebensmotto.
Eines Herbsttages wird die 73-jährige Lydia Furger im Stadtgarten tot aufgefunden. Brambilla vermutet ein Verbrechen, nimmt die Ermittlungen auf und trifft dabei auf Alena Steiner, die eine irritierende Faszination auf ihn ausübt. Mit seinen unbequemen Fragen stößt Brambilla ihr und vielen anderen vor den Kopf. Die Spuren, denen er nachgeht, erweisen sich allesamt als Sackgassen, seine Intuition scheint ihn verlassen zu haben. Könnte ausgerechnet die undurchschaubare junge Frau zur Klärung des Falls beitragen?

## Ebenfalls bei Zytglogge erschienen

Miriam Veya
**Schatten über der Villa Patumbah**
Hist. Kriminalroman
ISBN 978-3-7296-5152-4

Zürich, im März 1920: Josephine Wyss, seit Kurzem offiziell als Privatdetektivin tätig, schlägt sich mehr schlecht als recht mit kleinen Aufträgen durch. Durch Zufall erfährt sie von einem Mord in einem noblen Zürcher Herrenhaus: In der Villa Patumbah, einst mit Geld aus den Tabakplantagen auf Sumatra erbaut und seit einigen Jahren als Altersheim geführt, wird ein Bewohner erwürgt in seinem Zimmer aufgefunden. Die Tatumstände deuten darauf hin, dass der Mord etwas mit der Geschichte des extravaganten Hauses zu tun hat. Im Verlauf ihrer Ermittlungen sieht sich Josephine nicht nur mit einem mysteriösen Verbrechen, dessen Spuren in die koloniale Vergangenheit weisen, sondern auch mit ihrer eigenen Geschichte konfrontiert.

**Igor Beltrami**
Geb. 1965 in Zürich als Sohn eines italienischen Vaters und einer deutschen Mutter. Nach Abschluss einer kaufmännischen Ausbildung begann er seine berufliche Laufbahn in der Finanzbranche. Er ist verheiratet, Vater von drei erwachsenen Kindern und lebt in der Nähe von Zürich.